Träume am Sund

ISBN: 979-8-6219-7998-0 (Druckversion)
ASIN B085S7GY2W (e)

Cover-Foto: Susanne Bacon
Autorenfoto: Donald A. Bacon

Susanne Bacon

Träume am Sund

Ein Wycliff Roman

Vorbemerkung

Die Stadt Wycliff ist frei erfunden. Das gilt auch für alle Personen in diesem Roman außer für die Eigentümer von Hess Bakery & Deli in Lakewood, WA. Jegliche weiteren Ähnlichkeiten zu lebenden oder verstorbenen Personen und aktiven oder stillgelegten Unternehmen sind rein zufällig.

Susanne Bacon

Für Donald Andrew Bacon -
Ehemann, Freund, Seelenverwandter

Prolog

Niemand in Wycliff wusste, warum man sie Dottie nannte. Nicht einmal ihre Familie erinnerte sich noch, warum. Eine Menge Leute dachten einfach, es sei wegen ihrer ganz offensichtlichen Liebe für alles mit Pünktchen, amerikanisch auch Polka Dots genannt. Andere dachten, weil sie gerade einmal 1,58 Meter groß war. In Socken. Einige weniger freundliche Mitmenschen unterstellten, sie könnte vielleicht ein bisschen verschroben sein, „dotty". Tatsächlich traf das alles nicht auf Dottie Dolan zu.

Ihr wirklicher Name war Gertrud. Sie war in Deutschland mit dem äußerst verbreiteten Nachnamen Schmidt geboren worden. Sie war nach der zehnten Klasse von der Schule abgegangen, da sie keine akademischen Neigungen hegte, und hatte als Mädchen für alles in einem kleinen Café in ihrer süddeutschen Heimatstadt zu arbeiten angefangen. Dort war sie Sean Dolan begegnet, einem schmuck aussehenden Unteroffizier der US-Luftwaffe und hatte sich in ihn verliebt. Sean war mindestens zwei Köpfe größer als sie und verehrte das lebhafte Mädchen mit ihren strahlend blauen Augen und dem lockigen kastanienbraunen Haar von Herzen.

Ihm verdankte sie auch ihren Spitznamen. Eines Tages hatte sie ihm ihr Klassenfoto vom Abschluss der Mittleren Reife gezeigt und darin auf sich gezeigt. "Und dieser kleine Punkt bin ich", hatte sie erklärt, aber „spot", also Fleck gesagt. Und dabei hatte sie mit ihrem Zeigefinger auf einen Punkt in einer Unzahl ähnlich kleiner Gesichter gewiesen.

"Dot," hatte Sean sie grinsend korrigiert. "Du bist mein kleiner Punkt. Meine Dottie." Das blieb hängen und wurde ganz normal, wenn er sie im Gespräch mit der Familie oder Freunden „Dottie" nannte. Vermutlich war der Pfarrer, der sie ein Jahr später in ihrer Kirche traute, die letzte Person, die ihren wirklichen Namen aussprach. Nach ihrer Hochzeit war Gertrud Schmidt nur noch Dottie Dolan, was, mal ganz ehrlich, ihrem sonnigen Wesen weit besser entsprach als ihrem gestrengeren Taufnamen.

Die Jahre vergingen, und Dottie und Sean zogen häufig um, wie so viele Militärangehörige. Nach Deutschland kam England, dann ein Stützpunkt an der US-Ostküste. Sie hatten zwei Kinder, die ihnen die üblichen Probleme bescherten wie Windpocken, Halsschmerzen, Krach mit den Nachbarskindern und Auseinandersetzungen über Hausaufgaben, abendliches Nach-Hause-Kommen und die erste Liebe. Sie wuchsen auf wie andere Kinder der Mittelschicht.

Schließlich landeten die Dolans im südlichen Puget-Sound-Gebiet im westlichen Teil des Staats Washington. Julie wurde eine leidenschaftliche Journalistin mit einer arbeitsreichen Aufgabe bei einer Zeitung in Seattle. Jim war etwas introvertierter und genoss seine Arbeit bei einer Computerfirma südlich des Columbia River. Sean hatte seine letzten Jahre beim Militär auf dem Luftwaffenstützpunkt McChord verbracht und sich dann mit Dottie in Wycliff, einer kleinen Küstenstadt am Sund irgendwo zwischen Olympia und Seattle, zur Ruhe gesetzt. Sie kauften ein kleines weiß verschaltes Haus in der Wohngegend der Oberstadt in Wycliff, gerade groß genug für zwei, mit einem Gästezimmer, ein paar Quadratmetern Rasen auf der Rückseite und einer Veranda mit Blick auf einen handtuchgroßen Vorgarten. Sie hatten geplant, vielleicht noch weitere zwanzig Jahre lang irgendeine Arbeit aufzunehmen, dann gemeinsam die Welt zu bereisen und ein neues gemeinsames Hobby anzufangen. Aber leider dauerte ihr Glück nicht länger an. Kurz nach ihrem Umzug verstarb Sean ganz still in einer Januarnacht. Er hatte keine gesundheitlichen Beschwerden gehabt, noch hätte irgendetwas anderes auf einen plötzlichen Tod hingedeutet. Es war, als hätte einfach jemand ein Licht ausgeknipst. Und mit 45 musste Dottie damit klarkommen, dass er nicht mehr an ihrer Seite war.

Sie schaffte es so gut, wie sie wusste, dass es von ihr erwartet wurde. Aber ihr Lächeln war etwas trauriger und ihre Augen etwas matter. Ihr Gang verlor seine Leichtigkeit und bekam etwas Entschlossenes. Und mitunter erwischte sie sich dabei, wie sie ins Leere starrte, während sie wehmütig an Dinge dachte, die sie mit ihrem hinreißenden Mann geteilt hatte.

Auch machte es die Sache nicht leichter für sie, dass sie noch nicht allzu lange in Wycliff gewohnt hatten. Sie kannte ein paar Gesichter aus der Kirche, und der Pfarrer hatte sie sogar zu Hause besucht, um Seans Trauerfeier etwas persönlicher zu gestalten. Aber außer den Nachbarn rechts und links von Dotties Haus erschien kaum jemand zu diesem Anlass: ein paar

Gemeinderäte, die es für ihre Pflicht hielten, natürlich ihre Kinder und ein paar alte Freunde von der Luftwaffe.

Nicht dass Wycliff eine zurückhaltende oder unfreundliche kleine Stadt gewesen wäre. Tatsächlich hatte es eine ziemlich umfängliche Pioniergeschichte und war berühmt für seine herrliche Lage wie auch seine extravaganten Häuser von 1880 und später. Die meisten Wohngebäude lagen wortwörtlich in der Oberstadt oberhalb eines Steilhangs. Diese war mit der Unterstadt nur durch steile Treppen und eine Straße verbunden, die sie weiträumig umfuhr, sodass man es sich zweimal überlegte, ob man den Weg machen wolle … was die Oberstadt zu einem sehr ruhigen Pflaster machte. Doch die Unterstadt pulsierte für gewöhnlich mit Touristen, die die Einzelhandelsgeschäfte, Galerien, gemütlichen Restaurants oder Teestuben an der Main Street und der Front Street besuchten. Es gab ein historisches Museum, einen Uferpark mit einem farbenfrohen Totempfahl sowie einem Wasserspielplatz für Kinder und einen Fährhafen, der die Stadt mit Vashon Island, Whidbey Island und Bremerton verband. Besondere Veranstaltungen zogen Touristen das ganze Jahr über an. Wycliff rühmte sich einer bunten Tulpenparade im April, die es von allen Narzissenparaden der Region unterschied. Seine Parade und das Feuerwerk zum 4. Juli waren legendär. Labor Day wurde mit einem großen Clam Chowder Wettkochen im Uferpark gefeiert. Und nach Thanksgiving verschrieb sich Wycliff seinem letzten Jahresereignis vor einer langen, stillen Pause, einer Viktorianischen Weihnacht in sämtlichen Ecken und

Winkeln seines Stadtgebiets. Obwohl die Anzahl der Glühbirnen höchst unviktorianisch war.

Kurz: Wycliff war eine freundliche, unterhaltsame kleine Stadt, in der fast jeder jeden kannte, sofern man Teil einer der größeren Institutionen oder Festveranstaltungen war. Dottie und Sean waren gerade erst in ihrer Orientierungsphase gewesen, als Sean verstarb. Und so war Dottie sich selbst überlassen. Dass sie frisch verwitwet war, machte es ihr unangenehm, auf Menschen zuzugehen, ohne dass es ausgesehen hätte, als suche sie Mitleid. Und umgekehrt war es für manche Leute etwas unbehaglich, sie einfach zu Gelegenheiten der eher heiteren Art einzuladen. Dottie war sich dieses Dilemmas wohl bewusst, was sie umso entschlossener machte, sich in die Gesellschaft einzupassen, wie es Sean gefallen hätte.

Sicher, Dottie war keine begeisterte Gärtnerin, obwohl sie die hübschen Gärten anderer Leute bewunderte. Daher stellte sich ihr gar nicht die Frage, Mitglied des Wycliff Garden Club zu werden. Die Tulpenparade lag hauptsächlich in Händen des Garden Club sowie der örtlichen Kiwanis, und das Clam Chowder Wettkochen wurde von der örtlichen Polizei und Feuerwehr ausgerichtet. Dottie fühlte sich etwas zu ungebildet, um dem historischen Museum ihre Hilfe anzubieten, und nicht fromm genug, um sich in Kirchengemeindearbeit zu stürzen. Was blieb, war die Viktorianische Weihnacht, die Jahr für Jahr von der Handelskammer Wycliff organisiert und umgesetzt wurde. Dottie hatte Weihnachten immer geliebt. Das Einzige, was sie daran hinderte, sich für dieses größere Unterfangen zu melden, war die geringfügige Tatsache, dass sie kein Unternehmen besaß noch in einem angestellt war und daher formal nicht berechtigt war, der Handelskammer anzugehören.

Aber wie konnte sie das ändern? Dottie blickte niedergeschlagen durchs Fenster auf die sich entfaltenden Knospen des kleinen japanischen Kirschbaums in ihrem Vorgarten. Alljährlich starben Pflanzen ab und erkämpften sich ein neues Leben. Sie sollte eigentlich Mut aus diesem Anblick schöpfen. Doch sie vermisste Seans beruhigende Stimme, die ihr sagte, sie solle sich entspannen. Und sie vermisste das Netzwerk ihres alten Zuhauses in Lakewood, wo sie einfach bei einer ihrer Freundinnen zum Tee aufgekreuzt wäre. Aber auch alle ihre Freundinnen waren mit ihren Ehemännern an verschiedene Orte in den Staaten in Ruhestand gegangen. Einige von ihnen fühlten sich vielleicht genauso verloren wie sie. Jedenfalls waren die Kontakte rasch lockerer geworden und hatten sich schließlich ganz aufgelöst.

Dottie seufzte. Als sie sich gerade vom Fenster wegdrehen wollte, winkte ihr ihre Nachbarin von nebenan, Pattie May, freundlich vom Gehweg her zu. Sie erwiderte den Gruß. Eine plötzliche Eingebung ließ Dottie Pattie durch die Scheibe signalisieren, sie möge doch auf einen Augenblick vorbeischauen. Freudig eilte sie zur Haustür, um ihre Nachbarin willkommen zu heißen.

„Hi, Pattie", sagte sie ein wenig außer Atem. „Hätten Sie wohl Lust, auf ein oder zwei Tassen Kaffee hereinzukommen und mir bei ein paar Entscheidungen zu helfen? Bitte?"

„Machen Sie eine Kanne daraus, und Sie können mich solange haben, wie Sie mich benötigen", erwiderte Pattie fröhlich und kam herein. Sie war in ihren frühen Fünfzigern, hatte recht junge Züge und trug einen frechen blonden Pferdeschwanz, der ihr Alter Lügen strafte. Wenn sie lächelte, hatte sie ein Grübchen in der rechten Wange, und ihre Fülle war eher auf der erfreulichen Seite. Auch wenn sie weit entfernt von einer Model-Schönheit war, so hatte sie doch das gewisse Etwas, wenn es sich um den Umgang mit Menschen handelte. Und heute würde sie davon üppig Gebrauch machen, um Dottie aus ihrer trostlosen Stimmung herauszuholen.

Rasch bereiteten sie Tee und machten ein Tablett mit Keksen und Pralinen in Dotties sonniger Küche mit ihrer kalkweißen Möblierung zurecht. Dann zogen sich die beiden Damen ins Vorderzimmer zurück, das einen ordentlichen Teil der atemberaubenden Küstenlinie und ihrer stillen Wohnstraße überblickte.

„Sie haben hieraus etwas richtig Hübsches gemacht", bemerkte Pattie. „Der alte Mr. Parker, der hier vor Ihnen gelebt hat, hat sich gewiss nicht darum gekümmert, ob sein Haus in den letzten fünf Jahren hübsch geschmückt oder auch nur ordentlich war. Sie haben es zu dem Schmuckstück gemacht, das es sein sollte."

Dottie war erfreut, aber auch nervös. Wie sollte sie damit anfangen, darüber zu reden, was sie wirklich brauchte? Vielleicht war es ja verrückt, jemanden anzusprechen, den sie gerade einmal zwei Monate kannte. Aber an wen sollte sie sich sonst wenden? Sie wollte ihre Kinder nicht damit belasten. Die hatten mit ihrer eigenen Trauer zu tun und brauchten nicht noch eine Mutter, die nicht wusste, wie sie ihre Zukunft gestalten sollte. Da! Jetzt wusste sie, wie sie es formulieren konnte.

„Ein Schmuckstück von Haus für eine leere Hülle von Leben", seufzte Dottie. „Es wäre schön, es auch zu einem Zuhause zu machen. Aber dazu braucht es eine Art Lebensvorstellung."

„Die Ihnen zurzeit eher fehlt?" fragte Pattie. „Weil Sie plötzlich allein sind und für solch ein Leben nicht geplant hatten?"

„Das trifft es ziemlich genau", seufzte Dottie. „Ich bin erst 45, viel zu jung, um mich zur Ruhe zu setzen. Was ich durchaus tun könnte, weil Sean gut für mich vorgesorgt hat. Aber da würde ich nur Tage im Kalender abhaken und sie nicht weise nutzen."

„Nun, vermutlich wissen Sie schon über die Klubs und Event-Komitees in Wycliff Bescheid, oder?"

„Tue ich. Aber das einzige Komitee, dem ich wirklich gern angehören würde, weil ich auch etwas beitragen könnte, würde mich nicht einfach so aufnehmen: das Weihnachtsevent-Komitee der Handelskammer. Ich besitze kein Geschäft."

„Hmm, könnten Sie sich vorstellen, eines zu haben?"

„Ich bin mir nicht sicher. Es wäre ein ziemlich großer Schritt. Ich müsste wohl einen Riesenkredit aufnehmen. Und ich habe ein bisschen Angst."

„Fangen wir mal da an, wovor Sie *keine* Angst haben", fühlte Pattie vor. „Haben Sie ein Hobby, eine Leidenschaft oder spezielles Wissen, das Sie in einem Unternehmen einsetzen könnten?"

Dottie überlegte. „Ich liebe Kunst, aber es gibt massenhaft Galerien in der Unterstadt. Ich lese sehr gern, aber mit einer Buchhandlung und einer Bibliothek ist Wycliff gut versorgt, denke ich. Und ich liebe Kochen und Lebensmittel. Aber tun wir das nicht alle?!"

Pattie lachte. „Nun, mein Hüftgold ist dafür Zeuge! Aber im Ernst – Essen verkauft sich immer. Mögen Sie irgendetwas ganz besonders?"

Dottie legte die Stirn in Falten. „Es klingt ein bisschen blöd. Ich habe in einem Café gearbeitet, als ich Sean zum ersten Mal begegnet bin. Um ehrlich zu sein, ich habe mich nicht dumm angestellt, aber mein Ding war es auch nicht wirklich."

Pattie sah ihre Nachbarin aufmerksam an. „Wo haben Sie gearbeitet? Hier in den Staaten?"

„Nein, oh nein," sagte Dottie. „Ich bin in Deutschland geboren und aufgewachsen."

Pattie setzte sich gerader. „Deutschland?! Aber das ist ja wundervoll! Haben Sie eine Ahnung, wie viele Menschen in dieser Gegend Deutschland einfach lieben?! Es gibt eine Menge

Militärfamilien, die dort stationiert waren. Und ziemlich viele von ihnen würden furchtbar gern immer mal wieder eine authentische Kostprobe deutschen Essens haben. Es gibt hier in Western Washington ein paar Unternehmen, die dieser Sehnsucht Rechnung tragen, aber sie liegen weit auseinander. Hier in Wycliff gibt es gar keines!"

„Ach, aber ich könnte nicht allein ein deutsches Restaurant eröffnen. Ich mag ja ganz anständig für meine eigene Familie kochen. Ich bin eine Hobbyköchin. Aber für eine größere Anzahl Leute kochen?! Dieser ausgefallene Traum gehört den echten Profiköchen."

„Aber wer redet denn von Kochen?!" rief Pattie aus. „Haben Sie je daran gedacht, ein deutsches Lebensmittelgeschäft zu eröffnen? Einen Ort, an dem man die authentischen Zutaten bekommt? Und wo man den Leuten erklärt, wie man Mahlzeiten damit zubereitet?" Dottie schwieg. „Glauben Sie, Sie könnten das?"

„Ich denke schon", antwortete Dottie zögernd. „Aber hätte ich denn eine Chance gegen die Supermärkte der Harbor Mall? Ich hätte viel geringere Bestellmengen als eine Kette, und das würde meine Produkte um einiges teurer machen."

„Ach, aber das ist doch der Punkt, meine Liebe", sagte Pattie triumphierend. „Sie wären ja nicht in der Mall. Sie wären mitten in der Unterstadt von Wycliff. Ich kann es förmlich schon sehen: Sie wären auf der Main Street, neben einem Geschenkeladen oder vielleicht einer Galerie, und Sie hätten ein echtes deutsches Schaufenster. Vielleicht würden Sie ja auch Sandwiches zubereiten. Oder deutsche Suppen."

Dottie biss an. „Ich könnte eine kleine Sitzecke haben. Und ich könnte für bestimmte Lebensmittel Rezeptkarten schreiben."

„Genau!" Pattie war total begeistert.

„Ja, aber ein Ladenlokal zu finden, wird schwer", sagte Dottie und machte schon wieder einen Rückzieher. „Und teuer wäre es auch. Ich weiß nicht einmal, ob mein Budget ausreichen würde."

„Nun, dann lassen Sie uns doch erst einmal sehen, was verfügbar ist", schlug Pattie vor. „Danach können Sie sich immer noch um einen Geschäftsplan, Geschäftslizenzen, Lieferanten und alles, was dazugehört, kümmern."

Dotties Augen glänzten. „Sie sind wirklich zuversichtlich, oder?"

„Wissen Sie, wenn immer Zweifel über Träume siegen würden, würde nichts auf dieser Welt angegangen werden."

Dottie nickte nachdenklich. Da war etwas dran. Sie konnte es sich immer noch überlegen. Aber es würde nichts kosten, sich die Möglichkeiten genauer anzusehen. Und wenn etwas daraus würde …

„Dottie's Deli", konstatierte Pattie. „Sie brauchen unbedingt ein antik aussehendes Schild für eines dieser viktorianischen Häuser. Sie müssen stilvoll dazu passen."

„Moment!" lachte Dottie. „Ich habe noch nicht einmal ja gesagt."

„Oh, aber Sie werden es", grinste Pattie. „Ich sehe es in Ihren Augen."

„Ich wüsste nicht einmal, womit anfangen", zögerte Dottie.

„Fangen Sie ganz vorne an. Sie wissen, was Sie verkaufen wollen. Kreieren Sie Ihr eigenes Image – ein Logo, eine Corporate Identity." Pattie füllte ihre Tasse auf.

„Wenn Sie es sagen, klingt es so einfach", sagte Dottie bewundernd.

„Der erste Schritt ist es ja auch", lächelte Pattie. „Er kostet nicht einmal Geld."

„Haben Sie je in Ihrem Leben etwas Ähnliches gemacht?" wollte Dottie wissen.

Pattie errötete und blickte auf den Keks in ihrer Hand. „Zugegeben … nein. Aber mein Leben lang habe ich auf so etwas gewartet."

„Warum haben Sie es dann nicht einfach getan?" fragte Dottie verblüfft.

„Ich hatte nichts zu bieten, das besonders genug gewesen wäre, um daraus etwas aufzubauen. Ich bin nur ein sehr gewöhnlicher, durchschnittlicher Mensch", sagte Pattie.

„Quatsch!" rief Dottie aus. „Was ist daran gewöhnlich, anderen Menschen großartige Inspiration zu bieten?!"

„Das ist sehr nett von Ihnen", seufzte Pattie. „Aber genauso bin ich. Ich habe immer die besten Ratschläge für andere Leute, aber für mich selbst fällt mir nichts Besonderes ein."

Die beiden Frauen saßen eine Weile schweigend da.

„Was haben Sie schon so in Ihrem Leben gemacht?" fragte Dottie plötzlich. „Sie kennen meinen Hintergrund jetzt ja. Was ist Ihre Geschichte?"

„Oh, ich war Mathelehrerin in einer High-School im Norden, bevor ich Walter begegnete", sagte Pattie verträumt. „Ich war ganz hingerissen von ihm. Wir heirateten nur ein halbes Jahr, nachdem wir angefangen hatten miteinander zu gehen, weil er in den Mittleren Westen versetzt wurde. Danach zogen wir vier Kinder groß und zogen alle zwei bis vier Jahre um. Naja, Siekennen das ja. Ich fühle mich zu alt, um noch mit übermütigen Schulkindern zu tun zu haben. Und ich fühle mich zu jung, um für Walter und mich nur den Haushalt zu führen, während er drüben in Tacoma arbeitet. Aber ich fürchte, das ist es eben für mich."

Dottie legte ihren Kopf leicht schief und blickte Pattie fragend an. „Könnten Sie sich vorstellen, den Traum eines anderen Menschen zu teilen?"

„Er müsste so gut sein, dass es darauf hinausläuft, dass er mein eigener wird", stellte Pattie fest.

„Und wenn es *mein* Traum wäre?" fragte Dottie abwartend weiter.

Pattie schluckte. „Ist das ein Angebot?"

Dottie zuckte die Schultern. „Könnte sein."

„Aber Sie kennen mich doch lediglich von den paar Worten, die wir bisher über den Gartenzaun gewechselt haben", rief Pattie. „Heute unterhalten wir uns vermutlich zum ersten Mal richtig."

Dotties Gesicht glühte vor plötzlichem Selbstvertrauen. „Wie wäre es, wenn Sie Ihrem Bauchgefühl vertrauten?!" Pattie gab einen kleinen zögernden Laut von sich. „Ist es Ihr Traum, etwas zu tun, was ein bisschen wie ein Abenteuer ist?"

Pattie lächelte. „Sicher. Aber ich muss zugeben, dass ich auch ein bisschen Angst davor habe."

„Lassen Sie mich Ihnen Ihre Angst ausreden", schlug Dottie vor. „Lassen Sie es meinen Traum sein, und helfen Sie mir beim Planen, bis Sie fühlen, dass Sie wirklich teil daran haben möchten. Sie haben doch schon all diese schönen Visionen davon, wie es sein könnte. Eigentlich sind Sie schon ein Teil davon!"

„Sie haben mich beinahe überzeugt", gab Pattie zu.

„Sie werden mir also bei diesem großen Plan helfen?" fragte Dottie.

Pattie sah in das glühende kleine Gesicht ihres Gegenübers. In ihr stiegen eine Wärme und eine Form der Begeisterung auf, wie sie sie schon lange nicht mehr verspürt hatte. Dies konnte ein Abenteuer ganz nach ihrem Geschmack werden. Etwas auf die Beine zu stellen und auszuprobieren. Etwas Besonderes, an dem sie teilhatte.

„Würden Sie's tun?" drängte Dottie. „Bitte?"

Pattie grinste und erhob ihre Teetasse. „Auf ‚Dottie's Deli‘, toastete sie. „Möge es mehr als ein Traum sein und ein Treffpunkt für die Menschen rund um den südlichen Puget Sound."

*

Lieber Sean,

Es ist erst zwei Monate her, seit Du mich verlassen hast. Und ich vermisse Dich entsetzlich. Manchmal denke ich, die Erde müsse einfach stillstehen. Oder sie solle sich weiterdrehen, aber zumindest mein Leben solle aufhören. Und ich schäme mich, weil ich weiß, dass Du wünschen würdest, dass ich etwas mit dem anfange, was mir zur Verfügung steht. Ich höre geradezu Deine Stimme: „Du bist undankbar. Denk an die guten Dinge in Deinem Leben." Ich sage nur so viel: Mit Dir habe ich mein Bestes verloren.

Es ist hart zu sehen, wie sich draußen der Frühling entfaltet, während es in meinem Herzen Winter ist. In all den Jahren haben wir immer gemeinsam nach den ersten Narzissen Ausschau gehalten. Ich weiß jetzt, dass ich die ersten verpasst habe, und es ist schon Zeit für die japanische Kirsche. Ich weiß, Du siehst das alles wohl auch von oben. Mitunter möchte ich mich umdrehen und Dir etwas zeigen. Aber Du bist nicht mehr da.

Nun, ich versuche, an die guten Dinge in meinem Leben zu denken, und vielleicht lehrt mich die Natur ja auch etwas. Jahr für Jahr besiegt sie den Winter. Und sie lässt uns von all der bevorstehenden Schönheit träumen. Kaum sind die Blüten da, stellen wir uns schon warme Sommerabende im tiefen, kühlen Schatten unter den weiten Ästen alter Bäume vor. Und dann träumen wir vom reichen Duft des Herbstes, der uns alle verzaubern wird. Wir denken tatsächlich schon an den Reichtum der Früchte, bevor sich noch die ersten Knospen geöffnet haben, und an Frühling, wenn es noch Winter ist. Warum können wir unser eigenes Leben nicht auf dieselbe Weise betrachten, wenn wir unserem ersten Winter ins Gesicht starren? Dem Verlust eines geliebten Menschen?

Es wird eine Weile dauern, bis mir wieder neue Knospen wachsen, nachdem Dein Tod alles in meinem Leben ausgelöscht zu haben scheint, Sean. Aber ich weiß, dass Du wollen würdest, dass ich etwas Neues anfange. Vielleicht wärst Du sogar stolz auf meinen ersten Schritt heute. Pattie May von nebenan war heute Morgen zum Tee bei mir. Wir hatten tatsächlich sogar gemeinsam Mittagessen, weil unsere Unterhaltung sich in etwas so Erfreuliches verwandelte, dass wir beide sie nicht abbrechen wollten.

Vielleicht ist es noch zu früh. Aber ich glaube, Pattie braucht genauso wie ich eine neue Lebensperspektive. Vielleicht sind wir ja beide Krüppel – ich mehr als sie –, die sich gegenseitig stützen. Aber wer sagt, dass wir nicht gemeinsam laufen lernen können?!

Sean, Liebster, ich werde eine Geschäftsfrau werden. Ich sehe Dich ungläubig den Kopf schütteln. Und ich weiß, Du denkst, das sei nur ein Strohfeuer: ich und involviert in dieses Viktorianische Weihnachts-Dingens in der Stadt ...! Aber es ist so viel mehr, mein Herz. Ich werde einen Teil meiner selbst in das Geschäft stecken. Einen Teil, über den ich mich auskenne. Und ich werde lernen, was ich noch nicht weiß. Du weißt, ich kann das. Außerdem wird Pattie mir bei allen Formularen und Hürden helfen. Zuerst wollte sie mir nur so zum Spaß helfen. Aber ich glaube, sie nimmt es jetzt genauso ernst wie ich. Wir haben sogar angefangen, ein paar Logos zu entwerfen, und uns fiel ein nettes Design mit einem Schweizer Käse und einem Schinken in Scheiben ein. Oh, und ich werde es „Dottie's Deli" nennen. So, nun weißt Du's.

Hättest Du's gedacht? Dieses Projekt lässt mich daran glauben, dass es sich doch noch lohnt, für etwas zu leben. Ich frage mich, was Julie und Jim sagen werden, wenn ich's ihnen erzähle. Vielleicht warte ich damit, bis ich in der Unterstadt von Wycliff etwas Passendes für meine Pläne gefunden habe. Dann werden sie keine Einwände haben. Oder versuchen, sich über meine Vorstellungen mit ihren eigenen hinwegzusetzen. Sie haben beide ihr eigenes Leben, aber sie haben auch ziemlich feste Vorstellungen, was sie für mich wollen. In gewisser Weise ist es natürlich schön, dass sie so an mich denken. Andererseits habe ich schon immer meinen Lebensweg so weit wie möglich selbstgestaltet.

Das sind also meine Pläne für die kommenden Monate. Ich werde mir genau überlegen, was ich verkaufen und welche Dienstleistungen ich anbieten möchte. Ich brauche definitiv eine Lizenz zum Umgang mit Lebensmitteln. Oh, und eine für den Verkauf deutscher Weine und Biersorten. Ich bin mir nicht sicher, ob ich überhaupt warmes Essen verkaufen möchte – man kann es auch übertreiben, und ich müsste eine Küche vor Ort haben. Ich werde mit Pattie einen Geschäftsplan aufstellen. Wir werden einen Kredit aufnehmen und ein Budget aufstellen, das die monatliche Miete abdeckt. Und wir werden uns ein Ladenlokal suchen. Ich ziehe die Main Street vor, aber die Front Street könnte auch ganz nett sein. Wir werden sehen.

Ach Sean, ich wünschte, Du wärst jetzt bei mir und würdest mir helfen. Und wäre es nur, dass Du einen Blick auf meine kleinen Entwürfe und Ideen würfest und nachsichtig lächeltest wie so oft, wenn ich in der Vergangenheit ungewöhnliche Ideen hatte. Weißt Du noch, als ich Dir sagte, ich wollte all diese Hochbeete haben? Und wie ich dann Salat und Beeren pflanzte und winzige Tische und Bänke hineinstellte, damit es so aussähe wie eine große Miniaturlandschaft? Nur dass diesmal kein Raum dafür ist, lustig zu sein. Das muss wirklich funktionieren. Außerdem will ich, dass Du stolz auf mich bist.

Ich wünschte, ich könnte jetzt einfach Deine Zustimmung zu meinem großen Plan hören. Ich fürchte, ich muss sie mir eben vorstellen. Du hast immer gesagt, ich hätte eine gute Vorstellungskraft ...

Wenn du eine Chance hast, da oben ein gutes Wort für mich einzulegen, bitte tu's, mein Lieb. Ich weiß, dass Menschen Dinge nur in beschränktem Maß ohne Segen von oben erreichen können. Ich hoffe, ich habe Deinen.

In Liebe, Dottie

1

Dezember

„Na, wenn das kein guter Tag war!" Dottie schloss die Ladentür mit ihrem Schlüssel ab und dimmte das Licht für die Nacht herunter. Sie war knochenmüde, aber zugleich überaus froh.

Pattie stand an der Kasse und leerte die Lade in ein Zählbrett. Auch sie lächelte. „Ich hätte nie gedacht, dass es so schnell so gut angenommen würde", gab sie zu. „Und es sind immer noch zwei Wochen bis Weihnachten."

„Ich hätte das nie ohne dich geschafft, Pattie", sagte Dottie und gab ihrer Freundin eine dicke Umarmung. „Wenn du mir nicht vor ein paar Monaten meine Träume und Fähigkeiten klargemacht hättest, hätte ich vermutlich das Haus verkauft und wäre in eine kleine Wohnung oben in Seattle gezogen, um in der Nähe von Julie zu sein. Nicht dass das einen von uns glücklicher gemacht hätte. Aber es hätte entschlossener gewirkt, als nur daheim herumzusitzen und Wolldecken zu stricken."

Pattie lachte. „Kannst du überhaupt stricken?"

„Ob du's glaubst oder nicht", sagte Dottie selbstgefällig. „Zweifle nicht an meinen Fähigkeiten! Du kennst nicht die Hälfte davon." Aber ihre Augen funkelten, und ihr Gesicht strahlte.

Pattie musste über das Energiebündel grinsen. „Hört, hört", erwiderte sie nur. Dann trug sie die Tageseinnahmen zum Zählen in das winzige Büro.

Dottie sah sich noch einmal in ihrem Delikatessgeschäft um. Ja, es war ein wahrgewordener Traum. Es war nicht zu groß und nicht zu klein, mit je einem großen Fenster auf beiden Seiten der Tür. Diese Fenster waren tatsächlich ihre und Patties größte Herausforderung. Da sie die Waren des Ladens anpriesen, mussten sie ständig geputzt werden. Und jede zweite Woche musste umdekoriert werden. Zumindest ein bisschen.

*

„Schaufenster erzählen eine Geschichte", hatte die Eigentümerin der Boutique nebenan ihnen ein paar Tage vor ihrem Einzug in den Laden gesagt. Sie waren vorbeigegangen und hatten sich gewundert, dass sie zum zweiten Mal im selben Monat umdekorierte. „Sie wollen Neukunden anziehen, und Sie wollen Ihre Stammkunden nicht zu Tode langweilen. Margaret Oswald, übrigens – und Sie müssen die neuen Ladeninhaber von nebenan sein, richtig?" Margaret war groß, mindestens eins neunzig, mit grünen Katzenaugen, dunklem Haar, das sie in einer kunstvollen Empirestil-Frisur aufgesteckt hatte, und olivbraunem Teint. Sie arbeitete weiter, während sie sprach.

„Aber was für eine Geschichte erzählen wir denn?" hatte Pattie wissen wollen.

„Stellen Sie sich zur Schau", hatte Margaret mit einem strahlenden Lächeln geantwortet. Dann hatte sie die Stirn gerunzelt, sich einen Lappen gegriffen und an ihrem längst makellosen Schaufenster herumpoliert. „Was würden Sie denken, wenn mein Fenster mit Fingerabdrücken verschmiert oder grau von Staub wäre? Oder wenn ich ein paar Bügel auf einem faltigen, verdreckten Schaufensterboden liegen ließe? Oder wenn Sie eine der Sicherheitsnadeln sähen, die für so perfekten Sitz der Kleider an meinen Schaufensterpuppen sorgen? Das Fenster würde den Kunden sahen: ‚Geht weg! Dem Ladenbesitzer ist Sauberkeit egal. Wie sind dann erst die Kleider drinnen? Und schert sie sich darum, ob dir etwas auch wirklich steht? Sie will vermutlich nur schnelles Geld machen.‘ Richtig?"

Dottie hatte lebhaft genickt, während Pattie mit offenem Mund dagestanden hatte. Margaret war glücklich, zwei so aufmerksame Zuhörer gefunden zu haben, und grub tiefer in ihrem Schatzkästchen erfolgreicher Ladendeko. „Geben Sie Ihren potenziellen Kunden immer etwas zu entdecken."

„Sie meinen, wir sollten etwas im Schaufenster verstecken und so eine Art Schatzsuche für sie gestalten?" fragte Pattie erwartungsvoll.

„Gute Idee", sagte Margaret beifällig. „Das wäre eine Möglichkeit. Verwandeln Sie's in eine Verlosung oder so etwas. Aber ich meinte eigentlich eher ein Thema. Sie wollen nicht alles hineinstecken, was Sie haben. Sie wollen zeigen, was wozu passt, und sie dazu bringen, mehr zu kaufen, als sie ursprünglich vorgehabt haben."

„Das mag ja für Bekleidung funktionieren", murmelte Pattie. „Aber für Lebensmittel?"

Margaret zuckte die Schultern. „Ich kann Ihnen dafür nicht garantieren – das ist nicht *meine* Spezialität."

„Moment", unterbrach Dottie. Sie wollte diese wertvolle Informationsquelle nicht zu früh abwürgen, weil sie an ihrem Rat zweifelten. „Das macht für mich absolut Sinn. Und ich sehe erst jetzt, dass Sie alles hier in Herbstfarben halten. Also ich sehe da drüben einen Beutel mit Seidenblättern in Herbstfarben. Ist das die Geschichte, die Sie mit dieser neuen Dekoration erzählen?"

Margaret nickte mit versöhnlichem Lächeln. „Absolut. Wissen Sie, es muss keine ausgefeilte Geschichte sein. Es muss nur für einen Wimpernschlag ins Auge der Passanten fallen. Danach geht es nur noch um Ihre Produkte."

„Hmm," grübelte Dottie. „Ich glaube, wir könnten so etwas hinkriegen. Oder, Pattie?" Und als Pattie nickte, fuhr sie fort: „Wir eröffnen kurz vor Thanksgiving. Das heißt, wir könnten das als Thema verwenden und danach auf Advent gehen, Weihnachten, Neujahr, Winterfreuden ... wir müssten nicht einmal viel in die Dekoration investieren, wenn wir es richtig anpacken. Mehrfachverwendung ..."

„Ich sehe, Sie haben mich verstanden", sagte Margaret. „Und wenn Sie das Thema drinnen ein- oder zweimal wiederholen, sollte es laufen."

„Klingt gut", sagte Dottie glücklich.

*

Es schien funktioniert zu haben. Ihre Thanksgiving-Dekoration, die mit ihrem riesigen Plastik-Truthahn und künstlichen Maisstauden etwas ungeschickt gewirkt hatte, war einer stimmungsvollen deutschen Adventsdeko mit Kränzen und echten Kerzen gewichen, die natürlich nie angezündet wurden. Die auf die Scheiben gesprühten Schneeflocken, die Knusperhäuschen-Atmosphäre im einen Fenster und das herzhaftere Essen, das im anderen Fenster inspirierte, hatten rasch viele neugierige Bürger von Wycliff und Touristen in „Dottie's Deli" angezogen.

Margarets Rat, regelmäßig umzudekorieren, hatte sich von Anfang an bezahlt gemacht. Die Thanksgiving-Truthähne waren alle verkauft worden, und sie hatten Platte um Platte mit leckerem deutschen Wurst- und Käseaufschnitt für dieses typisch amerikanische Familienfest hergerichtet. Jetzt verkauften sich Aachener Printen, Christstollen und Glühwein mit am besten im Laden.

Dottie seufzte glücklich und reckte sich. „Kaum zu glauben, dass wir erst vor knapp einem Monat eröffnet haben, aber schon eine Stammkundschaft verzeichnen!"

Pattie lachte leise. „Und sie scheinen auch nicht genug von unseren Waren zu bekommen. Erst heute Morgen hat jemand zwei Dutzend Weißwürste für Heiligabend bestellt. Und jemand anders hat gefragt, ob sie noch sechs weitere Schachteln unseres Spezialtrüffel-Sortiments haben könne."

„Welch ein Glück", sagte Dottie. Noch ein Blick rund um den Laden. Die Terracotta-Fliesen waren staubgesaugt und gemoppt. Die Regale waren aufgefüllt mit Dosen und Gläsern, Flaschen und Schachteln, Tüten und Päckchen voll deutscher Spezialitäten. Der Kassentisch stand direkt neben dem Eingang – eine Sicherheitsmaßnahme zusammen mit einigen großen Spiegeln, die zeigten, was in den Gängen passierte. Gegenüber der Kasse stand ein Tisch mit Sonderangeboten, die die Kunden dazu verführten, noch etwas spontan mitzunehmen, bevor sie für ihren Einkauf bezahlten. Und eine andere spezielle Werbeinsel, die ähnlich den Schaufenstern dekoriert war, befand sich hinten im Laden, um die Kunden weiter hineinzuziehen und ihre Wartezeit an der Frischtheke zu verkürzen.

Ach ja, die Frischtheke! Sie war Dotties ganzer Stolz. Sie und Pattie hatten sich den ganzen Sommer lang nach einer schicken und tauglichen umgesehen. Endlich hatten sie ein Angebot aus Ellensburg gefunden. Ein Delikatesgeschäft dort schloss, weil der Inhaber sich zu alt fühlte und keine Kinder oder Enkel hatte, die das Geschäft aufrechterhalten wollten. Zusammen mit der Theke verkaufte er eine fast neue, riesige Aufschnitt-Schneidemaschine. Pattie weigerte sich sofort, diese Maschine mit dem bösartigen Rundschneideblatt je zu bedienen. Also war es an Dottie, alles über das komplizierte Gerät zu lernen: wie auseinandernehmen, säubern, schärfen, ölen. Dadurch war sie diejenige, die hinten im Laden stand und dort ihre Kunden bediente. Bisher war sie mit nur einem Schnitt in den kleinen Finger davongekommen. Aber sie wusste, dass sie immer Vorsicht walten lassen musste, weil sie sich auf dutzende Arten ernstlich verletzen konnte.

Die Frischtheke zu füllen, hatte sich nur in einer Hinsicht als schwierig erwiesen – womit sie *nicht* gefüllt werden sollte. Pattie und Dottie waren sich in den meisten Angelegenheiten des Ladens einig, aber hier wurde klar, dass Dottie als die Deutsche im Laden Oberhand haben musste. Da Pattie sich weigerte, grobe Leberpastete, Blut-und-Zungenwurst und Sülze auch nur zu probieren, fiel die Entscheidung allein Dottie zu. Und sie war entschieden dafür, dass ihre Theke typisch deutsch bleibe. Als Pattie Pastrami und in Honig gebackenen Schinken vorgeschlagen hatte, hatte sich Dottie geweigert.

„Warum sollte ich etwas führen, was man in jedem amerikanischen Delikatessgeschäft oder Supermarkt bekommt?!" fragte sie leidenschaftlich. „Ich will meinen Kunden ein Stück Deutschland zu schmecken geben. Lass uns das nicht mit etwas Untypischem verwässern!"

Pattie hatte nachgegeben, und so fiel das Ordern vollständig in Dotties Domäne. Echter Schwarzwälder Schinken und Speck wurden von einem Importeur an der Ostküste geliefert. Andere Lieferanten schickten Delikatessen wie Butterkäse und Schweizer Emmentaler, Räucherlachs und geräucherte Makrelen,

Landjäger und Teewurst. Die Frischtheke wurde schon nach der ersten Bestellung zu klein. Pattie und Dottie mussten beratschlagen, wie eine weitere passend in Höhe und Tiefe zu bekommen wäre. Sie hatten Glück, und auf Ebay fanden sie rasch genau das, wonach sie gesucht hatten. Natürlich bedeutete das ein großes Loch in ihrem Portemonnaie, aber das Weihnachtsgeschäft würde das hoffentlich mehr als nur ausgleichen.

„Gut, dass wir mietfrei wohnen", scherzte Pattie. „Walter hat sich schon beschwert, dass mein neues Hobby mich und sein Geld aus dem Haus stiehlt."

Dottie hob die Augenbrauen. „Hat er's ernst gemeint? Wenn ja, dann solltest du besser aussteigen, und ich werde versuchen, dir deine Investition so schnell wie möglich zurückzuzahlen."

„Unfug" rief Pattie fröhlich. „Er ist ein bisschen nervös wegen meiner neuen Unabhängigkeit. Das ist alles. Jetzt, wo ich gleichzeitig mit ihm nach Hause komme, muss er die eine oder andere Aufgabe daheim übernehmen, und das passt ihm nicht so ganz. Aber es gefällt ihm ganz bestimmt, dass ich jeden Tag mit einem breiten Lächeln heimkomme."

Dottie atmete auf. Sie hätte es gehasst, ihre Geschäftspartnerin zu verlieren, wo sie doch gerade erst ihr Unternehmen so erfolgreich aufgestellt hatten. Sie musste den hohen Kredit zurückzahlen, und ohne Pattie müsste sie alles allein schultern. Tatsächlich brauchten sie noch mehr Hilfe und hatten in der Gegend nach deutschsprachigen Frauen Ausschau gehalten, die willens waren, innerhalb ihrer Öffnungszeiten zu arbeiten. Dottie und Pattie konnten in der ersten Zeit nur Mindestlöhne zahlen, aber sie würden anständige Arbeitszeiten anbieten: zehn Stunden am Tag, Pause inklusive, sonntags frei, gesetzliche und kirchliche Feiertage frei. Sie würden andere Läden in Washington mit ähnlichem Konzept anschauen müssen, um zu sehen, wie es für die funktionierte.

Das Angebot von Sandwiches oder sogar heißen Mahlzeiten hatten sie längst verworfen. Sie waren nur zu zweit, und es war kaum möglich, zwischen den Kunden eine Pause zu nutzen, um einen Bissen hinunterzuschlingen. Außerdem wollten sie dem Bistro nebenan keine Konkurrenz bieten. Das hatten sie klarstellen müssen, sobald sie in ihr schickes Geschäft mit seiner historischen Stuckfassade eingezogen waren. Seit dieser ersten Begegnung waren die Bande zwischen dem deutschen Laden und den „Kindern von nebenan", wie Dottie sie liebevoll nannte, stetig enger geworden.

*

Véronique Andersson hatte immer schon gern gekocht. Seit sie vier war und ihre Mutter sie ihren eigenen Porridge unter Aufsicht hatte rühren lassen, war sie süchtig nach Leckerem, wie sie es formulierte. Mit sechs oder sieben hatte sie in Puppenkochtopf und -pfanne auf dem Herd ihrer Mutter eigene Kreationen zubereitet, und mit zehn hatte sie ihre erste

Familienmahlzeit aufgetischt. Die hatte das ganze Wochenbudget ihrer Mutter für Lebensmittel aufgezehrt, aber Véroniques Wunsch manifestiert, eines Tages Köchin zu werden.

Als in der High-School ihre Noten purzelten, ermahnte sie ihr Vater, dass auch Köche Mathematik und kreatives Schreiben beherrschen mussten, nicht nur das Kreieren extravaganter Gerichte.

„Aber wieso, Papa?" jammerte Véronique. „Ich kann Zutatenmengen perfekt multiplizieren und dividieren. Und was kreatives Schreiben angeht – ich verstehe dich einfach nicht. Ich muss nur Rezepte schreiben. C'est ça."

Aber Lasse Andersson gab seinem eigenwilligen kleinen Mädchen nicht nach, das mit seinen blonden Zöpfen, hellem Teint und winziger Stupsnase so schwedisch aussah, aber die Finesse und das Temperament seiner französisch-kanadischen Mutter Elaine besaß. „Nun, du willst eines Tages dein eigenes Restaurant führen, richtig?"

„Papa, warum fragst du überhaupt? Das weißt du doch, seit ich mein erstes richtiges Gericht gekocht habe!" rief Véronique.

„Richtig", schmunzelte er. „Und genau dafür hättest du Mathe benötigt, wenn du damals ein Unternehmen geführt hättest."

„Pourquoi ça?" fragte Véronique. „Alles war doch perfekt, oder nicht?"

Lasse Andersson lachte leise und schüttelte hilflos und ungläubig seinen Kopf. „Véronique, Véronique, wir haben das doch immer wieder diskutiert. Dein Essen war damals so delikat wie heute. Aber wäre deine Mutter weniger schlau mit ihren finanziellen Budgets, blieben wir die Hälfte der Zeit hungrig. Besonders, wenn du dir in deinen kleinen kreativen Kopf gesetzt hast, etwas Neues auszuprobieren. Was für gewöhnlich ziemlich teuer und exotisch ist. Wo bleibt da deine Mathematik?! Gute Köche müssen ihre Bücher genauso erfolgreich führen, wie sie die geschmackliche Balance ihrer Gerichte finden können müssen."

„Eigentlich sagst du mir also, ich gebe zu viel Geld beim Kochen aus", stellte Véronique fest.

Eigentlich ja", sagte Lasse Andersson.

Véronique murrte, aber sah der Tatsache ins Auge. Mathematik musste also sein. Aber kreatives Schreiben?

Lasse Andersson hatte auch darauf eine Antwort. „Es gibt da draußen Millionen Restaurants. Aber wie viele haben sich einen Namen gemacht, der sich von selbst verbreitet? Und warum? Du musst dein eigenes Unternehmen promoten können. Wenn du es nicht richtig definieren kannst, wenn du es nicht für deine Kunden attraktiv machen kannst, wer sonst sollte es können? Worte, mein Liebes, sind nicht nur Worte."

„Ah, aber eine Rose ..." begann Véronique.

„Junge Dame", unterbrach Lasse Andersson seine Tochter streng. „Fang mir nicht an, Gertrude Stein zu zitieren. Sie hat damals damit etwas Neues geschrieben. Jeder andere, der ihre

Fußstapfen für seine eigenen Abwege verwendet, ist nicht im Entferntesten witzig. Aber ich sehe, du bist im Bilde. Das Schreiben einer Speisekarte, eines Kochbuchs, einer Anzeige und von PR – das braucht eine Menge kreativen Know-hows, es sei denn, du willst so langweilig sein wie …" Er suchte nach einem Vergleich, fand aber nichts Passendes.

„Ich habe dich verstanden, Papa", beruhigte ihn Véronique. „Ich könnte Geld sparen, wenn ich nicht für eine Anzeigenagentur oder einen Ghostwriter bezahlen müsste. Und es gäbe meinem Restaurant einen persönlichen Touch."

„Na also", atmete Lasse auf.

Diskussionen wie diese wiederholten sich. Aber als das Examen nur noch zwei Jahre vor ihr lag, schien etwas in Véronique zu klicken, und sie machte sich eifrig an die Arbeit. Am Ende überraschte sie sich mit guten Noten in Mathe, Buchhaltung und kreativem Schreiben. Als Klassenbester im Kochen gelang es ihr, sich einen Platz an einem örtlichen Technischen College zu sichern, das Kulinarik-Abschlüsse anbot. Sie war auf dem besten Weg, Profiköchin zu werden.

Die Arbeit am College schien spielend einfach. Véronique ging darin auf, Techniken und Fähigkeiten zu erlangen oder zu verbessern. Sie arbeitete mit professioneller Ausrüstung, die ihr half, alles noch einfacher zu erreichen. Sie durcheilte ihre vier Jahre und machte ihre Abschlüsse … und saß dann da und wartete. Und wartete. Darauf war sie nicht vorbereitet gewesen. Der Arbeitsmarkt war einfach nicht, was sie sich erträumt hatte.

Entweder erwarteten Restaurants geschulte Köche mit jahrelanger Erfahrung, vorzugsweise auch mit Auslandserfahrung am besten irgendwo in Übersee. Oder es handelte sich um die einfachste Frühstückszubereitung in Fast-Food-Ketten oder Pubs, wo sie ahnte, dass sie in einer Sackgasse enden würde. Es war absolut frustrierend. Hatte sie all die Jahre so hart gelernt und gearbeitet, damit sie am Ende in einem Kettenrestaurant Burger wenden sollte? Und was mehr Erfahrung in Übersee anging – das konnte sie sich schlicht nicht leisten.

„Trübsal über deine Zukunft blasen schafft dir keine", mahnte Elaine ihre Tochter. „Wie geht es deinen Klassenkameraden? Haben sie Jobs?"

„Ich weiß nicht", antwortete Véronique lustlos.

„Na, dann wird es Zeit, es herauszufinden, Liebes", sagte Elaine. „Sprich mit ihnen und frage sie, wie es ihnen ergeht. Vielleicht bringt das mehr Inspiration als alles andere."

„Jaja", sagte Véronique.

Aber letztlich hörte sie auf den Rat ihrer Mutter und nahm Kontakt zu ihren ehemaligen Kommilitonen auf. Einer hatte als Bäckergehilfe oben in Seattle angefangen, eine von ihnen verkaufte Backwaren in einem winzigen Café irgendwo in den Bergen. Ein Mädchen hatte sich einen Job als Kellnerin in einem Pub in Olympia geschnappt, wo sie auch einfache Frühstücke zubereitete. Für keinen von ihnen war der Traum vom Kochberuf wahr geworden.

Und dann traf Véronique zufällig Paul Sinclair. Eines Tages ging sie gerade die Main Street hinunter, als sie einen jungen Mann anrempelte. Oder war es umgekehrt gewesen? Jedenfalls merkten sie, nachdem sie Atem geholt und sich gegenseitig entschuldigt hatten, dass sie einander kannten.

„Paul!" rief Véronique. „Was machst du hier in Wycliff?"

Paul Sinclair, rotwangig, so groß wie breit und mit widerspenstigem, spülwasserfarbenem Haar deutete auf einen Eingang, aus dem er gerade gekommen war. Es war ein hübsches kleines viktorianisches Haus mit großen Fenstern in der Front und einer Terrasse. „Hab' gerade eine Immobilie angeschaut", sagte er.

„Weshalb?" fragte Véronique neugierig. „Die steht seit mindestens drei Monaten leer."

„Genau", grinste Paul. „Und deshalb hat sie meine Aufmerksamkeit erregt. Hör mal, Véronique, hast du zwei Minuten Zeit für einen Drink? Ich muss mit dir eine Idee besprechen."

Véronique stimmte zu, immer neugierig und nun glücklich, einem ihrer ehemaligen Lieblingsklassenkameraden begegnet zu sein. Sie gingen ins Harbor Pub an der Front Street.

„Wie läuft es denn so für dich?" fragte Paul. „Ich habe gehört, du suchst noch immer nach einem Job."

„Stimmt", seufzte Véronique. „Und ich träume noch immer davon, Koch zu werden und nicht als Burger-Wender irgendwo in einem Billiggrill zu enden. Nicht, dass das kein ehrbarer Beruf wäre", fügte sie rasch hinzu.

„Es ist nur nicht das, wovon du träumst", nickte Paul. „Dasselbe hier." Er rührte in seiner Kaffeetasse und nahm einen Schluck. „Aber weißt du ... wenn die Arbeit nicht ist, wie du sie dir vorstellst, musst du sie dir einfach so erfinden."

„So wie ein Restaurant eröffnen", spottete Véronique. „Klar. Das geht ganz einfach!"

„Warte, warte, warte", sagte Paul ruhig. „Ich habe nicht gesagt, dass es einfach wäre, aber ich sage, dass es möglich ist. Hör zu."

Ein paar Monate später unterzeichneten Paul und Véronique gemeinsam mit ihren ehemaligen Klassenkameraden Barb und Christian einen Mietvertrag für das viktorianische Haus an der Main Street. Sie warfen ihre Ersparnisse zusammen und erstellten einen Geschäftsplan für ein Bistro.

„Beginnen wir mit nichts zu Großem", hatte Paul klugerweise vorgeschlagen.

Die vier jungen Leute hatten ihr Mietobjekt renoviert, mit Möbeln von Goodwill gefüllt, eine professionelle Küchenausstattung geleast und schwitzten nun über einer Speisekarte, die Wohlfühlgerichte der feineren Art zu erschwinglichen Preisen anbieten sollte.

„Wir müssen kulinarisch hervorstechen", beharrte Véronique. „Wir sollten nicht anbieten, was jeder hat. Es sollte einfach, aber raffiniert sein. Etwas, das uns einzigartig macht."

Die anderen stimmten zu und grübelten. Einfach, aber raffiniert war genau, was nicht so einfach war. Aber am Ende hatten sie eine Seite vollgelistet mit machbaren heißen und kalten Gerichten.

Einen Namen für ihr Bistro zu finden, war der letzte Schritt, bevor sie den Eröffnungsabend planten. Schließlich entschieden sie sich für „Le Quartier".

„Das klingt anspruchsvoll", hatte Véronique ihren Vorschlag begründet. „Aber es bedeutet einfach ‚Das Stadtviertel'. Es impliziert ein Bistro, kann aber immer etwas Größeres werden."

„Le Quartier" war es damit, und es wurde mit einem Zeitungsartikel in „The Sound Messenger" und Lob von Wycliffs selbsternannten Feinschmeckern begrüßt. Auch es wurde rasch zum Inbegriff für aufstrebendes Unternehmertum.

Als sie gerade aus dem unruhigen Fahrwasser der Unternehmensgründung gelangt waren, wurde das leerstehende Haus nebenan an jemanden gemietet, der Essen verkaufen wollte. Die vier jungen Leute waren entsetzt. Würde ihr Bistro in Gefahr geraten durch einen Laden, der Essen zum Mitnehmen verkaufte? Würden sie Sandwiches, Salate, die ganzen Fressalien eines Seven Eleven führen und ihr Bistrogeschäft ruinieren? Würden sie womöglich Tische und Stühle für Mahlzeiten vor Ort aufstellen?

Paul blieb wie immer am ruhigsten. „Verlieren wir nicht den Kopf mit Spekulationen. Gehen wir hinüber und sprechen mit ihnen."

Sie gingen also hinüber und wurden von einer sehr aufgeregten Dottie begrüßt. An dem Tag war ihre Frischtheke eingetroffen, aber das Ungetüm musste noch angeschlossen werden, und die Stecker waren nirgends in Reichweite der Kabelenden. Paul tätschelte die kleine Dottie auf die Schulter, ging zurück ins Bistro, kam mit einem Verlängerungskabel zurück und löste das Problem. „Für eine dauerhaftere Lösung sollten Sie aber einen Elektriker holen", sagte er zu Dottie.

Nach dieser nachbarschaftlichen Begegnung, war es einfach, über Geschäftliches zu sprechen, und Dottie war mehr als glücklich, ihnen zu versichern, dass sie und Pattie keine Sandwiches, Salate oder Suppen verkaufen würden, weder als Mitnahme-Essen noch als Mahlzeiten im Laden. Sie versprach, hungrige Kunden zu ihnen zu schicken, und wurde prompt gemeinsam mit Pattie eingeladen, die Tagesspezialität des Bistros zu verkosten. Es war der Beginn einer wunderbaren Freundschaft.

*

„Wie viele Lose haben wir übrig?" fragte Dottie Pattie und beäugte den Eimer, der randvoll mit Ticket-Abschnitten war.

„Noch ungefähr fünfzig", antwortete Pattie und grinste. „Es ist wirklich schneller gegangen, als ich erwartet hatte."

„Es" war ihr Part in den Weihnachtsaktivitäten der Stadt, eine Verlosung mit einem atemberaubenden Geschenkkorb als Hauptattraktion. Seit dem 6. Dezember – oder Nikolaustag, wie

Dottie erklärt hatte – hatte der Riesenkorb mit einer enormen rot-grünen Schleife eines der beiden Ladenschaufenster dominiert. Er quoll über von deutschen Delikatessen: Riesling und Kaffee, Lebkuchen und Sauerkraut, Pasteten und Bonbons, Nutella und Spätzle, Desserts und sogar einem Gugelhupf. Jetzt, einen Tag vor Heiligabend, hatten sie den letzten ganzen Tag geöffnet, bevor die Verlosung entschieden sein würde.

„Ich wünschte nur, wir hätten schon Mitglieder der Handelskammer sein können", seufzte Dottie. „Dann hätten sie unsere Aktion in ihrer Monatsschrift und in ihren Anzeigen für die Viktorianische Weihnacht angekündigt."

„Ja, und dann hätten die Leute unser Delikatessgeschäft gestürmt, und wir hätten uns in den Gängen nicht mehr rühren können", lachte Pattie. „Ehrlich gesagt bin ich froh, wenn wir morgen Nachmittag schließen und Pause machen können. Die letzten Wochen sind verrückt gewesen."

„Du hast natürlich Recht", gab Dottie zu. „Selbst mit unseren neuen Verkäuferinnen Sabine und Elli war es anstrengend. Ich bin nur froh, dass wir sie so rasch gefunden haben. Deine Idee, die Jobs Militär-Ehefrauen und deren Familien anzubieten, hat uns wirklich gerettet!"

„Die einzige Möglichkeit, zweisprachige Leute zu finden", behauptete Pattie, und in ihrer Stimme lag ein bisschen Selbstgefälligkeit.

Dottie lächelte in sich hinein. Ihre Partnerschaft hatte sich tatsächlich als Geschenk des Himmels erwiesen. War Pattie manchmal ein bisschen zu fest überzeugt, so war Dottie etwas skeptischer, und das glich die Dinge wieder aus. Sabine war, was man früher als dralles Mädchen bezeichnet hätte, mit einer lauten Stimme, aber sehr sanftem Wesen. Während Elli eine schüchterne kleine Maus war, ganz Höflichkeit und Genauigkeit. Sie würden sie noch ein wenig auftauen müssen, denn sie errötete immer noch bis über beide Ohren, wenn sie ein neuer Kunde ansprach.

„Ah, und hier kommt Angela", stöhnte Pattie vom Kassentisch her. „Ich will ja nichts sagen, aber ich habe nie jemanden in meinem ganzen Leben erlebt wie sie."

„Nun", antwortete Dottie aus dem Büro. „Es braucht alle Arten von Menschen, um eine Welt zu schaffen."

Herein fegte Angela Fortescue. Sie war vermutlich Mitte siebzig, aber versuchte krampfhaft, nicht so auszusehen, indem sie sich modisch weit unter ihrem tatsächlichen Alter kleidete und ihr Haar unglaublich rubinrot gefärbt hatte.

„Guten Morgen!" hörte Dottie Sabine die Kundin munter begrüßen. Falls es eine Antwort gab, konnte Dottie sie nicht hören. Sie selbst hatte die Frau schon einmal hochmütig erlebt. Es sollte wohl Furcht einflössen, aber Dottie verspürte nur Mitleid. Angela war die deutsche Witwe eines Marineoffiziers und meinte offensichtlich, ihr Benehmen sei „ihrem" Rang angemessen. Arme Seele, dachte Dottie. Sie machte sich mit ihrer Haltung nur unglücklicher und einsamer, als wenn sie der Welt zugelächelt hätte. Nun, jeder ist seines Glückes Schmied, schloss Dottie. Sie war nur zu froh, dass Sabine ganz Herr der Situation war und das unfreundliche Gebaren der alten Hexe einfach ignorierte.

Danach kam ein Schwarm Schulkinder, die schon Weihnachtsferien hatten und ein paar letzte Geschenke für ihre Geschwister suchten, meist Schokolade und Haribo Gummibärchen.

Margaret rauschte von nebenan herein und kaufte eine Schachtel Weihnachtsgebäck. „Mir sind meine selbstgebackenen ausgegangen", erklärte sie. „Toll, dass es euch mit euren Leckereien gibt!" Und draußen war sie wieder.

Gegen Mittag, mitten im Schneiden von Pfunden von Aufschnitt und der x-ten Erklärung, dass Bratwurst roh sei und durchgegart werden müsse und, nein, sie verkauften kein Curry für Currywurst, weil ohnehin jeder Supermarkt das Gewürz im Regal habe, erspähte Dottie Véronique in der Tür. Sie winkte ihr rasch zu, und Véronique eilte an der langen Schlange vorbei. Einige Kunden murrten.

„Lieferung", verkündete Véronique mit einem Zwinkern und schaffte es, sie zu versöhnen. Sie quetschte sich an allen vorbei und stellte im Büro eine Thermobox ab. „Ihr braucht heute mehr als nur einen kleinen Snack zwischen den Kunden. Barb hat einen leckeren Hühnertopf-Pie mit weißem Spargel, Champignons und Estragon für unsere Mittagskarte gezaubert. Den müsst ihr einfach probieren." Und mit einem kleinen Hopser war sie wieder zur Tür hinaus. Dottie seufzte vor Seligkeit. Es war so gut, solche Menschen um sich zu haben.

Nachmittags gegen eins war das letzte Los verschwunden. Der Kundenstrom schien ständig zu wachsen, und Dottie und ihre Mädchen stöhnten. Endlich, um sechs, konnten sie die Türen abschließen. Dottie blickte sich im Laden um. Es sah wie nach einer Plünderung aus.

„Ich bin froh, dass wir zumindest ein paar Lieferungen zwischen Weihnachten und Neujahr bekommen", stellte sie fest. Dann lächelte sie. „Es hätte schlimmer kommen können, oder? Die Leute scheinen unsere Sachen zu mögen."

*

Die Verlosung an Heiligabend fand eine Stunde vor Ladenschluss in „Dottie's Deli" statt. Eine ganze Reihe Kunden waren nur in den Laden gekommen, um der Ziehung beizuwohnen. Elli, die Maus, fuhr mit ihrer Hand tief in den Loseimer und zog einen Ticketabschnitt heraus.

„Endziffern 4990 für das Pralinensortiment von Lindt", verkündete Sabine. Ein Mann mittleren Alters in Seahawks-Fankleidung kam auf sie zu und zeigte ihr seinen Ticketabriss. Er zog mit einer großen Schachtel und einem noch größeren Grinsen in seinem unrasierten Gesicht ab.

Elli zog nun den nächsten Ticketabschnitt.

„Endziffern 4956 für den Korb mit dem Pasteten-Probierset und Pumpernickel", sagte Pattie und zeigte den Korb, der einem Rotkäppchen Ehre gemacht hätte. Von hinten kam ein junges Pärchen, das nervös kicherte. Es dankte dem Deli-Team wortreich und trat dann zur Seite, um abzuwarten, wer den Hauptpreis erhalten würde.

Elli fuhr ein letztes Mal mit der Hand in den Eimer. Alles hielt den Atem an.

„Und der Hauptpreis, unser Korb mit deutschen Spezialitäten im Wert von 150 Dollar" – hier hörte man den einen oder anderen nach Luft schnappen – „geht an die Endziffern 4937. Herzlichen Glückwunsch!" rief Dottie.

Stille. Wer würde den Korb abholen?

„4937?" rief Dottie nochmals.

„Ich habe Sie ja gehört", kam eine verdrießliche Stimme aus der Mitte der Menge. Angela Fortescue, ungnädig wie immer, bahnte sich ihren Weg mit den Ellbogen zwischen einem älteren Paar und einigen neugierigen Schulkindern hindurch. Wenn das überhaupt möglich war, war ihr Gesicht noch hochmütiger als sonst.

„Ich nehme an, Sie wollen meine Tickethälfte sehen", stellte Angela fest.

„Ja bitte", sagte Dottie geduldig. Angela händigte ihr den Abschnitt aus. Dottie warf einen Blick darauf und nickte. „Er gehört nun ihnen", lächelte sie.

„Und wie soll ich das Ding nach Hause befördern?!" fragte Angela.

„Wo haben Sie ihr Auto geparkt?" fragte die praktische Pattie.

„Ich habe kein Auto", fauchte Angela. „Sie können doch nicht erwarten, dass jemand in meinem Alter in diesem fürchterlichen Weihnachtsverkehr fährt!"

„Nein", sagte Dottie ruhig, aber ihre Nerven begannen blank zu liegen. „Sollen wir ihn Ihnen lieber liefern?"

„Ich vermute, Sie erwarten dann ein Trinkgeld?" fragte Angela höhnisch.

„Da dies ein Geschenk für Sie ist, wäre die Lieferung natürlich unser Vergnügen", antwortete Dottie, während sie innerlich bis hundert zählte.

„Es wäre vermutlich zu viel zu fragen, ob er vor heute Abend geliefert werden könnte?" fügte Angela arrogant hinzu.

Die Teenager in der Menge kicherten, und eine Männerstimme murmelte etwas wie „schlimmer als Scrooge". Angela hörte diese spitze Bemerkung offenbar nicht. Dottie versicherte ihr, sie bekäme ihren Korb vor dem Abendessen und bevor die Gottesdienste begännen, und Angela Fortescue rauschte hocherhobenen Hauptes aus dem Delikatessgeschäft.

„Was für ein Trottel!" rief ein junger Mann aus.

Dottie lächelte ihn an, schüttelte aber den Kopf. „Es ist in Ordnung", sagte sie. „Man weiß nie, was für ein Päckchen jemand mit sich herumschleppt."

Aber als es endlich zwei Uhr war und die Türen abgeschlossen waren, setzte sie sich in ihrem Büro mit einem Seufzer. Warum hatte der Hauptpreis von allen Leuten an Angela Fortescue gehen müssen?!

Pattie zwinkerte ihr aufmunternd zu. „Du hast es geschafft", sagte sie. „Und du hast nie deine Würde verloren."

Dottie zog eine Grimasse. „Nein, aber um ein Haar meine Geduld und meine Nerven und meine Weihnachtsstimmung."

„Apropos Weihnachtsstimmung – sollten wir nicht auf unsere erste erfolgreiche Weihnachtssaison in ‚Dottie's Deli' anstoßen?" schlug Pattie vor.

„Himmel, das habe ich beinahe vergessen!" rief Dottie aus. Sie eilte in den begehbaren Kühlschrank, um eine Flasche Champagner und ein paar hübsch verpackte Schachteln zu holen, die sie Elli und Sabine überreichte. „Frohe Weihnachten!" sagte sie.

„Ihnen auch frohe Weihnachten!" sagten die beiden.

Danach wurde das Delikatessgeschäft rasch geputzt und alles über die Feiertage zugesperrt.

„Und jetzt geht's um dich und mich und ein altes Schlachtschiff", seufzte Dottie mit einem Blick auf den Geschenkkorb. Müde hob sie ihn hoch, ging hinaus und schloss die Tür. Die Bistrokinder würden noch eine weitere Stunde lang Gäste bedienen, und Margaret schloss gerade ihre Boutique hinter ihren letzten Kunden. Sie winkten einander zu.

Weihnachten fühlte sich trotz allem fast gut an.

*

Die Woche zwischen Weihnachten und Silvester verging wie im Flug. Die Kunden waren grantiger als gewöhnlich. Viele hatten über die Feiertage Besuch gehabt. Und die meisten hatten höhere Erwartungen an Familienspaß und Frieden gehegt, als normalerweise auf beengtem Raum mit Menschen herrschen, die einander allzu gut kennen.

Dottie hatte zu Weihnachten Julie erwartet. Aber Julie hatte in letzter Minute beschlossen, nicht zu kommen, um ihre Beziehung mit einem Zeitungsredakteur zu flicken. Sie blieb in Seattle für einen Taumel aus Kneipentouren, betrunkenem Gefummel und anderen spontanen Launen. Jim hatte angekündigt, er wolle eine neue Freundin mitbringen. Aber als er aufgetaucht war, war er allein und missmutig. Sein Mädchen hatte ihm einen Tag vor Weihnachten eine Abschieds-E-Mail geschickt. So hatten sie ihr Festmahl in Stille gegessen, beide in ihre eigenen Gedanken versunken.

Pattie und Walter hatten ihr Haus voll mit Kindern und Enkeln gehabt, zwei bellenden Hunden, einem Käfig voller Hamster und einem Berg Spielsachen, um die Kinder im Zaum zu halten. Sie waren erschöpft, als ihre Familie wieder zu ihrem jeweiligen Zuhause abreiste, aber sie lächelten.

Sabine prahlte mit einem nagelneuen Goldarmband, an dem kleine Anhänger baumelten. Und Elli verkündete schüchtern, dass sie schwanger sei.

„Nun", kommentierte Pattie trocken gegenüber Dottie. „So viel zu unserem Glück. Es verlässt uns schon wieder. Hier geht unsere erste Verkäuferin."

„Wir werden einen Ersatz finden, wenn es an der Zeit ist", erwiderte Dottie ruhig. „Das Leben ist wechselvoll. Das ist nur eine Kleinigkeit."

Sie dekorierten jetzt ihre Schaufenster für Silvester um mit Knallbonbons, Girlanden, kleinen Schweinen, Hufeisen und vierblättrigem Klee. Nebenan putzte Margaret ebenfalls ihre Boutique-Schaufenster neujahrsmäßig auf und dekorierte Party-Outfits und glamouröse Accessoires. Das Bistro war ganz auf Girlanden, eingetopften Klee und Plastikschweinchen als Tischdeko eingestellt. Jeder Gast erhielt mit seiner Bestellung einen Glückskeks. Main Street war definitiv bereit für den Jahreswechsel.

Gerade als Dottie noch mehr Kaviar ins Kühlregal stellen wollte und Pattie ein Regal abstaubte, öffnete sich die Tür, und Paul kam herein.

„Guten Morgen, die Damen", rief er. „Hat irgendjemand Lust, Silvester mit dem Team von ‚Le Quartier' zu feiern?"

„Im Ernst?" fragte Elli und strahlte.

„Im Ernst", erwiderte er. „Wir fangen um acht Uhr an und feiern, bis der Sekt ausgeht." Er zwinkerte ihr zu. „Ehepartner und Partner sind herzlich willkommen. Kinder haben keinen Zutritt." Er legte eine schöne, handschriftliche Einladung auf den Ladentisch. „Wir würden uns so freuen, mit euch zu feiern, Leute, ähm, meine Damen!" Mit jungenhaftem Grinsen drehte er sich um und ging hinaus, um auf Margarets Boutique zuzustreben.

Und so sah Silvester sie alle zusammen im „Le Quartier". Heute Abend war das Bistro nur von Kerzen erleuchtet. Von künstlichen Kerzen natürlich wegen der Brandgefahr, aber sie wirkten denkbar echt. Das weiche Licht schien gemütlich hinaus auf die Terrasse vor dem Gebäude, und mehr als nur ein Passant musste abgewiesen werden, Entschuldigung, es sei eine private Feier.

Es wurde ein wundervolles Fest. Das Buffet bog sich unter delikaten Gerichten und feinen Leckerbissen. Bier, Wein und Fruchtpunsch flossen in Strömen. Um Mitternacht gingen alle hinaus auf die Straße, um das Neue Jahr mit Sekt und Krachern zu begrüßen. Hinterher schlüpfte Dottie zurück in ihr Delikatessgeschäft, um eine Riesentasche von dort zu holen.

„Qu'est-ce que c'est ça?!" rief Véronique überrascht, und Paul, Barb und Christian drängten sich um Dottie, als sie sie mit geheimnisvollem Lächeln öffnete.

„Wir haben eine deutsche Tradition", sagte sie, als sie den größten Crockpot aller Zeiten hervorholte. „Wenn eine Party bis nach Mitternacht dauert, servieren wir eine sogenannte Mitternachtssuppe. Ich denke, das ist eine Vorsorgemaßnahme gegen Kater, aber es ist auch furchtbar gemütlich."

„Du hast eine deutsche Suppe gekocht?" fragte Christian neugierig.

„Sagen wir, ich habe eine *meiner* Suppen gekocht", stellte Dottie richtig. „Möchte jemand meine Kartoffelsuppe probieren?"

Rasch scharten sich alle um Dottie und ihren Crockpot. Bald wurden Nachschläge ausgeteilt, und Paul seufzte: „Das ist die beste Kartoffelsuppe, die ich je gegessen habe. Was ist dein Geheimnis?"

Véronique stellte sich neben Dottie und stupste sie sanft. „Ich bin so froh, dass du uns versprochen hast, in deinem Deli nie Mahlzeiten auszugeben. Wir müssten um unser Geschäft bangen."

Die praktische Barb kam auf Dottie mit Notizblock und Stift zu. „Okay, Dottie. Ich habe all diese Zutaten geschmeckt. Habe ich etwas vergessen?"

Dottie blickte auf die Liste, dann in Barbs sommersprossiges kleines Gesicht. „Du hast einen außerordentlichen Geschmackssinn, Barb", sagte sie respektvoll. „Da muss nur eine winzige Zutat korrigiert werden."

Barb grübelte. „Ich weiß, es ist das Raucharoma. Ich konnte einfach nicht herausfinden, was es ausmacht."

„Ausgelassener Schwarzwälder Speck", erklärte Dottie.

„Ist das dieses Prosciutto-ähnliche Fleisch in Deiner Wursttheke?" fragte Barb. Dottie nickte. „Wow! Ich hätte nie gedacht, dass das so einen Geschmacksunterschied ausmacht."

„Hättest du etwas dagegen, wenn wir das immer mal wieder als Suppenspezialität in unsere Tageskarte aufnähmen?" fragte Christian.

„Hast du noch mehr solche wunderbaren Rezepte, die wir benutzen könnten?" wollte Véronique wissen.

Der riesige Paul nahm die zierliche Frau einfach in seine Arme und gab ihr einen dicken Kuss. „Ein gutes Neues Jahr, Dottie! Du bist soeben Ehrenkoch des 'Le Quartier' geworden!"

*

Lieber Sean,

Und so beginnt ein neues Jahr. Das zweite ohne Dich. Ich will mich nicht beklagen, denn das Leben meint es gut mit mir. Sogar weit besser, als ich zu hoffen gewagt hätte.

Wenn ich mich umschaue, bin ich von glücklichen Menschen umgeben. Nun, zumindest meistens. Ich habe Dir noch nicht von Angela Fortescue erzählt. Ich muss zugeben, dass sie mit ihrer Arroganz und Pingeligkeit der Alptraum unseres Deli-Teams ist. Und ich sehe sie lieber unser Geschäft verlassen als es betreten. Irgendetwas passiert immer. Wir scheinen es ihr nie recht zu machen, egal wie sehr wir es auch versuchen. Aber jetzt höre ich Dich sagen: „Dann versuch's nicht so sehr." Und natürlich hast Du mal wieder Recht.

An Heiligabend, als ich endlich die Ladentür abgeschlossen hatte, musste ich Angela noch den gewonnenen Korb liefern. Du hättest sie nörgeln hören sollen, nachdem sie gewonnen hatte. Man sollte denken, sie hätte den Korb gar nicht gewinnen wollen. Ich war ihr beinahe böse dafür, dass sie den richtigen Ticketabschnitt hatte. Nun, um es kurz zu machen: Ich packte den Korb auf den Beifahrersitz, sodass ich verhindern konnte, dass er umkippte, während ich fuhr. Ja, ich weiß, dass Du willst, dass ich beide Hände am Steuer habe, aber es ging wirklich nicht anders. Stell Dir vor, ich wäre mit einem auch nur leicht derangierten Korb angekommen! Genau ...

Wie ich so durch die Unterstadt und zum Stadtrand fuhr, befand ich mich plötzlich in einer Ecke, die ziemlich heruntergekommen war. Weißt Du, wo die Werften sind? Ein bisschen jenseits davon und vor der Tankstelle? In diesem Viertel wohnt Angela Fortescue. Ihr Haus sieht ziemlich ärmlich aus; von den Wänden blättert die Farbe, und die Gardinen im Haus sind grau.

Als sie die Tür öffnete, war sie fast kleinlaut, wenn auch kurzangebunden. Sie schloss rasch die Tür, nachdem sie den Korb angenommen hatte. Und ich schwöre, ich sah so etwas wie Verzweiflung in ihren Augen. Ich kann es mir immer noch nicht erklären. Ich bin mir nicht einmal sicher, dass ich wissen möchte, was mit ihr los ist. Vielleicht ist es falscher Stolz. Vielleicht möchte sie, dass die Leute von ihr denken, sie sei mehr, als sie ist. Vielleicht schämt sie sich, dass sie nun unter dem Niveau lebt, das sie gewohnt war, als sie noch verheiratet war. Der Schmerz, den ich in ihren Augen sah, lässt mich sie neu überdenken. Und ich kam sehr nachdenklich nach Hause.

Es war die erste Weihnacht ohne Dich, Sean, mein Lieb. Ja, ich ging zur Kirche wie gewöhnlich, aber ich saß in der letzten

Bank und schlüpfte vor dem Segen hinaus, weil es mir immer noch wehtut, darüber zu reden, dass ich Dich verloren habe. Als ich heimkam, war Jim aus Oregon angekommen. Seine Freundin hatte ihn gerade verlassen, und so kam er ganz allein. Da Julie gerade ihre eigenen kleine Kämpfe mit ihrem Geliebten in Seattle durchsteht, hatten wir ein ziemlich ernstes Weihnachtsessen, wir zwei. Vielleicht war es gerade gut, dass ich am Nachmittag Angela den Korb geliefert hatte. Obwohl ich traurig war, wusste ich, dass es noch traurigere Menschen mit noch mehr Bedarf an Trost gibt. Ist das ein unchristlicher Gedanke, Liebster?

Was Silvester angeht, so hatte ich es zugegebenermaßen viel mehr gefürchtet als Weihnachten, wo Jim wieder zurückgereist und Julie immer noch in Seattle war. Das Haus schien mich mit seiner Leere fast zu bedrohen. Aber die Kinder von nebenan, Paul und Véronique, Barb und Christian luden alle vom Deli-Team und ihre Partner und Margaret und ihren aktuellen Freund ein zu einer privaten Feier in ihrem süßen Bistro. Ich war der einzige Single im Raum (Sabine feierte mit ihrem Verlobten woanders). Zuerst dachte ich, ich würde es nicht bis Mitternacht aushalten und lieber heim ins Bett schleichen. Ich nannte mich einen Feigling und blieb. Abgesehen davon hatte ich einen Riesentopf Kartoffelsuppe für die Party zubereitet, den ich nicht verkommen lassen wollte.

Es war es wert. Ich glaube, unsere drei Unternehmen gehören enger zusammen, als sich das je einer gedacht hätte. Da fließt so viel Energie zwischen uns. Es knistert fast etwas wie

Elektrizität zwischen den Gebäuden. Wir inspirieren einander, wir lachen miteinander. Wir feiern miteinander. Ich wünschte nur, Du könntest noch teil daran haben. Aber wärst Du noch hier – hätte ich jemals den Schritt gewagt, ein eigenes Geschäft zu eröffnen?

Das neue Jahr ist erst ein paar Stunden alt. Manche Leute kommen gerade erst von ihren Partys und vom Feuerwerken heim. Du hättest die kleine Gruppe letzte Nacht gemocht. Jeder so voller Visionen und Hoffnungen. Und auch ich habe meine.

Die nächsten paar Monate werden zeigen, ob das Delikatessgeschäft Bestand hat. Ich erwarte, dass der Januar ein schlechter Monat wird. Aber man weiß ja nie. Ich habe ein paar Ideen für die bevorstehende Super Bowl. Und ich hoffe darauf, Mitglied der Handelskammer zu werden. Obwohl „Dottie's Deli" Teil der Viktorianischen Weihnacht zu sein schien, waren wir es nicht wirklich. Wir haben uns so bemüht dazu zu passen.

Nun, nächste Weihnachten wird hoffentlich alles anders. Zumindest hat der „Sound Messenger" über unsere Weihnachtsverlosung berichtet und ein Bild abgedruckt von einer sehr sauer dreinblickenden Angela beim Empfang ihres Korbs und von mir auf der anderen Seite des Henkels mit einem sehr angestrengten Lächeln. Ich weiß nicht, ob ich so eine Verlosung nächstes Mal wiederholen möchte. Vielleicht sollten die Leute Teilnahmekarten mit Namen und Adresse ausfüllen, und wir würden über den Gewinner hinter verschlossenen Türen entscheiden. Andererseits, wo bliebe der Spaß für unsere Kunden?

Es ist sehr spät. Oder eher sehr früh. Ich wünschte, ich könnte mich neben Dich kuscheln. Ich erinnere mich, wie ich den warmen, weichen Duft Deines Körpers neben meinem geliebt habe. Ich vermisse das so sehr. Ich stelle fest, dass ich anfange zu vergessen, wie genau Du geduftet hast. Und ich fühle mich schrecklich deshalb. Wie konnte ich nur so ein Detail über Dich vergessen?!

Ich liebe Dich unendlich, Sean, mein Liebling. Ein frohes Neues Jahr da oben!

In Liebe, Dottie

2

Januar

„Ich frage mich, woher Du diesen Gleichmut nimmst", jammerte Pattie und sah Dottie vorwurfsvoll an. „Wir brechen uns hier einen ab und versuchen, den Januar zu einem halbwegs anständigen Geschäftsmonat zu machen. Und während wir arbeiten, bestiehlt uns jemand heimlich."

Dottie schwieg. Das neue Jahr war so schwierig losgegangen wie erwartet, aber bis Mitte Januar war es nicht besser geworden. Und das machte nun auch Dottie Sorgen. Sie hatten gehofft, dass die Super Bowl ihr Geschäft ankurbeln würde, weil die Kunden für ihre Heckklappenpartys einkaufen würden. Bislang war nicht viel an Party passiert, weil der Januar in diesem Jahr ungewöhnlich kalt war. Und als wäre das nicht genug, fanden sie heraus, dass in ihrer Inventur eine Lücke klaffte zwischen dem, was in den Regalen, und dem, was in den Büchern stand. Nicht viel, aber genug, um einen Dieb unter ihren Kunden zu vermuten.

„Wir müssen einfach die Augen aufhalten", sagte Dottie.

„Und was, wenn wir sie kriegen und sie es leugnen?" wollte Sabine wissen. „Ich weiß, wir sollen sie weder anfassen noch unseren Verdacht laut äußern."

„Warum das denn?" fragte Elli mit großen Augen.

„Weil man deshalb angezeigt werden könnte, wenn man am Ende doch nicht Recht hatte", antwortete Pattie.

Dottie schüttelte den Kopf. „Nicht nur das. Man weiß nie, ob sie nicht gewalttätig werden. Vielleicht sollte ich doch in ein Kamerasystem investieren. Dann können wir die Leute auf Video festhalten und haben einen Beweis für die Polizei."

„Das klingt ziemlich aufregend", sagte Sabine schwärmerisch.

„Aufregend, so ein Quatsch", murrte Pattie und schob eine Schachtel Schokoladenherzen für Valentinstag im Regal weiter nach hinten, um noch eine davorzustellen. „Ich wünschte, wir hätten überhaupt nichts mit diesen kriminellen Elementen zu tun. So."

Dottie seufzte. „Mach die Sache nicht größer, als sie ist, Pattie. Außerdem habe ich das Gefühl, wir haben es mit jemandem zu tun, der wirklich in Not ist."

„Oh, Dottie, komm", sagte Pattie. „Und was stiehlt der? Ein Dutzend Brotpackungen, einen ganzen Karton Gummibärchen, vier Dosen Würstchen, gar nicht zu reden von Keksen, Vitamintabletten und Kompott. Das ist eine Menge innerhalb der letzten Wochen. Das sieht mir nicht nach Not, sondern nach Gier aus."

Dottie zuckte die Achseln. „Sieht mir danach aus, dass jemand hungrig ist, jung, und gebildet."

„Was?!" rief Sabine aus.

Pattie lächelte grimmig. „Ich schätze, du hast deine wirkliche Berufung verpasst, Dottie. Du hättest Profiler bei der Polizei werden sollen."

„Tja", antwortete Dottie. „Ich habe tatsächlich immer einen Hang zu Kriminalromanen gehabt. Was die Arbeit der Polizei in unserer Stadt angeht – ich weiß nicht. Ich beneide sie ganz sicher nicht darum, mit wem und womit sie heutzutage zu tun haben. Sie begeben sich für uns in Gefahr, aber ich frage mich, ob sie je dafür ein Dankeschön bekommen."

„Wenn man vom Teufel spricht", sagte Pattie und nickte in Richtung Fenster. „Hier kommt unser Polizeichef."

Die Tür zum Deli wurde mit Schwung geöffnet, und herein kam ein Polizist in Uniform. Er war über einen Meter achtzig groß, muskulös, mit stahlgrauem Haar und funkelnden braunen Augen in seinem gutaussehenden braunen Gesicht. Für einen Mann in seinen frühen Fünfzigern wirkte Luke McMahon immer noch jung. Er nahm höflich die Mütze ab, als er die Damen grüßte.

„Guten Morgen, Chief McMahon", erwiderte Dottie munter. „Was bringt Sie heute so früh herein?"

„Teils mein Appetit, teils mein Beruf", antwortete McMahon. „Sagen Sie, haben Sie eventuell so leckere Brezeln, wie sie der deutsche Bäcker und Deli in Lakewood macht? Einer meiner Kollegen war gestern dort und brachte ein paar mit. Ich sage Ihnen – das war etwas Besonderes!"

„Tut mir leid", sagte Dottie etwas verlegen. „Wir backen nicht. Wir haben nur das verpackte Schnittbrot von unseren Lieferanten. Kann ich Sie vielleicht mit etwas anderem locken?" Sie sah die Enttäuschung im Gesicht des Chiefs. Und sie entschied auf der Stelle, dass sie irgendwoher deutsche Brezeln beziehen müsse. Für heute war es zu spät, aber vielleicht fand sie eine Lösung, ohne zusätzlich zum Delikatessgeschäft eine Bäckerei zu eröffnen.

„Nun, ich denke Ihr Pumpernickel und ein kleines Glas Dillgurken werden es tun. Zusammen mit etwas Braunschweiger", überlegte er.

Sabine brachte ihm alles schnell. „Die Braunschweiger ist gratis", lächelte Dottie. Dann errötete sie. „Falls das nicht als Bestechung gilt."

McMahon lachte leise. „Ich kann es wirklich nicht annehmen. Aber ich bedanke mich trotzdem. Wenn Sie dagegen etwas für meine Jungs zur Super Bowl Party auf dem Revier tun wollten – das wäre etwas anderes." Und er zwinkerte ihr zu, während er die richtige Menge Geld zusammensuchte.

„Ich höre Sie, Chief", zwinkerte Dottie zurück. „Ich glaube, ich habe schon eine Idee."

Pattie war fertig mit dem Einräumen von Regalen und gesellte sich nun zu ihnen. „Vielleicht bin ich ja zu neugierig. Aber was war denn der berufliche Teil, weswegen Sie hierhergekommen sind?"

McMahons Gesicht wurde plötzlich ernst. „Wir hatten ein paar Anrufe von der Harbor Mall."

Die Harbor Mall war das große Einkaufszentrum am Rande von Wycliff. Es bestand aus zwei Supermarktketten, eine davon regional, ein paar Bekleidungsgeschäften, einem Payless

Shoes, einem Bed, Bath & Beyond, einem Pier 1 Imports, ein paar Fast-Food-Ketten und einem Country Buffet – ein so richtig typisches Einkaufszentrum für den Pazifischen Nordwesten. Obwohl es auch nicht entfernt in der Nähe von Wycliff Harbor lag, hatte irgendwann einmal ein cleverer Marketingmensch vorgeschlagen, es Harbor Mall zu nennen, um ihm mehr Flair zu verleihen.

„Ist es wegen uns?" fragte Dottie verwundert.

McMahon schüttelte den Kopf. „Nein, nein", beruhigte er sie rasch. „Sie haben wegen einiger Diebstähle angerufen, die in den letzten paar Wochen bei ihnen begangen wurden."

„Diebstähle?" fragte Pattie, aber Dottie schoss ihr einen warnenden Blick zu.

„Kleidung, Essen. Nie viel, aber mit regelmäßigem Muster. Da habe ich mich gefragt, ob das nur die Mall betrifft oder auch die Geschäfte in der Unterstadt von Wycliff."

Pattie räusperte sich, aber Dottie preschte schnell vor. „Ich vermute, es ist normal, immer mal wieder kleine Inventurunterschiede auszumachen, Chief."

„Dann hatten Sie also keine Vorkommnisse?" vergewisserte sich McMahon bei ihr.

Aber unter seinem fragenden Blick knickte Dottie ein. Sie konnte die Polizei doch nicht belügen, oder? „Sehen Sie, ich würde es nicht als Diebstahl im Allgemeinen betrachten."

McMahons Gesicht wurde ein lebendes Fragezeichen. „Und was würden Sie es dann … im Besonderen bezeichnen?"

„Als einen Hilferuf", stellte Dottie fest. „Sehen Sie, wir vermissen ein paar Kleinigkeiten. Sie könnten genauso gut abgelaufen sein, und wir hätten sie dann abgeschrieben."

„Dinge wie was?"

„Vor allem Brot und ein paar Produkte in Dosen oder Gläsern und Vitamintabletten."

„Vitamintabletten?" McMahon schien überrascht.

Dottie nickte. „Ich denke, es ist jemand, der hungrig ist und gesund bleiben möchte. Und ich denke auch, dass derjenige jung ist."

McMahon legte seinen Kopf schief. „Wie kommen Sie zu diesem Schluss, Mrs. … Dottie?"

Dottie lachte und hielt ihm ihre Hand hin. „Dottie Dolan, Chief. Für Sie einfach Dottie."

He schüttelte ihre Hand. „Sehr erfreut, Ma'am. Luke McMahon. – Und weshalb denken Sie, unser Dieb sei jung?"

Dottie sah ihn fast schelmisch an. „Wie reif klingt es für Sie, wenn jemand einen Karton Haribo Gummibärchen stiehlt."

„Verflixt!" rief er. „Einen ganzen Karton?"

Dottie nickte. „Ich vermute, wir haben es mit einem jugendlichen Dieb zu tun, der nicht weiß, wie man bettelt oder sich an eine städtische Essensausgabe wendet."

McMahon fuhr sich mit der Hand durchs Haar. „Hmmm … es würde Sinn machen. Die gestohlenen Kleidungsstücke waren vor allem warme Sachen für solches Wetter, wie wir es zurzeit haben."

„Dann sollten wir besser nach so einer Person Ausschau halten, nicht?" fragte Pattie.

McMahon zuckte mit den Schultern. „Sie haben nicht zufällig ein Kamera-Überwachungssystem im Laden? Leider war unser Dieb in der Mall zu vorsichtig oder zu schlau, auf Video festgehalten zu werden. Es dürfte also recht schwierig werden, ihn zu fassen."

„Woher wissen Sie, dass es ein männlicher Dieb ist?" fragte Dottie.

„Ich rate nur. Die Kleidung wurde aus einer Herrenabteilung gestohlen", verriet McMahon.

Dottie seufzte. „Ich hoffe, er kommt zurück und wir kriegen ihn."

„Langsam, Miss Dottie", sagte er. „Sie wollen nicht dabei verletzt werden, wenn Sie ihn ganz allein dingfest machen. Sie rufen uns besser, sobald sie ihn finden, und versuchen, ihn unter einem Vorwand festzuhalten."

Dottie nickte. „Das machen wir, Chief", sagte sie. „Sagen Sie, können Sie mir ein Kamerasystem empfehlen, das wirksam und trotzdem nicht zu teuer ist?"

McMahon nickte. „Ich schicke Ihnen jemanden mit Infomaterial vorbei. – Meine Damen …" Damit salutierte er, setzte seine Mütze auf und verließ den Laden.

„Nun…", sagte Pattie und ließ den Rest ungesagt in der Luft hängen.

„Nun!" antwortete Dottie. „Lass uns wieder an die Arbeit gehen."

„Aber wie wollen Sie die Situation handhaben?" fragte Sabine.

„Es gibt keine ‚Situation', meine Liebe", antwortete Dottie. „Wir werden versuchen, den Dieb unter unseren Kunden auszumachen." Sie hielt inne. „Und dann werden wir dafür sorgen, dass Recht geschieht", fügte sie hintergründig hinzu.

Der Rest des Tages verging langsam und ohne besondere Vorfälle. Das Geschäft gewann kurz vor Feierabend etwas an Fahrt. Und das ließ sie die bevorstehenden Arbeitstage hoffnungsvoll erwarten.

*

Es war knapp gewesen. Als er das Geschäft mit dem Schal um den Hals verlassen hatte – endlich etwas, bei dem sich sein Halsschmerz besser fühlte –, hatte jemand ihm nachgerufen, und er hatte Schritte übers Ladenlinoleum rennen hören. Er hatte rasch um die Ecke in eine kleine Einfahrt sausen können und war in einen nach oben halboffenen Recycling-Container gesprungen. Dort hörte er, wie sich ein paar Leute näherten, stillstanden, ein paar Worte wechselten (aber nicht deren Inhalt), und dann wieder gingen. Sein Herz hatte heftig geschlagen, und er wusste, dass er am tiefsten Punkt seines bisherigen Daseins angelangt war.

Er war nicht immer so schlimm gewesen. Wenn er versuchte, sich seiner Kindheit zu erinnern, sah er verschwommen ein sauberes grün verschaltes Haus an einem Waldrand vor sich. Ein Kätzchen saß auf der vorderen Veranda, und ein paar Hühner scharrten in einer alten Scheune am Wegrand. Ein rostiger Pickup Truck, der nie benutzt wurde, parkte neben der Scheune. Und er erinnerte sich an eine sehr liebe, hübsche Frau mit blondem Haar und sanfter Stimme, die ihn auf einen Berg von Kissen auf einen Stuhl am Esstisch setzte, sodass er sein Besteck erreichen konnte, wenn sie aßen. Er war sich nie sicher, ob das seine Mutter oder eine Tante oder vielleicht eine ältere Schwester gewesen war. Aber er hatte sich geliebt und umsorgt gefühlt.

Eines Tages war ein großer, bulliger Mann in ihr Leben getreten, und das kleine Haus wurde von viel Geschrei, Gefluche und Weinen erfüllt. Die Zimmer sahen weniger ordentlich aus, und die Frau mit dem blonden Haar hatte immer öfter versucht, blaue Flecken und Veilchen zu verstecken. Er hatte nicht verstanden, worum es ging. Er verstand nur, dass die Frau mit der sanften Stimme sich plötzlich kaum noch um ihn kümmerte und er sich besser in der Scheune oder auf dem Dachboden versteckte, wenn der große Mann da war. Nicht, weil er selbst geschlagen worden wäre, aber damit er ihm nicht versehentlich unter die Füße oder zwischen die beiden kämpfenden Erwachsenen geriete.

Dann hatte eines Tages eine Frau auf der Schwelle gestanden und dem Mann und der Frau eine Menge Papiere entgegengehalten. Erst viel später verstand er, dass sie eine Art

Sozialarbeiterin gewesen war. Sie war sehr freundlich zu ihm gewesen, aber als sie versuchte, ihn zu ihrem Auto zu bringen, hatte er angefangen, zu schreien und sich zu wehren. Am Ende hatte sie ihn zurückgelassen. Aber am nächsten Tag war sie mit männlicher Verstärkung zurückgekehrt, und dieses Mal hatte er nicht in dem kleinen grünen Haus bleiben dürfen. Er sah die blonde Frau weinen und winken, und das war das letzte Mal, dass er sie sah.

Das Auto hatte ihn zu einem großen Backsteinhaus gebracht, in dem viele Kinder unterschiedlichsten Alters lebten. Es war laut, aber es war sauber. Er schlief in einem Raum mit fünf anderen gleichaltrigen Kindern. Er aß mit all diesen Kindern in einem großen Saal. Er konnte sich nicht erinnern, wie das Essen geschmeckt hatte. Er erinnerte sich, nie hungrig gewesen zu sein, aber dass sich auch nie jemand wirklich um ihn gekümmert hatte. Es waren einfach zu viele Kinder. Vor allem fragte er sich, wann die blonde Frau ihn wieder abholen käme. Aber es passierte nie. Also hörte er auf zu warten. Er passte sich stattdessen an. Am meisten vermisste er seine Privatsphäre.

Gerade als er langsam das Gefühl bekam dazuzugehören, kam die Sozialarbeiterin, die ihn von dem kleinen grünen Haus weggeholt hatte, wieder und packte ihn in ihr Auto. Dieses Mal fuhr sie in eine ganz andere Richtung. Sie brauchten über eine Stunde bis an ihr Ziel. Es war wieder ein verschaltes Haus. Es war blau und stand in einem großen Garten mit einem Teich am Ende. Ein Hund kam aufs Auto zu und bellte die Ankömmlinge an wie verrückt, und eine schlanke, kurzhaarige Brünette kam aus dem Haus und schrie den Hund an, sodass sie aussteigen konnten.

Er war in dem Haus zurückgelassen worden, und die Brünette und ihr Mann hatten ihm gesagt, sie seien seine neuen Pflegeeltern. Er war verwirrt gewesen. Sie waren gewiss nett, aber er mochte nicht, dass er nicht gefragt worden war, ob er sie als Pflegeeltern haben wollte. Oder ob er überhaupt Pflegeeltern wollte, wenn man's genau nahm. Tatsächlich vermisste er die anderen Kinder, mit denen er in dem großen Haus zusammen gewesen war.

Als er zum dritten Mal vom blauen Haus weggerannt und von der Polizei zurückgebracht worden war, hatte er geweint. Umso mehr, als er schließlich merkte, wieviel Schmerz er dem Paar bereitete, bei dem er wohnte. Seine Pflegemutter hatte geschluchzt, sein Pflegevater war sehr streng und still gewesen. Am Ende war die Sozialarbeiterin seinethalben gekommen und hatte ihn mitgenommen. Als er das große Haus wieder betrat, waren alle seine früheren Freunde fort. Eine Gruppe neuer, zumeist jüngerer Kinder teilte einen anderen Raum mit ihm, und sie starrten ihn neugierig und misstrauisch an. Es war selten, dass man jemanden, der so jung war, zurückkommen sah. Also nahmen sie an, dass etwas mit ihm nicht stimmte.

Er schaffte es, vielleicht ein weiteres halbes Jahr nicht aufzufallen, dann wurde er in ein neues Pflege-Zuhause abgeliefert. Im Grunde wiederholte sich die Geschichte von da an immer wieder. Er dachte nicht einmal darüber nach, ob er glücklich oder unglücklich war. Es war einfach zum Muster geworden. Seltsam genug – seine Schulnoten hatten nicht unter dem ständigen Wechsel von Pflegeeltern und Schulen gelitten. Er hatte einen Ruheort in den Büchern gefunden, die er in seine Hände bekam. Was er las, sog er auf wie ein Schwamm.

Eines Tages schloss er tatsächlich in einer Pflegefamilie die High-School ab. Er sah die Augen seiner jüngsten Pflegeeltern vor Stolz glänzen – als hätten sie selbst seinen Erfolg eingefahren. Als wollten sie der Welt zeigen, dass sie es geschafft hatten, ein erbärmliches Pflegekind auf den rechten Weg zu bringen. Er hätte kotzen mögen. Aber er machte der Form halber mit. Er wollte erwachsen und reif handeln. Er wollte ihnen zeigen, dass es seine Entscheidung war, was er mit seinem Leben anstellte. Seine Entscheidung. Ganz allein.

Eine Weile lang hatte er in einem örtlichen Baumarkt gearbeitet. Er war sogar mit seinem Pflegevater am Wochenende angeln gegangen. Und an seinem achtzehnten Geburtstag wurde er in ein Waffengeschäft mitgenommen und bekam sein erstes Gewehr. Er war nicht allzu begierig darauf gewesen, aber er markierte Begeisterung.

Am Tag nach seinem Geburtstag war er verschwunden. Er hatte sein Gewehr im Waffenschrank zurückgelassen, da sein Pflegevater den einzigen Schlüssel dazu besaß. Er hätte sich ohnehin strafbar gemacht, hätte er ein Gewehr mit sich herumgetragen. Aber er hatte das Geld geschnappt, das er sich von seinen Gehaltsschecks hatte auszahlen lassen, und er war lange vor der Morgendämmerung hinausgeschlichen. Als sie bemerkten, dass er davongelaufen war, fuhr er bereits weit, weit weg in einem Greyhound-Bus Richtung Norden.

Zuerst war es recht einfach gewesen, und es war ihm wie ein großes Abenteuer erschienen. Scheunen und Schuppen hatten ihm als Obdach gedient. Seine indianische Decke hatte ihn ganz gut gewärmt, und zwischendurch hatte er seine Kleidung in Waschsalons gewaschen. Aber dann war es kälter geworden, und es war nicht mehr so wunderbar gewesen. Das Geld war ihm allmählich ausgegangen, und sein Magen knurrte fast ständig. Sein rechter Schuh hatte nun ein Loch, und wenn es regnete, wurde sein Fuß nass. Er stopfte alte Zeitungen hinein, aber damit wurde der Schuh zu eng und verursachte ihm Blasen. Also entfernte er die Zeitung wieder.

'Sonntage waren seine besten Tage. Dann konnte er sich auf seinem Weg in Kirchengemeindesäle schleichen und Essen von den Buffets stehlen. Manchmal bekam er nur ein Muffin oder eine Handvoll Kekse. An anderen Tagen hatte er das Glück, eine Scheibe heißen Schinken oder eine Tasse Eintopf zu ergattern. Er blieb nirgends lange genug, um herauszufinden, wo die Suppenküche einer Stadt war. Er rannte weg, und er wusste nicht einmal, wovor er wegrannte. Er wusste nur, dass er nicht einer weiteren Pflegefamilie aufgezwungen werden wollte. Er wollte nicht, dass ihm irgendwer sagte, wann er was wo zu tun habe. Er wollte sein eigener Herr sein.

Schließlich war er in diese hübsche Stadt am Sund gekommen. Mit ihrer Weihnachtsdekoration wirkte sie glamourös, obwohl Weihnachten bereits vorbei war – aber in echt viktorianischer Tradition schien sie, die zwölf Tage von Weihnachten einzuhalten. Niemand schien ihn zu beachten, als er im Supermarkt zum ersten Mal Brötchen stahl. Er fand sogar eine alte Fischerhütte beim Hafen. Sie wurde nicht mehr benutzt, war aber noch ganz gut in Schuss. Er beschloss, eine Pause einzulegen und einfach ein bisschen zu bleiben, auch weil das Wetter sich verschlechterte.

Eines Morgens erwachte er mit Druck auf der Brust, schmerzendem Hals und Schwindelgefühl. Er wusste sofort, dass er ernstlich erkrankt war, aber er musste erst aufstehen und etwas zu essen suchen. Er wusste, dass er zu erschöpft war, um es wieder bis zur Mall zu schaffen. Außerdem ahnte er, dass er dieses Mal dort nicht so einfach davonkommen würde. Jemand hatte ihn beobachtet, als er den Schal gestohlen hatte, und sie hatten vermutlich die anderen Geschäfte rundherum auch gewarnt. Also musste er wieder zu diesem tollen Delikatessgeschäft an der Main Street gehen. Sie hatten in den letzten Tagen nicht so viel zu tun gehabt, und er musste vorsichtig hineinschlüpfen, wenn alle auf ihre Arbeit konzentriert waren.

Er hatte Glück. Der morgendliche Ansturm hatte gerade begonnen. Er sah eine kurze Schlange an der Kasse und wie die zwei Mädchen an der Wursttheke Kunden bedienten. Er schlüpfte hinter einer dicken, elegant gekleideten Frau durch die Tür und steuerte rasch auf einen Gang zu. Er stand vor dem verpackten Brot. „Pumpernickel" stand auf einem. „Roggenvollkorn" auf einem anderen. Er blickte sich um, sah niemanden, der ihn beobachtet hätte, und wollte es gerade in seinen Mantel stopfen …

„Halt", sagte eine Frauenstimme hinter ihm.

Da wusste er, dass er es vermasselt hatte.

*

Dottie blickte auf das hustende Bündel Elend vor sich. Er saß in ihrem Büro und zitterte. Sie wusste nicht, ob vor Fieber oder aus Furcht. Sein Gesicht war unrasiert, wies aber ohnehin erst wenige Barthaare auf. Ein paar Teenager-Pickel sprossen in seinem Gesicht, aber nicht schlimm. Irgendwann hatte er einen ordentlichen Haarschnitt gehabt, aber der hatte sich zu einer merkwürdig verwirrten Masse ausgewachsen, und seine Kleidung war eine seltsame Mischung aus völlig abgetragen und brandneu.

Chief McMahon war herübergeeilt, sobald er ihren Anruf erhalten hatte, und saß nun auf der anderen Seite des jugendlichen Missetäters.

„Hast du der Dame irgendetwas zu sagen?" fragte Chief McMahon den jungen Mann streng.

„Es tut mir leid", krächzte er.

„Was hast du gesagt? Ich kann dich nicht hören!" fragte Chief McMahon nach.

„Es ist in Ordnung, Chief", sagte Dottie ruhig. „Ich habe ihn gehört." McMahon warf ihr einen irritierten Blick zu. Aber Dottie behauptete sich. „Es ist nur eine Packung Brot."

Der junge Mann sah sie ungläubig an. Dottie lächelte ihm ermutigend zu. „Ich werde dich nicht bei lebendigem Leib verspeisen, Junge. Sag dem Chief und mir, wie du heißt."

„Finn", sagte er.

McMahon notierte etwas, und Dottie fuhr fort. „Finn wie in Huckleberry Finn?" Er nickte. „Das ist ein sehr schöner Name. Und dein Nachname?"

„Hab' keinen."

„Quatsch", rief McMahon. „Jeder hat einen Nachnamen. Wer sind deine Eltern?"

„Hab' keine."

McMahon atmete aus, und Dottie legte ihre Finger mit bittendem Blick auf seine Schreibhand. „Weißt du, wie alt du bist?"

„Ich bin im November achtzehn geworden", antwortete Finn misstrauisch.

„Damit bist du erwachsen und für deine Taten und Missetaten voll verantwortlich", stellte McMahon fest. Finn hustete und schrumpfte auf seinem Stuhl.

„Warum wolltest du das Brot stehlen?" fragte Dottie sanft.

Ein Schimmer Hoffnung glomm in Finns Augen auf. „Ich bin hungrig."

Dottie nickte, da sich ihre Ahnungen bewahrheiteten. „Und ich vermute, dein Mantel und der Schal sind aus einem der Geschäfte in der Mall gestohlen", sagte sie.

Finn errötete. „Ich wollte nicht…"

„Nun", unterbrach McMahon, „aber du hast."

„Verhaften Sie mich jetzt?" fragte Finn mit furchtsamem Blick.

Dottie blickte den Chief an. Der seufzte. „Ich schätze, ich kann dich nicht wegen eines Brots verhaften. Und Mrs. Dolan hier hat dich nicht angezeigt. Noch nicht."

Finn sah Dottie an, und sie schüttelte mit einem merkwürdigen kleinen Lächeln den Kopf. „Ich habe es auch nicht vor", sagte sie. Finn seufzte und hustete wieder. „Obwohl ich das Gefühl habe, dass auch du es warst, der in den letzten Wochen noch mehr Brot, Fleischkonserven, Kompott, Vitamintabletten und einen ganzen Karton Gummibärchen gestohlen hat. Richtig?" fragte sie mit strengerer Stimme.

Finn sah zu Boden und nickte. Es tut mir so leid. Ich mach's wieder gut."

Dottie zog die Augenbrauen hoch und sah McMahon an. Er zuckte die Schultern und nickte. „Ich weiß ja nicht, wie du das mit leerem Magen und krank, wie du bist, bewerkstelligen wolltest. Und es geht nicht nur darum, es mir wiedergutzumachen. Du hast auch aus anderen Läden gestohlen, und du wirst es ihnen auch wiedergutmachen müssen."

Finn sah zu ihr auf und biss sich auf die Lippen. „Was werden sie mit mir tun?"

McMahon räusperte sich und legte Notizblock und Stift zur Seite. „Das kommt ganz auf deine Haltung an, junger Mann."

Dottie nickte. „Der Chief hat Recht. Wenn es dir ehrlich leidtut und du für das Diebesgut bezahlst, könnten sie es dir irgendwann vergeben und vergessen."

„Ich könnte es abarbeiten", flüsterte Finn. „Ich würde wirklich hart arbeiten. Ich bin kein Dieb, ehrlich. Ich habe nur genommen, was ich zum Überleben brauchte. Ich werde alles zurückzahlen."

„Na also", nickte Dottie. „Das klingt doch schon gut. Chief, danke für Ihre Mühe. Ich glaube, ich muss nun mit diesem jungen Mann ein paar Pläne für die Zukunft besprechen, während ich ihm nebenan eine gute, heiße Mahlzeit verabreichen lasse."

Und da wusste Finn, dass er dieses Mal nicht wegrennen würde.

*

Lieber Sean,

Du wirst nicht glauben, was ich getan habe! Vielleicht würdest Du mich sogar tadeln, aber ich glaube, es war richtig, und letztlich wird es gut enden.

Ich habe einen 18jährigen Ausreißer-Schlingel unter meine Fittiche genommen. Er hat einige Geschäfte in der Stadt bestohlen. Auch meines. Aber er tat es aus Not, nicht weil es seine Art ist, glaube ich. Er heißt Finn Rover. Und der Polizeichef, Du erinnerst Dich vielleicht an Luke McMahon, hat einen Hintergrundcheck vorgenommen und erledigt zurzeit alle Anrufe, die gemacht werden müssen.

Nachdem ich Finn auf frischer Tat ertappt hatte und ihn versprechen ließ, seine Diebstähle wiedergutzumachen, nahm ich ihn mit ins „Le Quartier", um ihm etwas Warmes zu essen zu geben. Ich vermute, es war die erste warme Mahlzeit seit Tagen, wenn nicht gar Wochen, der arme Junge. Nun, da wir zweifelsfrei geführt werden, wenn wir es nur zulassen, kam Paul aus der Küche, um mit uns ein wenig zu plaudern, und er verriet, dass sie eine Bedienungs- und Küchenhilfe brauchen. Stell Dir vor, wie ihr Geschäft gewachsen ist! Finn nahm das Angebot sofort wahr, auch wenn er erst in ein paar Wochen anfangen wird. Er muss erst wieder gesund werden. Er hat eine schlimme Bronchitis. Vermutlich haben körperliche Erschöpfung und das Schlafen in einer zugigen Fischerhütte am Hafen dazu beigetragen.

Um es kurz zu machen: Ich habe Finn einstweilen in unser Gästezimmer gesteckt. Zum einen kann ich mich da um sein Wohlergehen weit besser kümmern als irgendwo sonst. Zum anderen kann ich da ein besseres Auge auf ihn haben. Chief McMahon schaut etwa alle zwei Stunden nach ihm, um sicherzugehen, dass er keinen Unfug anstellt. Bisher hat er Finn jedes Mal lesend in unserem Wohnzimmer vorgefunden. Es scheint, wir haben uns einen eifrigen Bücherwurm geangelt.

Nachdem ich an jenem ersten Abend den Laden geschlossen hatte, schleifte ich ihn zu den anderen Geschäften, die er bestohlen hatte. Ich wollte, dass er dort persönlich auftauche und sich entschuldige. Und er sollte sie bezahlen für das, was er genommen hatte. Im Gegenzug sollten sie die Anzeige fallen lassen. Ich weiß, ich weiß – normalerweise handhabt man so etwas anders, und ein Missetäter ist ein Missetäter. Ich gestehe, ich hätte mir keinen so guten Ausgang erhofft, hätte mir der Chief nicht Rückendeckung gegeben, indem er mitkam. Nicht in Uniform, aber immerhin ... Es war ein bisschen peinlich, vor allem im Bekleidungsgeschäft, aber nach ein bisschen Überzeugungsarbeit kamen wir überein. Finn wird also im „Le Quartier" arbeiten und seine Schulden mit seinem Lohn abzahlen. Ich bin nur froh, dass sich der Betrag nur auf ein paar Lebensmittel, einen Mantel, einen Schal und Handschuhe beläuft und nichts Extravaganteres. Und wenn er das geschafft hat, werden wir diskutieren müssen, was er anschließend mit seinem Leben anfangen will. Er hätte es so viel einfacher haben können, wenn er bei einer seiner Pflegefamilien geblieben wäre. Soviel ist sicher. Niemand kümmert sich wirklich um jemanden, der gesetzlich volljährig ist. Doch ich habe das Gefühl, dass er mir als Aufgabe geschickt wurde. Und da er ein sehr wohlerzogener junger Mann mit erstaunlich guten Manieren ist, bedenkt man seine unstetige Kindheit und Jugend, so wird er vielleicht noch etwas erreichen, worüber wir alle staunen werden. Man weiß ja nie.

Was meinen Feinkostladen angeht, so ist es dieser Tage etwas ruhiger als ich vorhergesehen hatte. Aber seit kurzem läuft es wieder besser. Und jetzt arbeiten wir wieder mächtig wegen des bevorstehenden Super-Bowl-Sonntags. Ich schätze, ich muss eine Extra-Bestellung Brat- und Brühwürstchen aufgeben.

Außerdem biete ich ab 1. Februar echte deutsche Backwaren an. Chief McMahon kam eines Tages herein und fragte nach frischen Brezeln. Nein, keine Angst, ich werde keinen neuen Geschäftszweig in meinem kleinen Laden einführen. Aber ich war natürlich ganz Ohr, als er mich an das wundervolle deutsche Delikatessgeschäft in Lakewood erinnerte. Da seine Öffnungszeiten ähnlich wie unsere sind, musste ich mir einen Nachmittag freinehmen, um hinüber zu Hess Bakery & Deli zu fahren und mir die Backwaren selbst anzusehen. Oh Sean, Du würdest diese Brezeln lieben! Sie erinnerten mich so sehr an die in Süddeutschland – außen knusprig und innen lecker weich. Und Du solltest ihre Vielfalt an Brot und Brötchen sehen – ich hätte beinahe geheult.

Ich fragte nach den Inhabern. Kiki hat alle Backerfahrung und -rezepte aus Deutschland mitgebracht, wo er tatsächlich das Handwerk erlernte. Und John und Joanie, die gemeinsam Büroarbeiten erledigten, kamen heraus, um mit mir zu sprechen. Nun, ich fragte sie, ob sie auch andere Läden mit ihren Waren beliefern würden. Ich hatte Glück, und sie waren außerdem so nett! Aber dann fragten sie, wieviel ich brauchen werde und ob das auf regelmäßiger Basis sein solle oder nur eine

Einmallieferung. Und ich war etwas unsicher. Am Ende bestellte ich versuchsweise für zweimal die Woche. Jetzt hoffe ich nur, dass ich damit richtig liege und die Erfahrung mich lehren wird. Außerdem gaben sie mir guten Rat, wie ich die Backwaren lagern und präsentieren solle und an welchen Wochentagen größere Nachfrage herrschen werde. Ich bin also ganz hoffnungsvoll.

Drücke mir trotzdem die Daumen, mein Lieb. Ich wünschte, Du könntest mir selbst Mut machen. Ich vermisse Dich.

In Liebe, Dottie

3

Februar

Die Super Bowl war vorüber, und die meisten Läden in
Wycliff hatten ein gutes Valentinstags-Geschäft gemacht.
„Dottie's Deli" hatte nicht viel deshalb unternommen. Aber sie
hatten eine ganz nette Anzahl Pralinenschachteln an ihre Kunden
verkauft. Nun würde es etwas ruhiger, aber dennoch geschäftig
bleiben, bis Ostern käme. Dottie hatte Schokoladeneier und
Fondant-Küken geordert, und für die erwachsenen Oster-Kunden
würde es sogar Likör-gefüllte Leckereien geben.

Da kein anderes Event bevorstand, setzte die
Handelskammer endlich auch ihre erste Sitzung im Jahr im
Wycliff Bürgerzentrum an. Als neue Geschäftsinhaberin in
Wycliff hatte Dottie eine offizielle Einladung erhalten, der
Sitzung als Gast beizuwohnen, mit der Option, Mitglied zu
werden. Dottie war begeistert und nervös. Endlich, endlich wurde
ihr Traum wahr. Sie würde zu der Gruppe gehören, die alljährlich
die Viktorianische Weihnacht initiierte. Oh, sie würde dafür
sorgen, dass alles in ihrem Geschäft und an seiner Fassade einfach
perfekt wäre.

„Du bist heute schlimmer als ein Sack Flöhe", schalt
Pattie Dottie grinsend. „Überall gleichzeitig und annähernd
nutzlos."

„Ich weiß", antwortete Dottie mit reuigem Lächeln. „Bitte ertrag mich. Die Sitzung heute Abend bedeutet mir so viel, und ich sorge mich nur, dass man mich nicht ernstnehmen könnte."

„Du machst dir Sorgen!" sagte Pattie. „Warum sollten sie dich nicht ernstnehmen?"

„Weil ich mein Geschäft eben erst eröffnet habe?" erklärte Dottie. „Ich lebe hier erst seit etwas mehr als 18 Monaten. Ich habe noch nie ein Delikatessgeschäft geführt. Ich …"

„Pfff", unterbrach Pattie. „Hör dir mal selbst zu! Hast du eine Einladung zur Sitzung heute Abend bekommen oder nicht?" Dottie nickte stumm. „Na also! Offensichtlich ist es der Handelskammer egal, wie neu du in der Stadt bist oder dein Geschäft oder sonst irgendetwas. Warum also sollte es dich kümmern? Außerdem, was könnte passieren? Dass sie dir die Mitgliedschaft verwehren? Unfug! Sie brauchen so viele Mitglieder wie möglich, um Dinge ins Rollen zu bringen. Sie wollen dich!"

Dottie seufzte. „Danke fürs Kopfzurechtsetzen, Pattie. Ich schätze, ich brauche das manchmal. Bist du sicher, dass du heute Abend nicht mitkommen willst? Immerhin bist du meine Partnerin."

Pattie schüttelte den Kopf. „Nein, meine Liebe. Walter beschwerte sich neulich, dass ich mehr mit dem Laden als mit ihm verheiratet bin. Und wenn er es auch wie einen Scherz klingen ließ, ist doch vielleicht ein Körnchen Wahrheit an dem, was er sagte. Mein Kopf steckt mitunter in den Wolken, und ich merke vermutlich nicht immer, wenn er Sorgen hat, wenn er nicht gerade ganz still wird. Und dann will er meist schon gar nicht mehr darüber reden. Also höre ich besser hin, bevor das passiert."

„Oh, ich hatte keine Ahnung." Dottie blickte ernst drein. „Mag Walter dein geschäftliches Engagement wirklich nicht?"

„Nein", sagte Pattie. „Aber ich möchte, dass es gar nicht erst soweit kommt."

Dottie zog ein Gesicht und nickte. Dann blickte sie prüfend über den Laden. „Alles pikobello", stellte sie fest. „Und selbst unser Backwarenregal hat gut Platz gefunden."

„Oh, diese Brezeln und so", sagte Pattie. „Die sind wirklich Renner geworden. Gut, dass du Hess um tägliche Lieferungen statt zweiwöchentliche angefragt hast."

Dottie nickte. „Meinst du, es sieht wie Bestechung aus, wenn ich ein paar davon zur Sitzung heute Abend mitnehme? Nur damit sie mal davon kosten können?"

„Machst du Witze?!" erwiderte Pattie. „Das ist eine prima Idee. Sie werden dich dafür lieben!"

*

Dottie war noch nie im Bürgerzentrum gewesen. Es war ein modernes Gebäude an der Durchfahrtstrasse von Wycliff mit einem großen Parkplatz und zahlreichen darum gepflanzten Kirschbäumen. Drinnen war die einladende Lounge mit Teppichboden, einem offenen Kamin und schweren Ledersofas und -sesseln ausgestattet, mit einem Ständer für regionale Zeitschriften und Broschüren und einer Kaffeeküche. Einige Leute standen dort herum und plauderten miteinander. Dottie wusste nicht, ob sie zur Handelskammer gehörten oder nicht. Sie nickte ihnen schüchtern zu und ging zum Konferenzraum.

Man hatte die Tische zu einem Oval aufgestellt, sodass jeder jeden sehen konnte. Dottie schrumpfte innerlich. Sie hätte einen Platz in einer hinteren Reihe bevorzugt. Aber bevor sie sich wieder aus dem Raum stehlen konnte, wurde sie von einer üppigen Frau angesprochen, die mit ausgestreckten Händen auf sie zueilte.

„Sie müssen Dottie sein!" rief sie mit einer dröhnenden Stimme, die zu ihrer Körpergröße passte. „Willkommen zu unserer Sitzung! Schön, dass Sie kommen konnten. Ich bin Tiffany Delaney von Delaney & Delaney Landschaftsbau." Dottie lächelte und schüttelte ihre Hand. Bevor sie noch etwas sagen konnte, fuhr die Frau fort: „Lassen Sie mich sehen, wo Sie heute Abend am besten sitzen … Möchten Sie mit mir am Kopfende sitzen? Dann können Sie jeden sehen, und ich kann Ihnen alle Unterlagen aus dem letzten Jahr geben, während wir unsere Agenda durchgehen." Hier musste sie Luft schöpfen. „Ich bin dieses Jahr die Vorsitzende, wissen Sie. Deshalb sitze ich am Kopf." Dottie nickte. „Oh, Sie werden sehen, es macht so viel Spaß! Wir machen viel zusammen für die Stadt. Und wir haben immer den einen oder anderen Gast. Heute sind das Sie und der Bürgermeister. Haben Sie schon unseren Bürgermeister kennengelernt?"

Dottie nickte. „Er ist einer meiner Stammkunden, seit ich das Delikatessgeschäft eröffnet habe."

„Tatsächlich?" rief Tiffany aus. „Ich gebe zu, ich habe Ihre Lebensmittel noch nicht gekostet. Was der Bauer nicht kennt, wissen Sie? Aber ich schätze, ich werde nun kommen müssen und sie zumindest versuchen. Ist deutsches Essen sehr exotisch?"

Dottie zuckte die Schultern. „Was exotisch ist, ist eine sehr individuelle Wahrnehmung, würde ich sagen. Wenn Sie noch nie welche gegessen haben, warum versuchen Sie nicht eine von den Brezeln? Und nein, wir machen sie nicht selbst, sondern bekommen sie täglich frisch geliefert." Und damit zog sie das große Geschirrtuch weg, mit dem sie ihren Korb bedeckt hatte, und bot Tiffany eine große, rostbraune, salzbestreute Brezel an.

„Oooh!" gurrte Tiffany. „Da schau an! Haben Sie die heute Abend für uns mitgebracht?"

„Ich dachte, es wäre eine nette Zwischenmahlzeit", bestätigte Dottie.

Tiffany biss in die Brezel und verdrehte genüsslich die Augen. Eine Weile herrschte Ruhe, während sie kaute und schluckte, erneut abbiss und wieder kaute. Dottie setzte inzwischen ihren Korb auf einem Beistelltisch neben den Getränken für die Sitzung ab. Dann setzte sie sich an den ihr zugewiesenen Platz. Langsam betraten die Kammermitglieder nacheinander den Raum. Um 19 Uhr wurde schließlich die Sitzung eröffnet.

Dottie zuliebe ließ Tiffany jeden sich erst einmal vorstellen. Während des vergangenen Jahres waren Dottie eine Reihe Gesichter vertraut geworden, aber nicht alle. Einige hatten ihre Geschäfte draußen in der Mall und kamen kaum in die Unterstadt von Wycliff, und so hatte sie den Gesichtern keine Namen zuordnen können. Aber von jetzt an würde das anders werden.

Schließlich war Dottie an der Reihe, sich vorzustellen. Sie zitterte ein bisschen, als sie bekanntgab, dass sie immer noch neu in Wycliff war und um wieviel neuer ihr Delikatessgeschäft war. Aber sie blickte nur in freundliche und neugierige Gesichter, während sie sprach, und fand allmählich mehr Selbstvertrauen. „Weihnachten hat mich schon immer sehr begeistert", gab sie schließlich zu. „Es bedeutet mir sehr viel in religiöser Hinsicht wie auch darin, wie man es feiern kann. Weihnachtsdekorationen lassen mein Herz immer höherschlagen. Wenn Sie es mir also erlauben, würde ich sehr gerne zu der Arbeit der Handelskammer an der Viktorianischen Weihnacht beitragen. Für mich wäre das eine wunderbare Gelegenheit zu helfen, Wycliff zum Glänzen zu bringen." Die Kammermitglieder applaudierten, und Dottie setzte sich mit glühendem Gesicht.

Danach wurde viel altes Geschäft besprochen und abgestimmt. Das letztjährige Weihnachtsbudget hatte die Beleuchtung der Main Street und des Weihnachtsbaums am Rathaus abgedeckt. Davon abgesehen hatte sich jeder einzeln bemüht, sein viktorianisches Weihnachtsthema zu finanzieren. Im

Wesentlichen hatte jeder einen bestimmten Prozentsatz seines Monatsumsatzes dem Weihnachtsfond der Kammer gespendet und darüber hinaus seine eigene Geschäftsaktion zu diesem Anlass finanziert. Dottie war beeindruckt, welche Summe das saisonale Ereignis verschlang. Aber sie war bereit, ihren Teil dazu beizutragen.

Natürlich hatten sie auch einige kleinere Themen auf der Agenda. Die neue Asphaltierung eines Abschnitts der Front Street. Parkuhren an der Main Street, was von jedem Geschäftsinhaber heftig abgelehnt wurde, weil es Touristen und Stammkunden von der Unterstadt fernhalten und sie dazu bringen könnte, ihre Einkäufe nur in der Mall zu erledigen. Das Aufstellen einiger Bänke an der Front Street – worüber die Geschäfte der Main Street und der Mall nicht allzu begeistert waren, weil sie auf ihrem Terrain schlicht keinen entsprechenden Platz für Bänke hatten. Eine Gedenkstätte für ein verstorbenes Mitglied – man hatte mehrere hundert Dollar zusammen, würde aber weitere hundert für eine angemessene Ausführung benötigen.

In Dotties Kopf begann es zu schwirren. Bis sie wieder das Wort Weihnachten hörte. Sofort wurde ihr Kopf wieder klar.

„Wie jedes Jahr haben wir unseren Bürgermeister, Clark Thompson, in unser Weihnachtskomitee eingeladen", verkündete Tiffany. „Und wir möchten auch unser neustes Mitglied einladen – das heißt, ich hoffe, wir dürfen ab jetzt auf Sie zählen – Dottie Dolan."

Dottie strahlte und nickte. Der Kassenwart, ein kleiner grauhäutiger Mann in seinen späten Fünfzigern – sein Name war Dottie unglücklicherweise entfallen – begann wieder, über Zahlen zu reden. Im Januar waren die Strompreise um 1,4 Prozent gestiegen, und das würde sich auf die Beleuchtungskosten auswirken. Niedrigenergie-Glühbirnen wären vermutlich teuer in der Anschaffung, würden dann aber die Stromrechnung senken. Oder man könnte diese neumodischen LED-Leuchten benutzen. Etcetera, etcetera. Dottie war ein bisschen enttäuscht, dass die Viktorianische Weihnacht in ihrem Planungsstadium nicht ganz so weihnachtlich war.

Nach der Sitzung kam Bürgermeister Thompson auf sie zu, als sie das Geschirrtuch in den nun leeren Brezelkorb faltete.

„Es ist ein bisschen viel auf einmal, nicht wahr?" fragte er mitfühlend, und Dottie errötete.

„Ich bin zwar nicht gerade ein Zahlenmensch", gab sie freimütig zu. „Aber ich hatte nicht vermutet, dass es so theoretisch um Weihnachten gehen würde. Und ich hatte keine Ahnung, welche anderen Themen Sie auch noch so abhandeln."

Mayor Thompson lachte leise. „Ach ja, das erinnert mich daran, wie ich seinerzeit im Stadtrat angefangen habe. Das Komische ist, dass es sich heute ganz natürlich anfühlt, aber als ich anfing, dachte ich, diese Zahlen würden mir die ganze Freude daran verderben. Heute empfinde ich sie als Herausforderung, der wir uns stellen müssen."

Dottie nickte. „Das ist eine gute Sichtweise. Aber kann man es nicht ein bisschen weniger trocken präsentieren?"

„Da bin ich so mit Ihnen einig", sagte Bürgermeister Thompson. „Sehen Sie Mr. Martinovic seine alte Schule nach. Er ist allerdings sehr gründlich, und er hat es bisher immer geschafft, unsere Zahlen mit unseren Projekten durch sichere Investitionen und guten Rat in Einklang zu bringen."

Dottie griff ihren Korb. „Nun, ich werde wohl einfach hineinwachsen müssen", stellte sie fest. „Das habe ich mit meinem kleinen Geschäft ja schließlich auch getan. Obwohl ich zugeben muss, dass ich ohne meine Partnerin Pattie so viel mehr mit den Büchern zu kämpfen hätte. Sie macht ihre Aufgabe einfach herausragend gut."

„Wie schön für Sie!" sagte Bürgermeister Mayor Thompson und seufzte. „Ist es nicht verrückt, schon wieder für Weihnachten zu planen, wenn es gerade erst vorüber ist?"

Dottie schüttelte den Kopf. „Ich liebe das einfach. Es ist schon immer mein Lieblingsfest gewesen, und ich kann nicht genug davon bekommen. Wie geht es Ihnen damit, Mr. Thompson?"

Das Gesicht des Bürgermeisters wurde ernst und wehmütig. „Vor langer Zeit war das für mich auch so. Aber dann versetzt einem das Leben einen Schlag, und da hat man's. Das Fest ist nichts Fröhliches mehr, sondern eine Erinnerung daran, was einmal war."

*

Clark Thompson hatte vor langer Zeit Jura studiert. Als Sohn der Stadt Wycliff war er Rechtsanwalt geworden und hatte sich da niedergelassen. Er liebte die gemütliche, friedliche Kleinstadt mit seiner geschäftigen Hauptstraße und dem Hafen als Drehscheibe. Es passierte nicht viel, nur geringfügigere Fälle, die ihm relativ wenig Arbeit abverlangten und meistens in Vergleichen endeten. Er hatte ein leichtes Leben. Er verdiente gutes Geld. Er zahlte seine Geschwister aus dem Elternhaus aus, das er seither bewohnte. Eigentlich war es ein gutes Leben. Aber es war auch langweilig.

Bis er eines Sonntagmorgens während eines Golfmatches Vicky entdeckte. Oder sein Golfball entdeckte sie eher. Sein langer Abschlag hatte plötzlich abgedreht, von einer Bö in eine Kurve gezwungen, und war zu ihren Füßen gelandet. Vicky war völlig erschrocken gewesen, da sie gerade zu ihrem nächsten Abschlag spazierte, und sie ließ den Griff ihres Caddys fallen. Clark musste zu ihr eilen und sich entschuldigen. Sie brachen schließlich ihr jeweiliges Spiel ab und aßen stattdessen gemeinsam im Klubhaus zu Mittag.

Bald dehnten sich ihre sonntäglichen Golfverabredungen zu samstäglichen Abendessen aus, dann zu gemeinsamem Kochen, dem Besuch von Bauernmärkten auf der Suche nach frischem Obst und Gemüse. Ihr jeweiliger Freundeskreis verschmolz zu einem, der gemeinsam Partys feierte. Und an einem besonders sonnigen Sonntag, etwa ein Jahr nach ihrer ersten Begegnung, brachte Clark Vicky wieder zum Golfkurs und spielte mit ihr bis zu dem Loch, das sie an jenem ersten Tag gespielt hatte, um ihr dann die Schicksalsfrage zu stellen. Vicky hatte unter Tränen gestrahlt und kaum ihr „Ja" herausgebracht.

Sie hatten im selben Jahr geheiratet. Und es sah ganz so aus, als würden sie glücklich bis an ihr Lebensende sein. Aber das passiert natürlich nur in Märchen. Denn Vicky wünschte sich verzweifelt ein Kind, konnte aber keines empfangen. Clark war nicht so sehr auf Nachwuchs aus wie seine hübsche junge Frau. Er hatte es jetzt mehr auf eine steile Karriere abgesehen. Er wollte um ihretwillen jemand werden, mit dem zu rechnen war. Also wurde er Mitglied des Stadtrats, löste bald prestigeträchtigere Rechtsfälle und erteilte öfter rechtlichen Rat, als er vorhergesehen hatte.

Während er in seinen neuen Verantwortungsbereichen voll aufging, versuchte Vicky ihre eigene Berufung im Leben zu finden. Sie trat dem Wycliff Garden Club und dem historischen Museum bei. Sie engagierte sich im Kirchenchor und dekorierte meist den Altarschmuck für den Sonntag. Aber daheim fühlte sie sich so, als nutze sie jemanden aus und müsse mehr erreichen. Es war egal, dass Clark sie immer wieder tröstete, dass sie alles richtig mache und er nichts von ihr erwarte. Wodurch sie sich noch unzulänglicher fühlte. Er sagte, er sei glücklich, sie daheim zu haben, wo sie nach Haus und Garten sah, einkaufte und für ihn kochte, seine Hobbys teilte und seinen täglichen Berichten über seinen Arbeitsalltag lauschte, mit ihm fernsah und Freunde bewirtete. Vicky meinte, sie müsse entweder einen richtigen Beruf haben oder ein Kind.

„Verdiene ich dir nicht genug Geld, Liebes?" scherzte Clark.

Vicky schüttelte den Kopf. „Darum geht es nicht, und das weißt du. Ich denke nur, dass mehr von mir erwartet wird."

„Erwartet von wem?" fragte Clark verwirrt.

„Von dir. Von den Leuten", seufzte Vicky.

„Nun", hatte Clark erstaunt gekontert. „Sicher nicht von mir. Und wen sonst geht es etwas an?"

An diesem Punkt zuckte Vicky für gewöhnlich die Schultern und zog sich in ihre eigene kleine Welt des Schweigens und des Selbstvorwurfs zurück, während Clark sie verständnislos anstarrte und in sein Arbeitszimmer ging, um eine der täglichen Comedy-Shows im Fernsehen zu sehen.

Ihre Ehe begann zu leiden. Sie liebten einander immer noch sehr, aber Vicky kam nicht darüber hinweg, nicht schwanger zu werden. Immer wenn sie eine ihrer Freundinnen mit einem Neugeborenen oder ihren Kleinkindern sah, wurde es schlimmer. Clark fiel es schwer, sie zu trösten und rückzuversichern. Er merkte, dass er immer weniger bewirkte und dass die Lücke zwischen ihnen stetig wuchs.

Eines Tages kam er heim, und sie rannte ihm entgegen. Sie warf ihm die Arme um den Hals und lachte und weinte. Endlich erwartete sie ein Kind. Die nächsten paar Monate strickte sie Babykleidung und wählte ein Kinderzimmer aus. Sie kaufte eine nagelneue Wiege und dekorierte die Wände mit tierförmigen Papierausschnitten. Beim Abendessen zählte sie auf, was sie für das Baby tun wollte. Und sie fragte sich, welchen Namen sie für das Kleine wählen sollten. Sie war so überaus glücklich.

Und dann verlor sie das Baby.

Von da an war es schnell bergab gegangen. Vicky wurde schwer depressiv. Und obwohl Clark sagte, sie könnten eine neue Schwangerschaft versuchen, wandte sie sich ab, wenn er versuchte, mit ihr zu schlafen. Vicky blieb nun tagsüber meist im Bett. Sie nahm Anti-Depressiva. Und als Clark eines Tages von einer Stadtratssitzung nach Hause kam, roch er Alkohol in ihrem Atem.

„Vicky, bitte! Reiß dich zusammen!" bat er seine Frau. „Tabletten und Alkohol sind eine üble Mischung. Tu dir das nicht an!"

Sie sah ihn aus glasigen Augen an. „Du meinst, ich solle das nicht dem künftigen Bürgermeister von Wycliff antun, richtig?"

Etwas in ihm zerriss, aber er behielt die Kontrolle, während er kalt erwiderte: „Du weißt, dass das nichts mit irgendeinem Amt zu tun hat, das ich innehabe oder vielleicht antrete. Hier geht es um unsere Ehe. Wir haben unser Baby verloren, ja. Aber es wird andere geben. Reiß dich zusammen und hör mit diesem endlosen Selbstmitleid auf!"

Er sah nicht, wie sehr seine Kälte sie verletzte. Er hatte vor allem keine Ahnung von Depressionen und wie sie sich in eine Abwärtsspirale verwandeln können. Er dachte, er müsse nur sachlich und bestimmt bleiben. Und dass Vicky zu hilflos geworden sei, nach der Liebe zu greifen, die er ihr immer noch zu bieten hatte. Sie hörte auf, abends zu trinken. Sie begann stattdessen schon morgens damit, sobald er aus dem Haus war. Clark vermutete das, konnte es aber nicht beweisen. Sie begannen, um einander herumzuschleichen, jeder auf seine Weise misstrauisch und verletzt.

Eines frühen Heiligabends beschloss Clark wegen einer letzten Aufgabe in sein neues Rathausbüro zu gehen. Er war erst die Woche zuvor zum neuen Bürgermeister gewählt worden, und er wollte der neuen Herausforderung mit besonderer Sorgfalt begegnen. Ein paar Stunden später klopfte es an seine Bürotür.

„Herein!" rief Clark.

Die Tür öffnete sich, und es standen zwei Polizisten mit ernsten Gesichtern davor. Clark wusste sofort, dass sie keine guten Nachrichten brachten.

Vicky hatte ihr zweites Auto genommen, um nach Seattle zu fahren. Sie hatte auf einem Stück Glatteis auf einem Waldsträßchen die Kontrolle verloren. Sie war auf einen Baum aufgefahren und sofort getötet worden. Ironischerweise hatte sie an diesem Morgen nicht einen Tropfen getrunken.

Viele Menschen waren ein paar Tage später in die Kirche gekommen. Clark Thompson hatte während des

Gedenkgottesdienstes und des Empfangs im Gemeindesaal danach eine steinerne Miene bewahrt. Es gelang ihm, ausgeglichen und seinen Aufgaben im Büro gewachsen zu scheinen. Aber nachts weinte er wie ein Kind in sein Kissen.

Er brauchte Jahre, um zu akzeptieren, dass Vicky nicht mehr da war. Er begann, die traurigen Teile ihrer Ehe zu vergessen, und erinnerte sich nur noch an das Feuer und den Schwung seiner Frau. Mit den Jahren gewann er seinen Seelenfrieden zurück und brachte Wycliff ins Bewusstsein des Washingtoner Tourismus. Aber Weihnachten gehörte nie wieder zu den Ereignissen, die er mochte. Er fühlte sich davon überfordert und war froh, dass die Handelskammer die Festaktionen im Dezember als ihren Aufgabenbereich übernahm.

*

„Ich stelle mir eine Bonbonbar mit Schäufelchen in dieser Ecke vor. Und ein überdimensioniertes Knusperhaus mit allen Figuren aus Hänsel und Gretel im süßen Fenster", platzte Dottie heraus. „Und ich will eine echt bayerische Weihnachtsszene mit ein oder zwei Schaufensterpuppen im herzhaften Fenster. Und …"

„Halt!" lachte Pattie. „Bitte halt!"

Dottie wandte sich ihr zu und sah sie erstaunt an. „Ist irgendetwas passiert?"

„Dottie, es ist wundervoll, dass du schon Pläne für Weihnachten machst, aber wir haben dir nun schon die ganze

Woche zugehört, und um ehrlich zu sein, wir sind einfach noch nicht dazu in der Stimmung."

Dottie sah Elli und Sabine fragend an. Ihre Leichenbittermienen verrieten ihr, dass Pattie ausgesprochen hatte, was auch sie fühlten. „Aber diese Dinge müssen strukturiert und geplant und organisiert werden", sagte sie unsicher.

„Richtig", stimmte Pattie zu. „Und das werden wir auch rechtzeitig tun. Und alles wird absolut prima sein. Aber könnten wir bitte genießen, dass draußen unsere japanische Kirsche zu blühen beginnt? Und dass es täglich wärmer und sonniger wird? Und daran denken, dass diese fantastischen Osterprodukte, die wir gerade geliefert bekommen haben, Platz im Regal finden müssen?"

Dottie errötete. „Ich weiß, ich klinge nicht wie eine Ladeninhaberin und erst recht nicht wie ein Manager. Und natürlich bin ich froh, dass der Frühling bald kommt. Ich freue mich nur so sehr, die diesjährige Viktorianische Weihnacht mitplanen zu dürfen."

Elli fiel ein Karton mit Eierlikör-gefüllten Schokoladeneiern hinunter. „Ohje!" stieß sie hervor. „Ich hoffe, sie sind nicht zerbrochen."

Dottie bedeutete ihr, ihr den Karton zu bringen, und inspizierte die Beutel darin. „Nur eine Tüte Rührreier", scherzte sie. „Und die verfüttern wir besser nicht an dich."

„Nein," stimmte Elli zu und errötete, während sie ihren kleinen Babybauch streichelte. „Besser nicht."

*

Dottie musste allerdings nicht lange auf ihre Weihnachtsplanungen verzichten. Ein Anruf von Tiffany Delaney, die nicht nur Vorsitzende der Handelskammer, sondern auch ihres Weihnachtskomitees war, lud sie zu einer Sondersitzung Ende Februar ein.

Dieses Mal trafen sie sich in Tiffanys Unternehmen, einem schicken Büro, das mit allerlei fremdartigen Pflanzen und winzigen Bonsais dekoriert war. Tiffany hatte Kekse und Sandwichdreiecke bereitgestellt, von denen nichts aus „Dottie's Deli" rührte. Aber Dottie war sich sicher, dass sie sie noch als Kundin gewinnen würde. Sie ließ ihren Blick in die Runde schweifen und erkannte Mike Martinovic, den Kassenwart, Bill „Chirpy" Smith von „Birds & Seeds", Lee Anne Minh von „Naughtical Lingerie" und Bob Simmons von „Seaside Toys".

Tiffany erklärte die Sitzung für eröffnet und kam gleich zur Sache. „Also, vielleicht sollten wir die Angelegenheit mit der Weihnachtsbeleuchtung der Unterstadt noch einmal genauer besprechen. Immerhin müssen wir frühzeitig beginnen, bevor die Festivitäten des restlichen Jahres uns in ihren Strudel ziehen."

Mike räusperte sich und legte erneut das veranschlagte Budget dar, die Steigung der Stromkosten und die Option energiesparender Birnen. „Ich rate nur, die Entscheidungen vorsichtig zu treffen", sagte der kleine graue Mann mit einem warnenden Blick in die Runde. „Man weiß nie, ob unser

Kontostand am Ende unseren Investitionsplänen entspricht, wenn wir das Geld brauchen."

Alle nickten. Sie diskutierten den Vorteil heller LEDs gegenüber Energiesparbirnen und den Kauf fabrikfertiger Ornamente gegenüber dem von Kabeln und Birnen und dem Engagement eines Elektrikers, der sie in Weihnachtsdekorationen formen musste. Sie diskutierten, ob sie in den Weihnachtsbaum beim Rathaus zusätzlichen Baumschmuck hängen sollten oder ob schlichte Birnen schmückend genug seien.

„Und haben Sie je über eine Krippenszene darunter nachgedacht?" fragte Dottie, begeistert, dass auch sie etwas beizutragen hatte. Unbeabsichtigt hatte sie damit allerdings die Diskussion losgetreten, wie religiös die Stadtdekoration sein dürfe.

„Aber es ist das *Christ*-fest!" betonte Dottie.

Bill nickte zustimmend. Lee Anne nickte ebenfalls bestimmt. Aber Bob war nicht sicher, dass auch die Stadt das repräsentieren sollte. „Wir haben schließlich auch nicht-christliche Bürger."

Tiffany hörte sich alle Beiträge an. „Natürlich wollen wir Christus im Christfest belassen", sagte sie diplomatisch. „Und es besteht kein Zweifel, dass eine Krippenszene unsere viktorianische Weihnachtsdekoration äußerst passend abrunden würde. Aber vergessen wir nicht, dass wir ja schon diskutieren, ob wir uns die diesjährige Weihnachtsbeleuchtung in der Stadt in ihrem üblichen üppigen Ausmaß leisten können. Wir besitzen keine Krippenfiguren, was bedeutet, dass wir in welche investieren müssten. Was auch bedeutet, dass wir unser Budget strecken oder aufstocken müssten. Beides ist derzeit nicht möglich. Also, Dottie, wirklich eine schöne Idee, aber behalten wir sie für ein künftiges Fest im Hinterkopf."

Dottie wurde rot. Ihr erster Beitrag hatte den Raum nicht nur mit einer unterschwelligen Spannung hinsichtlich religiöser gegenüber weltlicher Weltanschauung erfüllt. Er hatte sich auch als nicht durchdacht genug erwiesen. Sie biss sich auf die Lippen. Wie peinlich!

„Nun zum Baum …" fuhr Tiffany fort. „Bill, hast du noch diesen wundervollen Kontakt zur Sägemühle bei Federal Way?"

Bill kratzte sich die Stirn und sagte, er wisse nicht, ob die letztjährige Kontaktperson auch in diesem Jahr noch existiere, da der Mann, den er immer wegen der Spende eines Zehn-Meter-Baums angesprochen hatte, im Sommer in Ruhestand gehen werde. „Ich werde natürlich mein Bestes versuchen, aber ich kann nichts versprechen."

„Gut", sagte Tiffany. „Das bedeutet, wir brauchen einen Plan B. Irgendwelche Ideen?" Dieses Mal hielt Dottie den Mund. Sie kannte die Optionen in der Gegend ohnehin nicht allzu gut. Und als Lee Anne vorschlug, eine nahe Weihnachtsbaumfarm wegen der Baumspende anzusprechen, atmete sie erleichtert auf. Sie hätte nur eine weitere Möglichkeit gefunden, die Geld gekostet hätte.

Am Ende hatten sie eine lange Liste mit Dingen, die geprüft und organisiert werden mussten, Leuten, die angesprochen werden sollten, und Kammermitgliedern, die zu ihren geplanten Aktionen zur diesjährigen Viktorianischen Weihnacht befragt werden mussten. Das mussten sie bald angehen, da Ostern und die jährliche Tulpenparade rasch näherkamen. Und danach würde die Tourismussaison die Denkenergie jedes Geschäftsinhabers bis zu dem Punkt erschöpfen, wo man einander auswich, um nur nicht über Weihnachtspläne sprechen zu müssen.

Lee Anne spürte Dotties Unsicherheit. Als die Sitzung geschlossen wurde, ging sie rasch auf sie zu und flüsterte: „Lassen Sie sich nicht von Bobs Gegenargumenten und Tiffanys Absage an Ihren Vorschlag unterkriegen. Sie hatten durchaus Recht!"

Dottie blickte die zierliche Teilasiatin dankbar an. „Glauben Sie wirklich?" fragte sie hoffnungsvoll.

„Oh ja", lächelte Lee Anne breit. „Ich wette, Bob ist weit religiöser, als er zugibt, aber er glaubt, es sei unmännlich, es zuzugeben. Er will es einfach nur jedem rechtmachen. Er denkt vermutlich auch, ich sei Buddhistin oder so."

„Nun, sind Sie nicht?" fragte Dottie überrascht.

Lee Anne schüttelte den Kopf. „Vierte Generation Christen. Mein Urgroßvater kam hierher, als die Eisenbahn gebaut wurde, und ließ sich taufen. Seitdem ist unsere Familie christlich."

„So viel zu Vorurteilen", sagte Dottie reumütig.

Lee Anne lachte. „Ja. So sind die Menschen. Man weiß nie, welche Vorurteile sie gegen dich hegen."

„Gegen mich?" fragte Dottie. Dann verstand sie. „Oh, so wie ich dachte, Bob sei völlig weltlich."

Lee Anne nickte und lächelte. Als sie auseinandergingen, wusste Dottie, dass sie eine Freundin gewonnen hatte. Und sie erkannte, dass sie mit ihrem Urteil über andere vorsichtiger sein musste.

*

Lieber Sean,

Bist Du stolz auf mich? Denn das solltest Du sein! Nicht nur hat mein Geschäft die ersten drei Monate mehr als gut überlebt, ich bin auch vollgültiges Mitglied der Wycliff Handelskammer. Und als wäre das nicht genug, bin ich auch Teil des Komitees, zu dem ich so sehr gehören wollte, des Viktorianischen Weihnachtskomitees.

Erinnerst Du Dich an unser letztes gemeinsames Weihnachten? Wir spazierten die ganze Main Street hinunter und die Front Street wieder hinauf und genossen die Weihnachtsbeleuchtung und Dekorationen der Ladenfassaden und die Aktionen, die einige drinnen anboten. Oh Sean, es tut so weh, das nicht mehr mit Dir zu haben. Aber wenigstens habe ich diese wundervolle Erinnerung.

Ich muss allerdings zugeben, dass ich nicht jeden im Komitee mag. Tiffany Delaney ist Kammer- und Komiteevorsitzende. Sie ist so üppig wie energiegeladen. Sie kennt ihr Geschäft und ist sehr diplomatisch. Ich glaube, sie ist in Ordnung. Mike Martinovic, unser Kassenwart, ist ganz aufs Geschäft fixiert, aber als Person ist er völlig farblos. Buchstäblich. Er ist grauhäutig und grauhaarig ... und vermutlich auch grauäugig. Ich werde noch nachschauen müssen. Bill „Chirpy" Smith ist ein Mitglied wie ich. Wir scheinen uns in einigen Dingen einig zu sein. Abgesehen davon kann ich nicht viel über ihn sagen, aber er ist ziemlich freundlich. Lee Anne Minh ist zum Teil asiatisch und besitzt ein Geschäft, dass sie doch tatsächlich „Naughtical Lingerie" genannt hat. Wenn Du noch an meiner Seite wärst, würde ich überprüfen, ob ihr Versprechen hinsichtlich Ungezogenheit von ihren Waren eingehalten wird. Aber es scheint keinen Sinn mehr zu machen, unter meiner Kleidung sexy auszusehen, wo Du nicht mehr da bist. Sie steht auf der fröhlichen Seite des Daseins, wie Du bereits erraten haben magst, und ich habe das Gefühl, wir könnten Freunde werden. Und dann ist da Bob Simmons vom Spielwarenladen. Ich bin mir sicher, Du erinnerst Dich daran. Du hast während unseres Weihnachtsspaziergangs eine ganze Weile die Eisenbahnen und das Doppeldeckermodell angeschaut. Nun, Bob scheint der Advocatus Diaboli in unserem Komitee zu sein – genau, wenn alle sich einig zu sein scheinen, bringt er ein Argument an, das allem entgegenläuft. Und wenn das passiert, muss Tiffany unser *gesträubtes Nackenhaar glätten. Er ist nicht so angenehm, wie man das vom Inhaber eines Spielwarenladens annehmen würde. Aber das ist nur eines meiner Vorurteile, von denen ich mich heute Abend verabschieden musste.*

Wie unsere erste Komiteesitzung lief? Ich habe mich bös blamiert. Ich machte einen Vorschlag, der noch mehr Geld gekostet haben würde, als unser ohnehin schmales Budget hergibt. Aber ich bekam zwei Ja-Stimmen dafür und ein „Schauen wir mal" von Tiffany. Es geht um eine Krippenszene unter dem Weihnachtsbaum am Rathaus. Erinnerst Du Dich, wie wir dort standen und nach „etwas mehr" suchten? Du sagtest, in Deiner Heimatstadt hätte es immer eine Gruppe rohbehauener Holzfiguren in Lebensgröße unter dem Weihnachtsbaum der Stadt gegeben. Nun, das habe ich auch vorgeschlagen, aber Tiffany sagte, derzeit sei das zu teuer.

Je länger ich darüber nachdenke, umso mehr möchte ich aber, dass es zustande kommt. Ich bin neulich am Atelier eines Holzkünstlers vorbeigekommen, und er hatte diese wundervollen Kunstwerke, die vom Stil her genau richtig wären. Alle grob geschnitzt und mit so vagen Gesichtszügen, dass jeder seine eigene Fantasie spielen lassen kann. Nichts von Kitsch an diesen Skulpturen. Natürlich haben sie alle ihren Preis. Ich sollte also nicht allzu viel erhoffen. Vielleicht sollte ich darüber mit Margaret und den Kindern von nebenan sprechen. Wer weiß – sie finden vielleicht eine Lösung. Manchmal sieht man mit etwas Abstand die Dinge klarer.

Oh, und neulich abends hatte ich eine lange Unterhaltung mit unserem Bürgermeister, Clark Thompson. Man sollte meinen, dass er von der Viktorianischen Weihnacht total begeistert sei, weil es um seine Stadt geht, richtig? Tatsächlich ist er eine eher tragische Gestalt, da er vor ein paar Jahrzehnten an einem Heiligabend seine Frau verloren hat. Jetzt ist Weihnachten für ihn ein leerer Anlass, und er macht nur der Form halber mit. Ist das nicht traurig?

Nun zu etwas Erfreulicherem: Finn macht sich wirklich gut im „Le Quartier". Er hat bereits seinen ersten Lohn im Bekleidungsgeschäft abgeliefert, und Paul sagt, er arbeite mit Begeisterung. Daheim hat er die Aufgaben übernommen, die Du immer hattest, was mir meinen Vollzeitberuf um vieles erleichtert. Er liest immer noch viel. Seit Neustem finde ich ihn übrigens häufig über einigen meiner alten Kochbücher. Vielleicht hat er da eine echte Berufung gefunden. Ich warte mal ab, was Paul über sein Potenzial zu sagen hat.

Julie durchlebt mit ihrem Freund in Seattle eine harte Zeit. Ich bin mir nicht sicher, ob er sie wirklich hintergeht oder ob er sich einfach nicht so festlegen möchte, wie sie sich das vorstellt. Ich habe sie einmal pro Woche am Telefon, und sie hat immer Entschuldigungen, warum sie mich nicht besucht. Es tut mir für sie weh, denn ich habe so ein Bauchgefühl, dass sie einer verlorenen Sache nachjagt.

Jim ruft mich noch seltener an als gewöhnlich. Wir wissen, dass das eigentlich ein gutes Zeichen bei unserem introvertierten Jungen ist. Er hat ein aufregendes neues Projekt und ist – wie ich vermute – mit dem Versuch beschäftigt, es zu verkaufen.

Kinder ... Erst sorgt man sich, dass sie nie erwachsen würden. Und dann sorgt man sich, weil sie es sind. Vielleicht ist Finn ein Geschenk des Himmels, das ausgleichen soll, dass sie aus dem Nest sind und Du für immer gegangen bist. Trotzdem fühle ich mich einsam, und ich vermisse Dein tiefes, leises Lachen. Oder wie Du durchs Haus gehst und vor Dich hin summst. Es gibt tausend kleine Dinge, die ich an Dir geliebt habe, und ich wünschte, nur eines davon käme zurück und bliebe bei mir, mein Schatz.

Ich frage mich: Ist der Himmel so toll, dass Du mich dort gar nicht vermisst? Nicht einmal ein bisschen?

Ich liebe Dich.

Deine Dottie

4

März

Der Frühling kam mit Macht nach Wycliff. Es schien, als hätten alle Gartenblumen und Knospen an Bäumen oder Büschen beschlossen, auf einmal hervorzukommen und über Nacht aufzubrechen. Die Luft war milder und weicher, und der Himmel war von einem klareren und wärmeren Blau als schon lange. Selbst die Leute in Wycliff hatten mehr Schwung im Schritt.

Dottie, Pattie, Sabine und Elli waren bis über beide Ohren damit beschäftigt, ihre wöchentliche Lieferung auszupacken, auszupreisen und in Regale zu räumen, als sich die Tür öffnete und der Pfarrer von Dotties Kirche hereinkam und grüßte. Dottie war schon länger nicht im Gottesdienst gewesen und errötete vor Unbehagen, als sei sie erwischt worden.

„Pastor Wayland!" rief sie mit vorgetäuschter Fröhlichkeit. „Was bringt Sie an diesem sonnigen Tag hierher?"

Pastor Clement Wayland, langgliedrig und immer etwas linkisch, nahm seine Brille ab, um sie zu putzen, obwohl sie weder beschlagen war noch seine Sicht in anderer Weise behinderte. Er versuchte offensichtlich, Zeit zu gewinnen. Dottie kam der Gedanke, dass er sich im Augenblick genauso unbehaglich fühlen könnte wie sie.

„Darf ich Ihnen eine unserer frisch gelieferten Brezeln anbieten? Oder haben Sie schon ein knuspriges Kürbiskernbrötchen probiert?" fragte sie etwas mutiger.

Pastor Wayland lächelte und wurde rot, dann schüttelte er den Kopf. „Nein danke, Mrs. Dolan", antwortete er höflich und schwieg wieder.

„Dottie", korrigierte sie ihn.

„Danke", sagte er, und ein Lächeln schlich sich auf sein Gesicht. Vielleicht würde es ja nicht so schwierig werden, wie er befürchtet hattet. „Ich komme wegen eines kleinen Projekts, an das Sophie, hm, meine Frau und ich unser Herz gehängt haben, und wir wissen beide, dass es etwas kurzfristig ist." Er verfiel wieder in Schweigen, nahm seine Brille ab, erinnerte sich, dass er sich gerade erst mit ihr beschäftigt hatte, und setzte sie wieder auf.

Jetzt hatte er auch Patties, Sabines und Ellis Aufmerksamkeit. Leider kamen in diesem Moment Kunden in den Laden, und die beiden Letzteren konnten der Unterhaltung nicht weiter folgen.

„Möchten Sie mit Pattie und mir im Büro darüber sprechen?" lud Dottie den Pfarrer ein. Er nickte erleichtert und folgte ihr, Pattie bildete die Nachhut. „Nehmen Sie doch Platz", bot Dottie an.

Pastor Wayland setzte sich, nahm seine Brille zum dritten Mal ab, erinnerte sich, und hörte auf, mit ihr herumzuspielen. „Es ist mir ein bisschen peinlich", gab er schließlich zu. „Ich weiß, Sie haben Ihr Geschäft gerade erst eröffnet, und hier komme ich schon und behellige Sie." Er lächelte reuig.

Dottie lächelte zurück. „Ich fühle mich nicht behelligt – noch nicht!" scherzte sie. „Vielleicht erzählen Sie mir einfach von Ihrem Projekt?"

Pastor Wayland nickte und räusperte sich. „Ich weiß nicht, wo ich beginnen soll. Normalerweise macht Sophie so etwas."

Dottie legte ihren Kopf ein wenig schief und bedeutete ihm fortzufahren. Pattie nickte ermutigend und sagte: „Fangen Sie einfach am Anfang an. Wir sind ganz Ohr."

„Nun, es geht um Ostern", atmete Pastor Wayland auf. Er schien einen Anfang gefunden zu haben, und nun sprudelte es aus ihm heraus. „Wie Sie wissen, haben wir am Ostersonntag immer einen großen Familiengottesdienst in der Oberlin-Kirche. Hinterher treffen wir uns für gewöhnlich im Gemeindesaal, um all denen aus unserer Gemeinde ein heißes Mittagessen zu servieren, denen es nicht so gut geht wie uns. Gemeinde im Sinne von Wycliff, nicht nur unsere Kirchengemeinde." Dottie nickte. „Nun, Sophie dachte, das ist nicht genug. Sie sagt, sie möchte noch enger nach den Richtlinien von Johann Friedrich Oberlin arbeiten, der prinzipiell der Theologe ist, der unsere Kirche inspiriert." Diese Bemerkung war an Pattie gerichtet, die einer anderen Konfession angehörte. „Sie möchte sich besonders an die Kinder weniger privilegierter Familien in der Gemeinde wenden und eine Ostereiersuche organisieren. Leider ist unser Budget in diesem

Jahr bereits mit dem Mittagessen und Osterkörben für die Erwachsenen ausgelastet. Diese Körbe enthalten so nützliche Dinge wie Waschmittel, Zahncreme und Zahnbürsten, ein Geschirrtuch, aber auch Kaffee, Schokolade, Fleischkonserven und einen Dosenöffner."

„Das klingt wundervoll", unterbrach Dottie. „Lassen Sie mich raten: Sie bitten die Geschäfte der Unterstadt, Leckereien für die Ostereiersuche der Kinder zu stiften."

Pastor Wayland strahlte und nickte. „Genau, deshalb bin ich gekommen. Ich weiß, Sie haben eben erst eröffnet …"

„Ach was!" Dottie ließ ihn nicht ausreden. „Das ist eine wundervolle und großzügige Idee von Ihnen und Ihrer Frau. Und natürlich tragen wir gern dazu bei. Ich werde gleich eine Extrabestellung aufgeben. Wären hundert Schokoladenosterhasen und eine große Kiste gefüllter Schokoladeneier ausreichend für die Zahl der Kinder, die Sie erwarten?"

Pastor Wayland lachte. „Ich wünschte es!" sagte er.

Dottie runzelte die Stirn. „Wieviel mehr brauchen Sie schätzungsweise?"

„Nein!" rief Pastor Wayland aus. „Die Hälfte der Schokoladenhasen sollte ausreichen. Ich wünschte, wir sähen viel mehr Kinder in unserer Kirche. Aber wir rechnen mit höchstens 50 Kindern."

Dottie machte ein paar Notizen, dann sah sie wieder auf. „Wann liefern wir und wohin?"

*

Als Clement Wayland das College als Volltheologe mit Auszeichnung abgeschlossen hatte, war darüber niemand mehr erstaunt als er. Selbst im Nachhinein hätte er es für wahrscheinlicher gehalten, als Buchhalter, Bibliothekar, Sprachtherapeut für Kinder oder Tierarzt zu arbeiten. Er war ein stiller und eher schüchterner Junge gewesen, der zu einem introvertierten jungen Mann heranwuchs, der nie dazu neigte, sich zu äußern oder gar Reden zu halten. Doch nach einem Semester Philosophie war er von einigen klassischen Theologen gefangen gewesen und hatte sich diesem Thema verschrieben. Er fand etwas unglaublich Beruhigendes in ihrer Weltanschauung, eine Aufgeschlossenheit, die er selbst in einigen Botschaften heutiger Konfessionen vermisste. Und er stellte fest, dass sie getan hatten, was immer weniger Menschen der modernen Welt zu tun schienen: predigen und entsprechend handeln.

Einer seiner absoluten Favoriten war Johann Friedrich Oberlin, der elsässische Pfarrer, der den Gemeinden seines armseligen, engen Vogesentals gepredigt und mit ihnen gebetet hatte. Oberlin hatte sie mit Medikamenten behandelt und mit Bibliotheken für ihre Bildung gesorgt, hatte Hütten für die Armen gebaut und die Landwirtschaft der Bauern verbessert. Er hatte sogar Straßen und Brücken gebaut, um sie mit der Außenwelt zu verbinden. Oberlin war ein Mann, dem Clement gern zu Lebzeiten begegnet wäre. Da dies nicht hatte sein sollen, konnte er wenigstens seine Religionsphilosophie annehmen und versuchen, sie in einer eigenen Gemeinde anzuwenden.

Doch die erste Gemeinde, der Clement Wayland zugewiesen wurde, war eine der Oberklasse im Nordosten. Die Menschen lauschten seinen Predigten, aber sie fühlten sich überfordert, wenn es darum ging, direkt mit den weniger Glücklichen auf der anderen Seite ihrer mittelgroßen Stadt umzugehen. Es waren „wir und sie", und Clement Waylands Botschaft der Sozialtheologie fiel auf trockenen Boden. Er versuchte einen anderen Ansatz, indem er sich an die ärmere Gemeinde auf der anderen Seite der Stadt wandte, aber er wurde abgewiesen. Sie sahen in ihm einen Macher und Hornochsen, einen Gesandten der Snobs, einen Heuchler und Schlimmeres. Niemand erkannte, was er wirklich war: ein Idealist, ein zutiefst religiöser Rebell, ein sozialer Träumer. Nach zwei Jahren fortwährender und fruchtloser Bemühungen bat er um seine Versetzung und wurde in eine Gemeinde inmitten einer der Großstädte an der Ostküste gesandt.

Erst schien es, als habe sich Pastor Waylands Traum endlich erfüllt. Seine Gemeinde erwies sich in seinem ersten Sonntagsgottesdienst als groß, aber nicht zu groß. Sie war gemischtrassig und setzte sich aus anscheinend allen Alters- und Einkommensgruppen zusammen. Er würde hier echte Zuhörer finden, nicht nur Hörer, dachte er. Und er machte sich mit neuer Energie ans Werk. Aber nach kurzer Zeit stellte er fest, dass seine Gemeinde eine eigene Dynamik hatte. Seine Zuhörerschaft wechselte jeden Sonntag, manche kamen erst nach ein paar Wochen wieder. Er konnte nie einen kontinuierlichen Predigtzyklus mit einer Botschaft erstellen, die darauf aufbaute, was er am voraufgegangenen Sonntag gepredigt hatte. Weil er immer neue Gemeindeglieder hatte, konnte er nur winzige Häppchen dessen in seine Predigten packen, was er zu sagen hatte. Es machte ihn traurig, dass seine Gemeinde nicht sein Gesamtbild erhielt. Und diese Traurigkeit führte zu immer schwächer werdenden Predigten, die immer weniger Menschen anzogen.

Nur ein Gemeindeglied kam jeden Sonntag wieder. Sie saß für gewöhnlich am Gang in der Mitte der Kirche und lauschte aufmerksam. Sie war eine ernsthaft aussehende junge Frau. Ihr Haar war zu einem Bob geschnitten, ihre Kleidung schlicht und schmucklos, und ihre Schuhe waren immer praktisch. Sie brachte ihre eigene Bibel mit und schien Notizen zu machen, während sie den Texten folgte, die Clement vorlas. Sie hing an seinen Lippen, und sie schien eine Menge Kirchenlieder auswendig zu kennen. Clement begann, in seiner Gemeinde nach ihr Ausschau zu halten. Er begann, sich an sie zu wenden, wenn er seine Predigten hielt. Sie war die Konstante in einer Großstadtgemeinde, die stetig im Fluss war, sich stetig veränderte. Und er begann, sich auf sie zu freuen und seine Gedanken mit ihr zu teilen.

Eines Sonntags nach dem Segen rannte er beinahe den Gang hinunter, aber sah sie nur noch durch die Kirchentür entschwinden. Er wollte kein Aufsehen um sie beide erregen, und so kehrte er verschämt zum vorderen Bereich der Kirche zurück und beschäftigte sich damit, dem Kirchendiener dieses Sonntags beim Aufräumen der Bänke zu helfen: gefaltete Programme, zerknittertes Bonbonpapier, ein verlorener Handschuh, ein Strafzettel für falsches Parken, ein schmutziges Papiertaschentuch und sogar leere Pappbecher. Aus welchem Grund auch immer, die Menschen warfen überall ihren Müll weg. Es war Clement ein Rätsel, warum Menschen meinten, dass man an öffentlichen Plätzen einfach seinen Müll zurücklassen könne. Dies war ein Gotteshaus – es war respektlos, es so zu behandeln. Was würden sie sagen, wenn man ihr Zuhause beträte und überall seinen schmutzigen Müll zurückließe? Er seufzte.

Plötzlich hörte er jemanden die Kirche betreten, und er blickte auf. Sein Herz schlug wie verrückt, als er entdeckte, dass es die junge Frau war, die er soeben vergebens aufzuhalten versucht hatte. Sie ging auf den Platz zu, an dem sie gesessen hatte, und Clement erkannte, dass der Handschuh, den er gefunden hatte, ihr gehören musste. Er hielt ihn ihr wortlos hin.

„Oh, dann habe ich ihn tatsächlich hier liegen lassen", sagte sie in einem freudig klingenden Sopran. „Ich habe ihn erst vermisst, als ich schon fast zu Hause war." Er hatte noch immer kein Wort gesagt. „Sie hatten ein paar sehr tiefsinnige, sehr nonkonformistische Gedanken in ihrer Predigt heute, Pastor Wayland. Ich wünschte nur, Sie hätten mehr Zeit, auf einige von ihnen näher einzugehen."

Clement nahm seine Brille ab und putzte sie. „Das wünschte ich auch. Aber ich sehe, dass die Leute nach einer Weile unruhig werden und zum nächsten Kirchenlied kommen möchten, bis alles vorbei ist und sie wieder ihrer Sonntagsroutine nachgehen können."

„Ist das so?" staunte die junge Frau. Sie zögerte. „Ich bin übrigens Sophie Angelotti. Ich bin Kindergärtnerin drüben in der Elmwood Street."

„Sehr erfreut", brachte er heraus und errötete. „Hätten Sie Interesse, meine Gedanken etwas näher zu diskutieren? Vielleicht über einer Tasse Kaffee an der Ecke?" Er fühlte sich wagemutig, und sein Herz schlug heftig.

Sie nickte mit freundlichem Lächeln und sah sich um. „Brauchen Sie hier noch Hilfe, bevor Sie abschließen?"

Er schüttelte den Kopf. „Das macht der Kirchendiener", sagte er und konnte die Kirche nicht schnell genug verlassen, um ihre Unterhaltung an einem gemütlicheren Ort fortzusetzen.

Sie hatten an diesem Sonntag nicht nur eine Tasse Kaffee im Café an der Ecke, sondern noch zwei mehr. Und ein Stück Quiche Lorraine. Und dann ein Stück Apfelkuchen à la mode. Clement fühlte sich beschwingt und so lebhaft wie noch nie. Sophie wurde von Minute zu Minute hübscher, und ihre Gedanken zu dem, was er zu sagen hatte, machten Sinn und befeuerten ihn und inspirierten ihn zu noch mehr Tiefe.

Pastor Wayland fing an, sich wieder auf Sonntage zu freuen. Nicht, dass seine Gemeinde beständiger und weniger unruhig geworden wäre. Aber seine wirkliche theologische Forschung begann nach der Kirche, wenn er mit Sophie im

Eckcafé saß und mit ihr die sozialen Verpflichtungen des Christentums diskutierte oder den politischen Einfluss, den die Kirche nehmen sollte oder nicht. Sie stimmten nicht notwendigerweise in allen Punkten miteinander überein, aber sie fanden im anderen einen intellektuellen Reichtum, dem sie nie zuvor bei jemandem sonst begegnet waren.

Dann saßen Sophie und er eines Tages wieder im Café, und sie legte ihre Hand ganz leicht auf seine rechte. „Ich habe traurige Nachrichten", sagte sie leise. Ihre Augen füllten sich mit Tränen und sie sah weg.

Clement schluckte in Vorahnung. „Du verlässt die Stadt?"

Sie nickte, und jetzt rollten ernstlich Tränen über ihre Wangen. „Es ist meine Schwester in Seattle", brachte sie hervor. „Bei ihr ist Krebs diagnostiziert worden, und ich bin alles, was sie an Familie hat. Ich kann sie darin nicht allein lassen."

Clement schüttelte den Kopf und nahm ihre Hand. „Nein, kannst du nicht", bestätigte er. „Wann gehst du?"

„Ich reise nächsten Freitag hin", schluchzte sie. „Ich habe beim Kindergarten gekündigt."

„Du kommst also nicht zurück", stellte er düster fest. Sie schüttelte den Kopf.

Sie saßen schweigend da. Clement fühlte, wie sich eine riesige Wolke Elend über sie legte. Das war's dann. Seine Freundin und Vertraute ging endgültig fort. Er würde in dieser Stadt bleiben und Krümel des großen Kuchens aus Glauben und Weisheit predigen, den er mit ihr geteilt hatte. Er würde an den

Dingen ersticken, die er niemals würde mitteilen können. Er würde einsam leben, und die Sonntage wären fortan eine freudlose Pflicht.

„Können wir vielleicht in Verbindung bleiben?" fragte Sophie. „Das alles bedeutet mir inzwischen so viel ..." Sie geriet ins Stocken. Sie hatte das Gefühl, zu weit gegangen zu sein. Immerhin war er ein Pfarrer.

Clement suchte nach Worten und fand keine. Sophie reichte ihm einen kleinen Zettel, auf den sie eine Telefonnummer geschrieben hatte. „Es ist mein Handy", sagte sie. Und bevor er etwas erwidern konnte, fügte sie hinzu: „Ich habe deine Nummer – sie ist auf der Website der Kirche." Pause. Er nahm den Zettel und faltete ihn in sein Portemonnaie. „Ich glaube, ich gehe jetzt besser", flüsterte sie. „Behalte deinen Mut." Und sie stand auf und ging, während er seine Brille abnahm und sie putzte, weil sie auf einmal beschlagen war.

Sophie rief ihn Donnerstagabend an, bevor sie an die Westküste abreiste. Clement hatte an dem Abend eine Gemeinderatssitzung und kam erst sehr spät nach Hause. Er sah, dass er eine Nachricht auf dem Anrufbeantworter hatte, und sein Herz sank. Er hatte nicht den Mut gehabt, sie anzurufen, und nun war es zu spät. Sie schlief wohl längst, und ihr Flieger ging früh.

Freitagmorgen lief Clement in der Abflughalle des örtlichen Flughafens auf und ab in der vagen Hoffnung, sie in der Masse der Reisenden zu finden. Als er sie endlich sah, war sie schon durch die Sicherheitskontrolle hindurch.

„Sophie!" schrie er, und plötzlich war es ihm egal, was für ein Bild er abgab. „Sophie!" Hatte sie ihn wirklich gehört? Sie drehte sich um und suchte die Menschenmenge hinter den Scannern und der Barriere ab. Er winkte wie ein Wahnsinniger. „Sophie!"

Ihre Augen fanden ihn, und sie lächelte wehmütig. Er bedeutete ihr, an eines der kugelsicheren Fenster am Gang zu kommen. Sie nickte. Ein paar Minuten später standen sie einander gegenüber, getrennt durch das dicke Glas. Sophie sagte etwas. Clement konnte sie nicht hören. Er schüttelte den Kopf und zog ein Stück Papier aus der Tasche. Er hatte ihr eine Botschaft geschrieben.

„Der Gedanke, ohne Dich zu leben, ist unerträglich. Würdest Du mich bitte heiraten?" stand darauf.

Sophie bedeckte ihren Mund mit einer Hand. Ihre Augen füllten sich mit Tränen, aber sie glänzten. Sie nickte heftig. Er legte eine Handfläche auf das kalte Glas und bewegte die Lippen: „Ich liebe dich."

Sie legte ihre Hand gegen seine und antwortete ihm. Einen Moment lang schien die Zeit stillzustehen. Sophie blickte wieder wehmütig. Sie signalisierte ihm, dass sie gehen müsse. Clement nickte. Er warf ihr einen Luftkuss zu. Ihre Rechte legte sich auf ihr Herz. Dann gab sie ihm auch einen Luftkuss. Ihr Schritt wurde leichter, als sie ging, während Clement lustlos davonschlurfte.

Die Zeit ihrer Werbung war eine Mischung aus Ferngesprächen und E-Mails mit Fotos. Clement pflügte mit Macht durch seine Pflichten und in der Hoffnung, es bringe ihn seiner künftigen Frau näher. Währenddessen erzählte Sophie ihm von der Tortur, der sich ihre Schwester Andrea unterziehen musste, und wie es sie aufregte, einen geliebten Menschen so hilflos zu sehen. Andererseits schickte sie ihm Fotos von langen Spaziergängen mit Andrea am Strand von Alki. Oder ein Bild von sich, wie sie regenbogenfarbene Zuckerwatte aß, mit der Space Needle im Hintergrund. Ein anderes Bild zeigte sie und ihre Schwester, wie sie Geoduck-Sashimi in einer schicken Austernbar verzehrten. Und es gab auch ein verwackeltes von einem Seehund bei den Fährhäfen.

Monate vergingen, ohne dass die Liebenden einander nähergekommen wären. Schließlich erhielt Clement eines Tages einen Brief von Sophie. Als er ihn öffnete, fiel ein Zeitungsausschnitt heraus. Er las ihn. Es war eine Anzeige einer Freikirche in einer Stadt namens Wycliff. Man suchte nach einem Nachfolger für den Pfarrer, der dort in Ruhestand ging.

„Wäre es nicht wundervoll, wenn das die Antwort auf unsere Gebete wäre?" schrieb Sophie. „Und ist es nicht fast ein Zeichen des Himmels, dass die Kirche nach dem großen Theologen benannt ist, den wir beide so bewundern?"

Clement musste den Brief zweimal lesen und überflog die Anzeige fünfmal, bis er glaubte, dass es wahr sei. Hier war die Gelegenheit, auf die sie so lange gewartet hatten. Mit zitternden

Händen wählte er die Nummer des Kirchensekretariats. Eine Sekunde lang war er so nervös, dass er fast aufgelegt hätte. Aber er stellte sich Sophies Gesicht vor und wie es aufgeleuchtet hatte, als er ihr den Heiratsantrag gemacht hatte. Er wartete auf das Klingeln am anderen Ende der Leitung. Dann hörte er den Hörer klicken, und eine freundliche Frauenstimme sagte: „Oberlin-Kirche in Wycliff. Wie kann ich Ihnen helfen?"

Clement flog eine Woche später nach Seattle und stellte sich dem Pfarrer der Oberlin-Gemeinde in Wycliff vor. Er wurde zum Mittagessen mit dem Gemeinderat eingeladen. Und schließlich wurde ihm die Kirche selbst gezeigt, ein schlichtes, modernes Gebäude mit atemberaubenden Buntglasfenstern und einem warmen Holzinterieur. Sie stand in der Oberstadt Wycliffs inmitten des Wohngebiets. Das Pfarrhaus war gleich daneben, ein prächtiges Haus im Kolonialstil mit einer breiten Veranda und Blick über den Sund.

Clement verbrachte zwei weitere Tage mit Sophie und Andrea in Seattle. Ihm wurden der Pike Place Market und eine Broadway-Show gezeigt. Und während Andrea einen weiteren Arzttermin hatte – „Nur ein Routinecheck", wie sie ihnen versicherte – verbrachten er und Sophie einen Nachmittag auf einer Bank bei den Wasserspielen des International Fountain und konnten einander endlich küssen und umarmen und all die Worte sagen, die Liebende für einander haben.

Ein halbes Jahr später war Clement zurück an der Westküste. Diesmal endgültig. Sophie und er gaben ihr

Eheversprechen in der Oberlin-Kirche, die letzte Amtshandlung des scheidenden Pfarrers. Danach hieß es in ihrem neuen Heim Wände streichen und Teppichboden ausreißen, einen Hartholzboden einlegen und Möbel aufstellen. Das Pfarrhaus war voller Handwerkerlärm und Gelächter. Die Gemeinde begrüßte ihren neuen Pfarrer und seine nagelneue Ehefrau mit einem Kindergartenchor, der Lieder unter ihrer Veranda sang, Aufläufen, Broschüren über Wycliff, frisch gefangenen Krebsen und Lachs, guten Ratschlägen und freundlichem Klatsch.

Ein einziges ihrer Gebete wurde nie erhört. Sie blieben kinderlos. Sie gingen deshalb zu keiner Klinik – sie sahen darin Gottes Willen und widmeten sich umso mehr ihrer Gemeinde. Als eine Position im Oberlin-Kindergarten frei wurde, war es nur natürlich, dass sie Sophie angeboten wurde, sobald sie Interesse bekundete. Ihre Gemeinde wurde ihre Familie, und sie wurden gleichermaßen geliebt und geachtet.

Von Zeit zu Zeit kam Sophie auf Projektideen, die in „ihrer" Kirche umgesetzt werden konnten. Einmal lud sie alle Damen ein zu einer Strickgruppe im November, um Wolldecken für ein Obdachlosenheim zu liefern. Sie war ziemlich überrascht, als auch ein paar junge Männer vom Künstlerverein auftauchten und der alte Mr. Myers vom Harbor Home, von dem niemand vermutet hätte, dass er zu solch raffinierten Mustern und Maschen fähig sei. Oder sie initiierte ein Potluck-Abendessen, um Thanksgiving mit all jenen zu feiern, die alleine lebten und niemanden zu besuchen hatten. Und nun war es die

Ostereiersuche, für die es kein Budget gab, aber Sophies Augen leuchteten vor Vorfreude. Sie hatte bereits einige örtliche Unternehmen darauf angesprochen, aber dann brauchte sie ihre Schwester Andrea wieder in Seattle. Dieses Mal war es eine kleinere Operation, aber Sophie würde eine Reihe von Tagen in einer wichtigen Akquisephase vor Ostern fehlen. Clement musste einmal mehr seine Schüchternheit überwinden und für sie einspringen. Akquise war so gar nicht sein Ding, aber er liebte seine Frau und ihre Ideen. Also machte er es.

*

„Natürlich kann man das Brot einfrieren. Aber warum bestellen Sie es nicht frisch? Ja, wir nehmen Bestellungen an. Nein, wir liefern nicht."

„Vielleicht möchten Sie geriebenen Apfel an das Sauerkraut oder den Rotkohl geben und außerdem sautierte Zwiebeln und geräucherten Speck."

„Nein, essen Sie Leberwurst nie mit Käse – das ist ein Sakrileg. Leberwurst steht für sich allein auf einem Butterbrot. Aber vielleicht möchten Sie eine saure Gurke dazu haben."

„Tut mir leid, wir haben keine Maultaschen. Nein, auch kein rohes Fleisch für die Füllung."

„Nein, wir haben keine Schnitzel. Die bekommen Sie in jedem Supermarkt. Ja, wirklich, Schnitzel ist nur ein knochenloses Kotelett."

Dottie sprach endlos über deutsche Spezialitäten, und es machte ihr Spaß. Selbst wenn sich alles nach einer Weile wiederholte.

Aber sie erwies sich auch als gute Zuhörerin. Eines Morgens hatten sie die Ladentür für einen halberfrorenen älteren Herrn geöffnet, der mindestens eine halbe Stunde lang Gang für Gang ablief. Schließlich gab er verlegen zu, dass er mehr wegen der Atmosphäre des Delikatessgeschäftes gekommen war, als um etwas zu kaufen. „War mit einer Deutschen verheiratet", sagte er mit einem traurigen kleinen Lächeln. „Sie konnte wundervoll kochen. Sie ist nun schon seit Jahren tot. Das hier hilft mir, mich an sie zu erinnern." Dottie war zutiefst berührt.

Dann war da die heimwehkranke College-Studentin aus Deutschland. Sie kam einmal pro Woche wegen einer Landjäger und eines Almdudlers. „Das schmeckt wie daheim", murmelte sie, während sie ihre Wurst kaute. „Zu komisch, dass ich sowas nie gegessen habe, wo ich herkomme."

Oder die winzige deutsche Dame, die jeden Samstag vorbeikam, um ihre Entourage dreier erwachsener Söhne zu verwöhnen, als seien sie noch kleine Jungen. „Ich weiß, sie führen ihr eigenes Leben. Aber eine Mutter bleibt immer eine Mutter, nicht wahr?" zwinkerte sie Dottie zu und fragte ihren Größten: „Willst du wirklich diese verrückt scharfe Salami? Du ruinierst dir deinen Geschmackssinn für den Rest deines Lebens."

Dann war da ein kleines Mädchen in seinem Buggy, dass jedes Mal, wenn es hereingeschoben wurde, ein anderes Plüschtier umarmte. Es musste daheim hunderte haben, staunte Dottie.

Der kleine Junge, der so höflich war und nie versäumte, „einen schönen Tag noch" zu wünschen. Wonach Dottie meist so glücklich war, dass es noch Kinder wie ihn gab, dass solche Tage unfehlbar wunderschön wurden.

Der Mann, der immer mal wieder hereinkam, schäbig, aber sauber gekleidet. Er kaufte immer Lyoner für zwei Dollar, und Dottie sah zu, dass er immer ein paar Scheiben gratis obendrein bekam. Sie hatte eine Schwäche für seine Schüchternheit.

Außerdem war da der hässliche, aber sehr freundliche pensionierte Veteran, der jeden Monat mit einer anderen Freundin aufkreuzte. Dottie vermutete, dass die Frauen nur darauf aus waren, aus ihm so viele Geschenke herauszuholen wie möglich, bevor er bemerkte, dass sie ihn nur ausnutzten. Was den unaufhörlichen Strom neuer Freundinnen erklärte.

Es wurde nie langweilig in „Dottie's Deli". Zwischen neuen Lieferungen und Stammkunden musste an all die Festivitäten gedacht werden, die aufeinander folgten und an denen Dottie und ihr Team zum ersten Mal teilnahmen. War es wirklich erst ein Jahr her, dass sie und Pattie die Idee für dieses Unternehmen gehabt hatten?

*

Lieber Sean,

Weißt Du noch vor zwölf Monaten? Ich versuchte so verzweifelt, meinen Platz in Wycliff zu finden, und ich schien nicht zu wissen, wie. Bis Pattie vorbeikam – und hier stehen wir jetzt! Das Geschäft floriert, und die Leute kommen und stellen uns alle möglichen Fragen oder erzählen uns alle möglichen Geschichten. Es fühlt sich wundervoll an. Und jetzt, wo wir die Ostereiersuche der Oberlin-Kirche sponsern helfen, werden wir noch mehr in die Gemeinde eingebunden sein.

Pastor Wayland und seine Frau sprechen übrigens alle Unternehmen der Stadt wegen der Ostereiersuche an. Das ließ mich daran denken, dass wir so etwas wie einen Wunschbaum für die ärmeren Kinder in der Stadt und im Umland haben sollten. Ich erinnere mich an so etwas auf dem Stützpunkt, und es war solch eine Freude, die Kinderaugen aufleuchten zu sehen, wenn sie tatsächlich die Geschenke bekamen, die sie sich so gewünscht hatten und von denen sie nie geglaubt hatten, sie zu erhalten. Vielleicht ist es keine gute Idee den städtischen Weihnachtsbaum für so eine Aktion zu verwenden. Und vielleicht sollten wir einfach im Postamt einen „Weihnachtsmann-Briefkasten" aufstellen, der dieselbe Funktion erfüllen würde. – Denke ich wirklich schon an Weihnachten?

Übrigens stiftet auch „Le Quartier" für die Ostereiersuche. Sie werden ein paar Riesentöpfe voll – Rate mal! Ja! – meiner Kartoffelsuppe anliefern. Die ist eines der meistgefragten Gerichte auf der Speisekarte geworden, und sie bereiten täglich einen vollen Zehn-Liter-Topf davon, kannst Du das glauben?! Es macht mich schon ein bisschen stolz, die Quelle dieses beliebten Rezepts zu sein.

Margaret wollte auch nicht bei der Spende an die Ostereiersuche fehlen, aber Du kannst Dir vorstellen, dass es nicht einfach ist, Kleidung zu finden, die arme Kinder aufmuntert, den Eltern hilft und nicht Margarets Budget sprengt. Gestern kam sie herüber, nachdem das Geschäft am späten Nachmittag etwas abgeflaut war. Sie erzählte mir, sie habe sich verpflichtet, dass ihr aber nun eine Idee fehle. Nach längerem Brainstorming kamen wir auf Socken in leuchtenden Farben oder mit witzigem Design. Ich bin ziemlich neugierig, was sie am Ende liefern wird. Ich erinnere mich, dass ich als kleines Kind Lieblingsstrumpfhosen hatte. Ich liebte deren Farbe und Weichheit wirklich sehr, obwohl es nur Strumpfhosen waren.

Nur noch zwei Wochen bis Ostern, mein Schatz. Julie kommt nicht zu Besuch. Wieder nicht. Während ihres letzten Anrufs klang sie sehr aufgeregt. Ihr Schwarm in Seattle – ich will jemanden, der sich nicht bindet, nicht als „Freund" bezeichnen – wird in Skiurlaub nach Banff gehen. Und er wird Teil einer Gruppe junger Männer und Frauen sein. Julie ist überzeugt, sie müsse mitgehen und ihre letzten Trümpfe ziehen. Ich wollte ihr nicht sagen, dass sie ihn genauso gut sausen lassen könne, wenn er sich immer noch nicht für sie als Freundin entschieden habe. Nun, ich fürchte, ich sehe einem tränenreichen Anruf entgegen, wenn sie zurückkommt. Ich bin diesem Mann nie begegnet, und *ich hoffe, ich werde es nie tun. Ich mag ihn bereits jetzt überhaupt nicht, da er meine Tochter sehr unglücklich macht.*

Jim wird auch nicht kommen. Aber nur, weil er für seine Firma nach Übersee reisen muss, um auf einer europäischen Fachmesse eine neue Software präsentieren zu helfen. Ich habe vergessen, wo das stattfindet. Aber er klang glücklich und begeistert. Ich habe noch nicht herausgefunden, ob er eine neue Partnerin gefunden hat, und ich wollte ihn auch nicht allzu plump fragen. Er wird es mir schon irgendwann sagen. Aber ich habe dieses ganz bestimmte Bauchgefühl, dass er sehr glücklich verliebt ist – abgesehen von seiner Begeisterung wegen der Transatlantikreise.

Stimmen am Telefon. Das erinnert mich an etwas, das mir neulich schmerzhaft auffiel. Ich träume von Dir, mein Lieb, und in sehr lebhafter Weise. Aber wenn ich aufwache, habe ich vergessen, wie Deine Stimme geklungen hat. Meine Erinnerung verlässt mich mehr und mehr. Und ich komme mir vor wie ein Verräter. Ich möchte alle Erinnerungen an Dich zusammenhalten und wünschte, ich könnte sie wie Gegenstände in einer Kiste aufbewahren, um sie herauszunehmen und ihr Sein zu genießen. Stattdessen verliere ich immer mehr von ihnen. Ich habe unlängst mit Pastor Wayland darüber gesprochen, und er meinte, das müsse so sein. Er sagte, dass wir den Schmerz eines Verlustes nicht ewig spüren sollten. Er warnte mich sogar davor, das Gefühl, Dich zu verraten, nicht zu kultivieren, wenn ich eigentlich nur zornig darüber bin, dass ich mich nicht erinnern kann. Ich weiß nicht, ob das einen Sinn ergibt. Er schlug auch tatsächlich vor, ich solle Deine Stimme vom Anrufbeantworter löschen, denn ihr zu lauschen, bedeute, dass ich in einem Teufelskreis stecke, in dem ich mich nur scheußlich fühle.

Ich weiß nicht, ob ich das schon kann. Es fühlt sich an wie eine Zuflucht, wann immer ich einen Erinnerungsschub brauche. Oh, Deine wundervolle tiefe Stimme mit dieser leicht kratzigen Nuance. Ich weiß noch, dass das eines der ersten Dinge war, in die ich mich an Dir verliebt habe. Sie zu hören, macht mich glücklich und traurig zugleich. Pastor Wayland warnte mich, es könne verhindern, dass ich heile, weil es meine Wunde immer wieder aufreiße. Ich weiß, er hat Recht, aber ich kann Dich noch nicht endgültig gehen lassen, mein Schatz. Ich muss an den kleinen Bisschen festhalten, die ich noch von Dir habe. Ja, ich habe schon vor langem Deine Kleidung an Goodwill weggegeben. Aber ich bin noch nicht bereit dazu, die Dinge loszulassen, die so unveräußerlich Du waren.

Ich vermisse Dich, mein Lieb, und ich liebe Dich.

Deine Dottie

5

April

Ostern war ein sonniges, warmes Wochenende am Monatsanfang gewesen, und Dottie hatte es mit Pastor Wayland und seinem Kirchenteam gefeiert. Sie hatten zahllose bunte Osternester für die Kinder versteckt. Sie hatten den Gemeindesaal mit Primeln und frischen grünen Zweigen dekoriert. Sie hatten das Mittagessen ausgegeben. Sie hatten Spiele für die Familien in ihrer Kirchengemeinde organisiert. Und als sie schließlich die gelungene Feier beendet und alles aufgeräumt hatten, war Dottie eingeladen worden, den Abend mit Clement und Sophie im Pfarrhaus zu verbringen.

Jetzt steuerte Wycliff auf die große Tulpenparade mit Tulpenprinz und -prinzessin von der Wycliff High-School zu, mit Dutzenden Wagen, die für die Unterstadt-Parade gebaut und geschmückt werden mussten, und hunderten von Besuchern, die die örtlichen Hotels, Motels und Bed & Breakfasts erwarteten. Die Gärten von Wycliff prangten natürlich auch mit Tulpen, genauso wie die Pflanzkübel überall in der Stadt. Der Kreisverkehr am Eingang von Wycliff würde rechtzeitig blühen und einen rot-weißen Leuchtturm am Strand vor blauen Hyazinthen abbilden, die das Meer und den Himmel bildeten. Die Beete im Uferpark würden wellenförmig alle möglichen Tulpensorten präsentieren. Tulpen würden von den Wagen in die Menge geworfen werden, und die Ladeninhaber der Handelskammer würden kleine Beutel mit Tulpenzwiebeln an ihre Kunden verteilen.

Margaret plante eine Freiluft-Modenschau mit ihrer Veranda und den Stufen als Laufsteg. Sie ließ einige Mädchen von der High-School und diverse Damen des Garden Club, die auf keinem Wagen mitfahren würden, als Modelle proben.

Dottie hatte Paul und Véronique wegen einer Kooperation angesprochen. Könnten sie eine Weinprobe veranstalten mit Platten von Wurst und Käse, die sie beisteuern würde, sodass sich die Zuschauer der Modenschau besonders verwöhnt fühlen würden? Véronique und Paul gefiel die Idee sehr, und sie sagten, auch Dotties Kartoffelsuppe müsse aufgetischt werden. Somit hatte ihr Block aus drei Unternehmen wieder ein hübsches kleines Programm auf die Beine gestellt.

Clark Thompson sorgte dafür, dass die Stadt Wycliff angemessen beworben wurde. Er gab Interviews auf KOMO und KIRO TV und regte Journalisten dazu an, in ihren Archiven nach Aufnahmen früherer Tulpenparaden zu graben. Zeitungsreporter würden von so weit weg wie Bellingham und Vancouver, Washington, kommen. Selbst eine Radioshow von einem Sender in Spokane hatte angekündigt, über das Fest berichten zu wollen.

Kurz, Wycliff fieberte glücklich darauf zu. Und Luke McMahon, der Polizeichef, hatte alle Hände voll zu tun, Extra-Parkplätze, Notfallpläne und Sicherheitsmaßnahmen zu organisieren sowie Schulen und Unternehmen über die Umzugsroute und mögliche Schwierigkeiten im Ablauf zu informieren. Main und Front Street würden für das Ereignis gesperrt werden, was in anderen Teilen der Stadt zu Verkehrsstaus führen würde.

Endlich war das große Wochenende da. Alle hatten gefürchtet, es könne regnen, da es bis Freitagmittag nur so geschüttet hatte. Alle hielten den Atem an. Aber der Samstag dämmerte herauf ohne eine einzige Wolke am Himmel, und die Luft war frisch und begann sich deutlich zu erwärmen. Um zehn Uhr waren die Parkplätze im Wohngebiet überfüllt und die Polizei schwer beschäftigt, Besucher der Stadt zu anderen Stellen am Stadtrand umzuleiten. Clark Thompson hatte Schulbusse als Shuttle-Service von dort in die Unterstadt beordert. Aber eine Menge Besucher nutzten den herrlichen Aprilmorgen gern, um zu Fuß in die Stadt zu gehen.

Margaret hatte einen roten Läufer über ihre Verandastufen ausgelegt. Ihr neuster Freund hatte Verstärker und Lautsprecher für die Musik zu ihrer Schau aufgebaut. Dotties Team und das des „Le Quartier" hatten hohe Bistrotische auf dem Gehweg aufgestellt. Sobald die Parade vorbei wäre, würden sie mit ihrer zweistündlichen Schau und dem Catering beginnen.

Gegen Mittag brummte es auf der Main Street und der Front Street. Die Leute warteten auf den Beginn des Umzugs, und sie standen auf den Bürgersteigen oder hingen oben an den Fenstern, um die Wagen zu begrüßen und einige der Leckereien zu fangen, die in die Menge geworfen werden würden. Die Straße selbst war vollkommen frei, und Chief McMahon atmete erleichtert auf, dass seine Pläne so zu funktionieren schienen wie immer in all den Jahren, die er schon in Wycliff war. Und eigentlich war das noch nicht so lange …

*

Seine Mutter hatte ihm erzählt, dass seine Neigung, bei der Polizei zu arbeiten, ihm – und nur ihm – in der ganzen Familie zu eigen war. Sie hatten keine Ahnung, warum sein erstes Wort neben „Mom" und „Dad" „P'lizei" gewesen war. Sein Vater hatte gescherzt, dass vielleicht einer ihrer Vorfahren, die kurz nach der Mayflower herübergekommen waren, ein Sträfling auf der Flucht vor dem Gesetz gewesen sein mochte. Aber er war doch sehr erstaunt, als sein Sohn beschloss, nicht in seine Fußstapfen als Zahnarzt zu treten, sondern seinen Traum, Polizeichef zu werden, auch durch die Teenagerjahre hindurch beibehielt.

Luke war früh den Pfadfindern beigetreten. Er hatte auch in der Mittelschule Football gespielt und war während seines letzten Schuljahrs ein anständiger Linebacker. Seine Noten in Mathe und Naturwissenschaften waren gut; er war hervorragend in Literatur, zog es aber vor, der Theatergruppe nicht beizutreten. Er wollte nicht fälschlich als Softie abgestempelt werden. Er spielte in der Schul-Jazzband Trompete. Er flirtete gern mit den Mädchen, hörte aber damit auf, als er seine erste Freundin hatte, die auch seine Partnerin beim Schulabschlussball war. Nach einem Sommer, in dem er seine junge Erwachsenenzeit mit einigen Freunden auskostete, trennten sie sich freundschaftlich, und er fühlte sich, als habe er seine Freiheit wiedergewonnen.

Von da an war Lukes Lebensgeschichte genauso glatt und beinahe langweilig weitergegangen, wenn er es ganz ehrlich rekapitulierte. Er hatte beschlossen zur Kriminalpolizei zu gehen, sah sich aber nicht in der Forensik, sondern eher als Detektiv. Er begann, an einem College in der Nähe von daheim Strafrecht zu studieren. Er tat sich in jedem seiner Wahlfächer hervor und schloss den Bachelor als Klassenbester ab. Danach bewarb er sich beim Seattle Police Department und wurde angenommen, nachdem er im Bewerbungsgespräch mit Geradlinigkeit und Bescheidenheit überzeugt hatte. Luke wurde einer kleinen Polizeiwache in Alki zugewiesen. Seine Runde umfasste nur ein paar Blöcke, in denen kaum je etwas passierte. Er fühlte sich komplett unterfordert und machte sich Sorgen um seine Zukunft. Er dachte, er habe vielleicht zu wenig getan, und er schrieb sich wieder im College ein, um seinen Master-Abschluss zu machen. Zumindest waren seine Tage nun ausgefüllt. Und als er aus seinen Büchern nun als Master wiederauftauchte, wurde er befördert und in die Stadtmitte von Seattle versetzt. Er war sich nicht sicher, ob er so glücklich darüber war, da er letztlich das friedliche Alki recht gemocht hatte.

In der ersten Woche mit seinem neuen Team lernte er Linda kennen, eine Galeristin mit einem Geschäft nahe der 5th Avenue. In ihre Galerie war nach einer Vernissage eingebrochen worden. Ein paar Türen weiter in einer Gasse war ein Mann mit durchschnittener Kehle gefunden worden. Und Luke wurde mit seinen Kollegen beauftragt, den Mord und eine mögliche Verbindung zum Einbruch zu untersuchen. Linda war kreidebleich gewesen, als er in ihre Galerie kam und vorsichtig über die Scherben der zerbrochenen Glastür trat. Sie war schlank, fast Ballerina-ähnlich, und trug Schwarz als künstlerische Leinwand für ihren exzentrischen Schmuck. Ihre Stimme war ein weicher Alt, und ihre Ruhe täuschte über ihren zitternden Körper hinweg. Luke war ihr sofort verfallen. Seine Gefühle spornten seinen Ehrgeiz an, seinen allerersten Mordfall zu lösen. Die gestohlenen Bilder und Skulpturen tauchten recht schnell in der Kunstszene von Portland, Oregon, auf. Sie konnten zu einem rivalisierenden Galeristen in Seattle zurückverfolgt werden, der bei jeder sich bietenden Gelegenheit Annäherungsversuche an Linda gemacht hatte, denen sie geschickt ausgewichen war. Der Mordfall konnte ihm jedoch nicht angelastet werden, und es war auch nicht Luke, der ihn löste. Der Fall blieb ungeklärt, und erst Jahre später stellte sich heraus, dass er das Ergebnis einer im Streit beendeten Männerfreundschaft gewesen war – nur zufällig in der Nachbarschaft von Lindas Galerie.

Luke und Linda sahen sich nun häufiger. Sie wurden Liebende und erst danach Freunde. Später dachte Luke, dass ihre Beziehung deswegen gescheitert war: Er hatte sich nicht daran gehalten, was er für die richtige Reihenfolge zu halten pflegte. Sein sexueller Wunsch nach ihr hatte ihn übersehen lassen, dass sie nicht wirklich zueinander passten. Aber letztlich hatte Linda denselben Fehler gemacht.

Sie hatten geheiratet. Sie hatten sogar einen Sohn, Evan, einen niedlichen, kleinen Jungen mit den kohlschwarzen Augen seiner Mutter, der eines Tages den Körperbau seines Vaters haben würde. Tagsüber nahm Linda ihn mit in die Galerie. Luke verfolgte seine Karriere, in der er oft bis spät in den Abend arbeitete, inmitten der Nacht zu Tatorten raste oder Wochenenden mit der Familie darangab, wenn er sich in der entscheidenden Phase einer Untersuchung befand. Er verdiente gutes Geld; Linda auch. Es war genug Geld vorhanden, einen Babysitter für Evan zu bezahlen, wenn eine Vernissage zufällig mit einer Nachtschicht auf der Polizeiwache zusammenfiel.

Eines frühen Morgens war Luke heimgekommen und hatte den Babysitter schlafend neben Evans Bett vorgefunden. Sein eigenes Schlafzimmer war leer. Linda hatte die Nacht offenbar woanders verbracht. Luke war schockiert. Er weckte den Babysitter und bezahlte ein Taxi für seine Heimfahrt. Dann lief er im Wohnzimmer ihres Appartements auf und ab, bis Linda heimkam, immer noch in den Kleidern des vergangenen Abends. Sie sprachen zivilisiert miteinander, auch wenn Luke meinte, er müsse schreien oder heulen vor Schmerz, Enttäuschung und Zorn. Aber als er sich mit seinem Anwalt zusammensetzte, stellte er fest, dass er eher verletzte Eitelkeit verspürte als einen echten Verlust. Nach zehn Jahren Ehe trennten sie sich sehr höflich und rücksichtsvoll in Bezug auf die Bedürfnisse des anderen. Evan, inzwischen fünf Jahre alt, würde bei seiner Mutter bleiben, seinen Vater aber so oft wie möglich sehen.

Linda heiratete sehr schnell wieder, möglicherweise den Liebhaber jener spezifischen Nacht. Es schien gut zu funktionieren – sie arbeiteten beide im gleichen Metier, Kunst und Events. Evan war anfangs etwas desorientiert und weinte sehr, wenn Luke ihn nach einem Wochenende voller Spaß wieder bei Linda ablieferte. Aber nach einer Weile schien er sich daran zu gewöhnen, dass er zwei Männer um sich hatte, die sein Vater zu sein behaupteten, und da beide ihn verwöhnten, passte er sich an. Luke hatte ein paar Affären mit attraktiven Frauen, aber er fand das nicht wirklich befriedigend. Als Evan die High-School abschloss und ein College an der Ostküste wählte, fühlte sich Luke endlich frei für eine neue Lebensentscheidung, die ihn vom Trubel der Emerald City wegführte.

Eines Tages fiel ihm eine Anzeige in der Seattle Times auf, und er bewarb sich um den Arbeitsplatz. Ein Bewerbungsgespräch später war er Polizeichef der Stadt Wycliff, weit weg von der Kriminalität einer stetig wachsenden Metropole. Wycliff war überschaubar. Seine Einwohner waren gemischt was das Einkommen betraf, aber freundlich in ihrer Haltung. Er würde es wohl eher mit kleineren Vergehen zu tun haben als mit Schüssen aus fahrenden Autos, Vergewaltigungen oder Mord. Er würde seine Wochenenden mehr genießen können. Und er begann sich zu fragen, wo er fehlgegangen war, dass er erst mit Ende

Vierzig an einem perfekten Platz im Leben gelandet war, den niemand mit ihm teilte.

*

Von den Werften her, wo sich der Umzug aufgestellt hatte, konnte man jetzt Musik hören. Die Blaskapelle der Wycliff High-School führte die farbenfrohe Kolonne der Klubs und Institutionen an, die zu Fuß oder auf aufwändig dekorierten Wagen unterwegs waren. Endlich erreichten sie Main Street. Dotties Augen glänzten, als die Band vorbeimarschierte und „Washington, My Home" spielte. Dann folgten die Pfadfinder, angeführt von ein paar älteren Männern in voller Uniform. Sie trugen die Staatsflagge und das Stadtbanner. Dann rollte der Wagen der Polizei vorbei, dekoriert mit einem Starbanner aus Tulpen und Hyazinthen. Chief McMahon winkte von seinem Sitz in die Menge, einige seiner Polizisten warfen Bonbons. Dann kam eine Gruppe Kiwanis mit ihrem Wagen und warf verpackte Twinkies in die Menge. Dahinter ratterte eine Karawane wunderschön polierter Oldtimer die Main Street hinunter, die Fahrer alle in historischen Kostümen. Der Buchklub der Bibliothek fuhr vorbei; ihr Wagen war in ein von Tulpen geformtes offenes Buch verwandelt worden. Sie warfen den Zuschauern in Zellophan verpackte Mini-Bücher zu.

Dottie stand auf Zehenspitzen, um nichts zu versäumen.

„Das macht so viel Spaß!" rief Sabine neben ihr aus. Das Gesicht der stillen, kleinen Elli glühte vor Freude.

„Gut, dass sie keine schwereren Bücher werfen", kommentierte Pattie trocken, aber ihre Augen verrieten, dass auch sie sich bestens unterhielt.

Plötzlich schien Dotties Herz stillzustehen, als ein Keuchen durch die Menge ging. Ein kleiner Junge hatte sich von der Hand seiner Eltern losgerissen und sich auf die herunterfallenden Süßigkeiten, Büchlein und Blumen gestürzt, um seinen Anteil zu fangen. Aber er war gestolpert und direkt vor einen herannahenden Wagen gefallen. Der Umzug stand still. Dottie konnte immer noch nicht viel erkennen. Aber dann erspähte sie Finns Kopf und ein kleines Gesicht direkt daneben, und die Leute begannen zu applaudieren.

*

Als Chief McMahon hörte, was ein paar hundert Meter hinter seinem Wagen passiert war, sprang er ab und kämpfte sich durch die Menschenmenge dorthin, wo beinahe ein Unfall passiert war. Er konnte den Ort an der Menge der Blitzlichter erkennen und an den Fernsehkameras, die schnell vor „Dottie's Deli" aufgebaut wurden. Als der Umzug in Richtung Rathaus weiterging, zum Hafen-Kreisverkehr und zurück zur Front Street, hatten die Medien ihre Aufmerksamkeit dem Helden der Stunde zugewandt.

Dottie hatte rasch einen der hohen Bistrotische vor dem Feinkostladen abgeräumt, sodass er als improvisiertes Rednerpult dienen konnte. Finn stand neben ihr mit geröteten Wangen, jungenhafter denn je. Die Eltern des kleinen Jungen rahmten ihn auf der anderen Seite ein und drückten ihr Kind an sich, während sie Finn mit unverhohlener Bewunderung und Erleichterung ansahen.

Eine stark geschminkte Reporterin blickte bereits in die Kamera und begann ihre Story mit dem Rücken zu „Dottie's Deli". „Am frühen heutigen Nachmittag hat sich hier in Wycliff, Washington, ein beinahe tödlicher Zwischenfall in eine glückliche Familienrückführung verwandelt", begann sie mit sehr dramatischer Stimme. „Die jährliche Tulpenparade war in vollem Gange, als sich der fünfjährige Robert Random von seinen Eltern losriss, stolperte, und vor einen tonnenschweren Tulpen-Umzugswagen stürzte. Der Fahrer des Wagens hätte, wie wir inzwischen herausgefunden haben, nicht rechtzeitig bremsen können. Umso mehr Glück hatte der kleine Robert, dass ein junger, bis dahin unauffälliger Mann sah, was geschah, und nicht zögerte, in Aktion zu treten. Wir sprechen mit Finn Rover, der zurzeit Bedienungshilfe im Bistro ‚Le Quartier' in Wycliff und nunmehr Held seiner Heimatstadt ist. Finn, was dachten Sie, als Sie den kleinen Robert fallen sahen?" Sie streckte das fluffige Mikrofon mitten in Finns Gesicht, und ein paar Schwanenhalsmikrophone folgten.

Finn errötete noch mehr und sah die Frau ein wenig verwirrt an. „Ich würde es nicht Held nennen", sagte er mit leisem Zittern in der Stimme. „Ich habe gar nichts gedacht. Ich habe ihn einfach geschnappt."

Es schien der Reporterin nicht genug. Sie wandte sich an die Eltern. „Ich bin mir ziemlich sicher, Sie sehen das anders", suggerierte sie dem Vater, der heftig nickte, während seine Frau ihren Sohn hielt und Tränen von ihren Wangen wischte.

„Wir können uns nicht genug bedanken", stellte Mr. Random fest. „Wir waren in der Situation wie gelähmt, und dieser junge Mann ist eingeschritten, um unseren Sohn zu retten. Wir sind so dankbar – es gibt nicht Worte genug dafür."

Die Reporterin übernahm wieder. „In unserer Abendnachrichtenschau präsentieren wir Ihnen ein Exklusiv-Interview mit Finn Rover und der Familie Random. Updates zu dem Zwischenfall finden Sie auf unserer Webseite im Internet." Hier nannte sie eine Adresse. Die Kameras gingen aus und sie krallte Finn am Arm. „Sie müssen ein bisschen mehr aus dem machen, was Sie getan haben, Finn!" zeterte sie. „Das schulden Sie unseren Zuschauern."

Hier hatte es Chief McMahon endlich geschafft, an der Seite der Eltern aufzutauchen. „Halt, meine Dame!" sagte er grimmig. Und tatsächlich verstummte die Menge ringsum einen Moment lang. Jeder wollte wissen, was der Polizeichef zu sagen hatte. „Das mag ja für Interesse für Ihre Nachrichtenschau sein. Aber wenn dieser junge Mann nichts sagen möchte, werden Sie es einfach dabei belassen müssen. Belästigen Sie nicht unseren jungen Helden. Lassen Sie ihn zu Atem kommen. Kommen Sie in einer Stunde in mein Büro, und Sie erhalten eine vollständige Stellungnahme." Die Journalistin wollte noch etwas sagen, aber ein strenger Blick des Chiefs ließ sie davon Abstand nehmen.

Dottie lächelte ihn an und nahm dann Finn am Arm. „Wie wär's, wenn wir reingingen und uns ausruhen von all dem …" Sie fand kein passendes Wort. Sie suchte nach Paul und winkte ihn zu sich. „Meinst du, wir könnten ein bisschen in eurem Bistro sitzen, bis sich die Dinge etwas beruhigt haben?"

Finn sah Dottie dankbar an. Chief McMahon nickte. „Das ist ein vernünftiger Gedanke, Dottie." Er begann, für die kleine Gruppe einen Pfad zu bahnen. Paul schloss die Bistrotür auf und ließ Finn zuerst hineinschlüpfen, gefolgt von seinen Freunden. Energisch schloss er die Tür von innen ab.

Zunächst pressten die Leute ihre Gesichter an die Fenster, um einen Blick auf Finn und den kleinen Robert zu erhaschen. Kameralinsen suchten nach dem besten Winkel. Aber nach einer Weile legte sich der Trubel, und Finn seufzte erleichtert auf. „Danke, dass Sie mir die Journalisten vom Leib gehalten haben", sagte er und lächelte den Chief schüchtern an.

„Nichts zu danken, Finn", nickte Luke McMahon. „Du hast es jetzt in die nationalen Nachrichten geschafft, schätze ich. Da kommt noch mehr nach."

Finn sah ihn in plötzlicher Erkenntnis an. „Shit!" rief er. „Daran habe ich gar nicht gedacht. Shit!"

„Finn!" mahnte Dottie und schüttelte den Kopf. „Achte bitte auf deine Sprache. Dir hört ein kleines Kind zu."

„Sorry, Bobby!" sagte Finn zu dem kleinen Jungen, der ihn voller Neugier und Heldenverehrung ansah. „An ein paar Dinge habe ich einfach nicht gedacht."

„Deine letzten Pflegeeltern?" riet Dottie. Finn nickte und schwieg. „Du hast sie nicht einmal wissen lassen, wo du bist?"

„Der Sozialarbeiter hat ihnen gesagt, dass ich in Sicherheit bin", murmelte er.

„Und das ist alles?" fragte Dottie. „Oh Finn …"

Finn wand sich. „Ich weiß." Er geriet ins Stocken und sank auf seinem Stuhl zusammen.

„Nun", dachte Luke laut nach. „Es führt kein Weg herum. Sie werden sehen, wo du jetzt bist und was du getan hast. Du kannst also gerade so gut anrufen und mit ihnen reden."

Finn blickte mehr als unbehaglich drein. Dottie legte ihm einen Arm die Schultern und drückte ihn. „Das bedeutet nicht, dass du zurückmusst. Das heißt nicht, dass wir dich nicht mögen – aber das weißt du ja auch, oder?" Finn schluckte und nickte. „Sie brauchen einen Schlussstrich, Finn. Es muss für sie ein Alptraum gewesen sein, nicht zu wissen, wo du bist. Und sie müssen sich immer wieder gefragt haben, was sie besser gemacht haben könnten, um dich zu behalten."

„Im Grunde gehört dir der Hintern versohlt", lachte Paul.

Finn grinste schief. „Vermutlich", gab er zu.

„Tja", schlug Dottie vor. „Ich werde sie anrufen und ihnen alles erklären, bevor es groß in den Abendnachrichten aufgeblasen wird." Finn sah erleichtert aus. „Und ich werde sie hierher einladen", fuhr Dottie mit einem scharfen Blick auf Finn fort. Er nickte und blickte zu Boden. „Du wirst dich bei ihnen entschuldigen, wenn sie hier sind."

„Aber werden sie überhaupt kommen?" fragte Elli.

„Oh, sicher", erwiderte Dottie. „Sie wollen doch sehen, was aus ihrem früheren Pflegekind geworden ist, und wissen, dass sie alles richtig gemacht haben. Was dann geschieht? Wir werden es sehen."

„Können wir irgendetwas tun?" unterbrach Mr. Random. „Können wir ein gutes Wort bei ihnen einlegen?" Bobby wand sich in Mrs. Randoms Armen und wurde schließlich losgelassen, sodass er zu seinem Retter laufen und sich an sein Knie lehnen konnte.

Luke wog den Gedanken ab und sagte: „Das könnte helfen. Vielleicht schreiben Sie ihnen einfach einen Brief. Ich werde Ihnen die Lebensgeschichte dieses Schlingels erzählen, sodass Sie wissen, worum es geht."

„Inzwischen", sagte Mr. Random, „würden wir dir gern unsere Wertschätzung dafür zeigen, was du für uns und besonders für unseren Sohn getan hast, Finn. Gibt es etwas, was wir dir schenken könnten?" Finn errötete, sagte aber kein Wort. Er schüttelte nur den Kopf. „Aber offenbar gibt es da etwas. Heraus damit, junger Mann! Wovon träumst du?"

„Von einer Ausbildung als Koch", platzte Finn heraus. „Und von einer Karriere als Koch. Und eines Tages einer Familie und einem eigenen Haus. Aber das sind Dinge, die mir keiner schenken kann. Ich muss dafür arbeiten. So etwas kann man nicht einfach so kaufen."

Mr. Random lachte. „Nun, das klingt nach einem sehr gründlichen Zukunftsplan. Ich sag' dir was. Lass mich mit diesem jungen Herrn reden", und er deutete auf Paul. „Vielleicht gibt es eine Möglichkeit, dass du in diesem schönen Bistro zum Koch ausgebildet wirst. Inzwischen werde ich dafür sorgen, dass wir ein College mit einem Koch-Ausbildungsprogramm finden, das dich in die richtige Richtung bringt. Was meinst du?"

Finn blickte ihn ungläubig an. „Ich glaube, das ist ein Missverständnis, Sir", brachte er hervor. „Sie meinen doch nicht …"

„Doch, wir meinen", sagte Mr. Random und umarmte seine Frau, die Finn anlächelte. „Lass uns deine College-Gebühren bezahlen. Danach ist alles Weitere deine Sache …"

Finn wollte etwas sagen, aber stattdessen bedeckte er sein Gesicht und begann zu weinen. Bobby war bestürzt und fing an, mit ihm zu weinen.

„Nun, nun", sagte Pattie und tätschelte Finns Schulter. „Ist das eine passende Reaktion?"

„Danke, Sir!" schluchzte Finn und sah seinen Gönner unter Tränen strahlend an. „Danke viel vielmals."

Mr. Random nickte nur mit zufriedenem Blick. Dann warf er einen Blick auf die Uhr. „Liebe Zeit, Chief, Ihre Journalistin muss schon auf der Polizeiwache warten. Und ich denke, es ist Zeit für Bobbys Mittagsschlaf." Bobby protestierte, aber seine Mutter nahm ihn in ihre Arme und brachte ihn mit ein paar sehr ernsten, strengen Worten zur Ruhe.

Luke zog ein Gesicht. „Zeit zu gehen." Er salutierte der Gruppe. „Wir sehen uns." Paul ließ ihn zur Hintertür hinaus.

Draußen hatte sich die Tulpenparade aufgelöst, und die Läden und anderen Unternehmen auf Main und Front Street hatten ihre Festaktionen drinnen oder vor ihrem jeweiligen Standort aufgenommen. Ein paar Journalisten machten immer noch Fotos oder Filmaufnahmen von dem Block, an dem der Zwischenfall sich ereignet hatte, der so böse hätte enden können. Ansonsten schien alles wieder normal zu sein. Die Leute lachten, spazierten umher, inspizierten Stände, aßen und tranken. Ein ganz normales Tulpenparade-Wochenende in Wycliff. Nur dass Luke McMahon es anders wusste. Er würde sich noch der Presse stellen müssen, und Finn musste noch seine Suppe auslöffeln.

*

Lieber Sean,

Finn war in allen nationalen Nachrichten. Es gab Fernsehberichte, Zeitungsartikel und Interviews. Einige

Journalisten warteten sogar vor unserem Haus, bis wir eine spontane Pressekonferenz ansetzten.

Natürlich dramatisierten sie die ganze Geschichte. Sie sprachen über Finns Ausreißer-Vergangenheit. Und jemand von der Mall erzählte einem Journalisten, dass er während der Wintermonate Diebstähle begangen hatte, was die Geschichte in „Vom jugendlichen Straftäter zum reuigen Retter" verwandelte. Es gab ganze Diskussionsrunden, ob das Pflegekindersystem in unserem Land ausreichend sei. Und manche Leute protestierten gegen die milde Behandlung, die Finn trotz seines Diebstahls von uns erfahren hatte. Sie interviewten die Sozialarbeiterin, die Finn betreut hatte. Sie besuchten sein wirkliches Zuhause, nunmehr verlassen und völlig verfallen, und sie hatten Filmaufnahmen vom Kinderpflegezentrum. Es war lachhaft, und Finn hasste es, das Haus zu verlassen. Man lauerte ihm auf dem Weg zur Arbeit und nach Hause auf. Eine Woche später hatte sich alles beruhigt. Andere Nachrichten waren aktueller, und man ließ Finn endlich in Ruhe.

Natürlich rief ich Finns letzte Pflegeeltern an, sobald sich die ersten Turbulenzen der Tulpenparade gelegt hatten. Während unser Chief mit den hartnäckigsten Journalisten auf der Polizeiwache sprach, ließ ich mir von Finn die Telefonnummer seiner letzten Pflegefamilie geben. Für mich war das auch nicht einfach. Ich hatte das Gefühl, ich hätte sie im Stich gelassen, indem ich sie nicht hatte wissen lassen, wo Finn die ganze Zeit gesteckt hatte. Andererseits war Finn alt genug, seine eigenen

Entscheidungen zu treffen, und wenn er die Sozialarbeiterin gebeten hatte, seinen Aufenthaltsort nicht zu verraten, dann war das eben so.

Ich hatte beide, seine frühere Pflegemutter und den Pflegevater am Apparat. Sie hatten bereits die ersten Fernsehberichte gesehen, ohne all die Hintergrundinformationen, die die Journalisten noch vor den Abendnachrichten einarbeiten würden. Ihre erste Reaktion war Erleichterung. Sie wussten endlich, wo ihr früherer Pflegesohn war und dass es ihm gut ging. Dann kam eine Welle des Ärgers, und ich ließ sie über mich hinwegrollen. Ich hatte mich sicherlich in gewissem Maß mit Finn verschworen und verdiente es nicht besser. Nachdem sie genug Dampf abgelassen hatten, kehrten wir zu einem ruhigeren Gesprächsniveau zurück, und ich bedeutete Finn zu übernehmen.

Finns Hand zitterte, als er den Hörer ergriff, und er war zunächst einsilbig. Es war schmerzhaft, zuzusehen und zuzuhören, und ich konnte aus seinen kurzen Antworten nicht erschließen, was am anderen Ende der Leitung gesagt wurde. Dann entspannte er sich sichtlich, und am Ende beschrieb er ein bisschen, was er jetzt machte und wie er darüber empfand, den kleinen Robert gerettet zu haben, und über den ganzen Medienzirkus. Als er mir das Telefon zurückgab, lächelte er tatsächlich und bedankte sich stumm bei mir.

Am Wochenende, nachdem sich die Aufregung gelegt hatte, kamen sie zu Besuch. Sie waren den ganzen Weg von Portland, Oregon, heraufgereist, und vielleicht hatten wir überhaupt deshalb nie davon gewusst, dass Finn als vermisst gemeldet worden war. Immerhin war er achtzehn, und jeder hatte angenommen, er wäre immer noch in Oregon oder reiste vielleicht hinunter nach Kalifornien, weil es so viele junge Menschen Richtung Sonnenschein und anderer Klischees zieht.

Es war ein nettes Paar, wenn sie auch etwas zu angestrengt wirkten. Ich verstand, warum sich Finn mitunter von ihnen überfordert gefühlt haben musste. Sie hatten vorgehabt, ihm Gutes zu tun, aber er hatte sich stattdessen erstickt gefühlt. Sie waren stolz auf seine Leistungen, aber sie hatten ihn wie ein trainiertes Pferd vorgeführt. Und was das Gewehr als Geschenk zum achtzehnten Geburtstag anging ... nun, vielleicht hätten sie sich einfach fragen sollen, was seine wirklichen Begabungen und Wünsche waren.

Luke McMahon kam ebenfalls herüber, um die Hauptlast der Situation zu tragen, falls es denn eine gab. Es stellte sich heraus, dass er eine sehr entspannende Wirkung auf uns alle hatte, Freund, der er uns geworden ist. Aber Finns ehemalige Pflegeeltern wurden ein bisschen steifer und gestelzter und spürten in ihm eher den Polizeibeamten als den Freund der Familie.

Familie Random kam ebenso zu Besuch, und der kleine Bobby wurde zum Zentrum der Aufmerksamkeit, obwohl er das zum Glück nicht zu bemerken schien. Er hing an Finn und half ihm beim Barbecue, das wir hinter dem Haus hatten. Ja, tatsächlich, ich habe dort einen Grill, obwohl das kaum Platz für *mehr als einen Stuhl, einen Beistelltisch und ein paar Topfpflanzen lässt.*

Am Ende waren wir alle froh über den Ausgang der Sache, und ich vermute niemand möchte die Situation so schnell ändern. Finns ehemalige Pflegeeltern gingen und schüttelten jedem die Hand. Vielleicht kommen sie eines Tages wieder, aber ich bezweifle es sehr. Sie hatten Finn sehr kurze Zeit mit einem sehr dramatischen Ende. Sie wurden nicht warm miteinander und passten nicht zueinander. Das gibt's. In solchen Fällen ist es das Beste, einander Glück zu wünschen und loszulassen.

Die Randoms hingegen sind das ganze Gegenteil. Sie mögen Finn wirklich und einfach um seinetwillen. Nicht nur für das, was er für Bobby getan hat. Sie schätzen ihn, ohne ihn zu bedrängen. Vielleicht kommt die Botschaft auch bei Finn an und er hat sozusagen selbst eine Ersatzfamilie für sich gefunden. Natürliche Auswahl, könnte man sagen.

Luke gehört ebenso zu dieser Großfamilie – das ist ganz sicher. Selbst wenn er kein Polizist wäre, würde Finn diesem freundlichen Mann, der haarigen Situationen immer gewachsen ist, jede Menge Respekt entgegenbringen. Und ich muss zugeben, dass ich mich immer darauf freue, wenn er samstags ins Feinkostgeschäft kommt, um seinen Wochenbedarf an Country-Pastete und Roggenbrot zusammen mit ein paar Flaschen Radeberger Pilsner zu decken. Ich nehme mir immer ein bisschen mehr Zeit für ihn, um über die Woche zu plaudern. Und nach Finns Abenteuern, die wir so glimpflich bestanden haben, schätze ich, dass unsere Freundschaft noch enger geworden ist. Ich wünschte, Du hättest ihn so gut kennengelernt wie ich inzwischen, Sean, mein Lieb. Du hättest ihn gemocht. Vielleicht hättet ihr sogar Zeit nur „unter Männern" verbracht.

Ich muss zugeben, es würde mir nichts ausmachen, wenn es die nächsten Monate vor Weihnachten etwas ruhiger würde. Ich hatte ziemlich viel in letzter Zeit zu tun und würde mich gern etwas mehr meinem Geschäft widmen. Sabine erwähnte erst gestern, dass unser Packpapier den Aufschnitt auszutrocknen scheint. Sie schlug vor, wir sollten überlegen, Zellophantüten und Wachspapier zu besorgen. Das ist eine neuerliche Investition, aber ich bin mir sicher, dass sie sich lohnt.

Auch überlege ich mir, kleine Rezeptkarten für einige unserer besonderen Produkte zu schreiben. Sie vielleicht sogar eines Tages zu einem Kochbuch zusammenzufassen. Aber ich vermute, Du würdest mich jetzt mahnen „einen Schritt nach dem anderen zu unternehmen, Liebes". Und Du hast Recht. Gehen wir erst die einfacheren Dinge an und schaffen sie aus dem Weg.

Der Sonnenuntergang heute Abend ist übrigens exquisit. Ich habe das Gefühl, Du hast ihn eigens für mich eingefärbt, oder?

Ich hoffe, ich mache Dich stolz auf mich, mein Liebster.

In Liebe, Dottie

6

Mai

Dottie hatte Geburtstag, und die Puget-Sound-Region zeigte sich von ihrer klischeehaftesten Seite: Es regnete. Zwar nicht aus Kübeln, aber dieser feine Nieselregen, der aus einem nie wirklich dunklen Himmel kommt, der aber auch nicht hoffen lässt, dass es bald trockener würde. Mit etwa 15 Grad war es nicht kalt, aber eine leichte Brise machte es ziemlich ungemütlich.

Wie meistens morgens war Finn bereits aus dem Haus und im Bistro, als Dottie die Küche betrat, um sich Frühstück zu machen. Ein weiterer Geburtstag ohne Sean, dachte sie traurig. Aber dann starrte sie überrascht auf die Küchentheke und verlor beinahe die Fassung: Finn hatte es irgendwie fertiggebracht, ihr einen frisch glasierten Zitronenbaiser-Mini-Pie zu machen – einen ihrer Lieblingskuchen, wie er wusste. Und da war eine Karte für sie. Und ein Strauß Gartenblumen. Dass ihr Ausreißer-Junge an sie gedacht und sich solche Mühe gemacht hatte, rührte sie zutiefst. Sie genoss jeden Bissen ihres Pies, während sie eine Tasse Kaffee mit einem Schuss Karamellsirup trank. Es gab doch noch Menschen, die sich Gedanken machten. Sie war nicht mehr ganz allein.

Mit schwungvollem Schritt ging Dottie an diesem Morgen den Hügel hinunter, eingepackt in eine sportliche Jacke, die Kapuze tief ins Gesicht gezogen. In Gedanken ging sie die

Tagesaufgaben durch. Es würde eine Lieferung eines ihrer größeren Anbieter mit jeder Menge Kartons eintreffen, die ausgepackt, ausgepreist und ins Regal geräumt werden mussten. Dann musste sie prüfen, ob die Monatsmiete bezahlt war, die Stromrechnungen erledigt waren und das neue Mädchen, Christine, ihre Ausbildung beginnen konnte, da Elli von jetzt an nur noch in Teilzeit arbeiten würde, weil ihr Baby in ein paar Monaten fällig war. Hinter der Theke zu stehen und für Nachschub zu sorgen, war härtere Arbeit, als es aussah, vor allem weil die Mädchen ständig auf den Beinen waren. Dottie wollte, dass Elli es etwas ruhiger angehen ließe, und hatte nach einer Aushilfe, vielleicht mehr gesucht, wenn das neue Mädchen gut dazu passte. Danach musste sie ein paar Pakete für einen Kunden packen, der nach Idaho gezogen war, aber nicht auf die deutschen Spezialitäten verzichten wollte. Und obendrein hatte sie Paul versprochen, ihr Rezept für ihre schnelle Fischsuppe aufzuschreiben, die sie neulich dem Bistroteam zubereitet hatte. Keine extravagante Bouillabaisse, aber mediterran genug – mit Tomaten, Zucchini und Aubergine sowie frischem Basilikum und Knoblauch – um auf die Tageskarte zu kommen. Sie lächelte vor sich hin. Dem Bistro jeden Monat ein Rezept zu liefern, machte Spaß. Es inspirierte sie und bedeutete nebenbei Extra-Werbung für sie, da den Rezepten immer „Dotties" vorangestellt wurde.

Sie schloss die Ladentür auf und schüttelte den Regen von der Jacke ab, bevor sie eintrat. Pattie traf zwei Minuten später ein und umarmte sie. „Alles Gute zum Geburtstag, Dottie!" strahlte sie. „Mögen alle deine Feinkost-Träume wahr werden! Du bekommst mein kleines Geschenk heute Abend."

Dottie umarmte ihre Partnerin. „Geschenke sind nicht nötig, Liebes. Ich habe dir doch gesagt, dass deine Freundschaft alles ist, was ich brauche."

„Oh, aber die hast du ja bereits", schmunzelte Pattie. „Das wäre zu langweilig. Du kannst sie nicht einmal einpacken." Mit einem Zwinkern ging sie ins Büro, um ihren Mantel aufzuhängen und die Schürze vorzubinden.

Als nächstes kamen Elli und Sabine herein. Sie hatten einander zufällig nebenan getroffen, als sie eines von Margarets neusten Schaufensterstücken bewunderten, und nun diskutierten sie, ob das Kleid mit dem ausgestellten Rock kirchentauglich sei, da er ziemlich kurz war. Oder ob es doch eher etwas für ein Rendezvous am Abend sei.

„Ich werde so etwas bald schon gar nicht mehr tragen können", seufzte Elli, während sie aus ihrer Strickjacke und in ihre Schürze schlüpfte, die sie neuerdings aufgeknöpft tragen musste. Ihr Babybauch war zu weit gediehen. „Und natürlich muss ich von meinem Kind Respekt erhalten – also keine ausgefallene Mädchenkleidung mehr. Jetzt ist Mama-Zeit angesagt."

Sabine lachte. „Ich wusste nicht, dass es von einem Kleid abhängt, ob man respektiert wird oder nicht. Ich dachte, das mache die Persönlichkeit aus."

Elli zuckte die Schultern. „Zu kurz, zu sexy, zu altbacken – und dein Kind fühlt sich mies. Ich erinnere mich nur, wie mies ich mich gefühlt habe, als meine Mutter beschloss, ihre Zwanziger noch einmal zu erleben, und ihr Haar pink färbte. Ich wollte nicht mehr mit ihr gesehen werden. Es war mir so peinlich."

„Du benimmst dich wie ein Fossil", sagte Sabine, stupste sie aber freundschaftlich. „Entspann dich. Hab Spaß. Du brauchst etwas zum Ausgleich für das, was vor dir liegt."

Dann erinnerten sie sich daran, dass Dottie Geburtstag hatte, und gratulierten ihrer Chefin. Sie hatten auch ein Geschenk für sie, aber wie Pattie würden sie es ihr erst nach der Arbeit überreichen. Dottie hatte sie zu einem kleinen Champagner-Umtrunk nach Feierabend ins „Le Quartier" eingeladen.

„Lieferung!" rief Pattie eine Stunde, nachdem sie geöffnet hatten. Die ersten Kunden hatten bereits ihre Kürbiskernbrötchen und ballaststoffreichen Brote zusammen mit deutschem Kaffee oder Nesquick-Kakaopulver gekauft. Dottie ging durch den kleinen Lagerraum neben dem begehbaren Kühlschrank hinaus, um mit dem Fahrer zu sprechen, der seinen Laster zur Lieferung in der Seitengasse geparkt hatte.

„Von der Lieferliste fehlt ein Teil des Käses", runzelte Dottie die Stirn. „Und was ist mit den Räucherforellen und -makrelen, die ich erwarte?"

„Tut mir leid, Ma'am." Der Fahrer kratzte sich im Haar und zog seine Baseballkappe wieder herunter. „Ich weiß nichts darüber. Müssten Sie den Chef anrufen und fragen. Er wird Ihnen sagen, was damit los ist. Soll ich die Paletten reinrollen?"

Dottie nickte und öffnete die Tür zum Lager. Während der Fahrer ablud, verglich Dottie die Lieferliste mit ihren Bestellungen. Am Ende zeichnete sie sie seufzend ab und ließ den Fahrer wieder hinaus. Wieder ein Anruf an diesen Lieferanten. Manchmal war es mühsam. Lieferungen von der Ostküste waren wegen des harten Winterwetters bis spät in den März in Verzug gewesen. Manche Ladungen waren nicht vollständig gewesen. Die größte Überraschung war eine Kiste mit Dingen gewesen, die sie nie bestellt hatte, aber eindeutig ihre Bestellliste obenauf trug. Unglücklicherweise hatte sie da schon abgezeichnet, ohne erst zu prüfen. Sie war froh gewesen, dass der Lieferant verständnisvoll gewesen war und sich entschuldigt hatte, einen weiteren Laster in ihre Richtung geschickt und die Lieferungen ausgetauscht hatte. Danach war sie sichergegangen, dass sie nur abzeichnete, wovon sie wusste, dass sie es auch erhalten hatte.

Bald war das ganze Team bis über beide Ohren damit beschäftigt, Klebstreifen und Kartons aufzuschlitzen, den Inhalt auszupacken und Preissticker auf jedes Glas, jede Packung oder Schachtel zu kleben. Sie füllten die Lücken in den Regalen auf und verstauten den Rest im Kühlschrank oder im Lager, während der stete Strom der Kunden ihre Aktivitäten immer wieder unterbrach und für neue Lücken sorgte.

„Als würde man versuchen aufzuholen und es nie schaffen", bemerkte Sabine. „Sobald wir etwas aufgefüllt haben, wird es wieder auseinandergerissen."

„Nun, aber das macht doch gerade Spaß daran, oder?" lächelte Dottie.

„Ich weiß nicht", gab Sabine zurück. „Es erinnert mich an eine Sandburg. Sobald man sie gebaut hat, springt der kleine Bruder darauf und zerstört sie. Und man muss wieder von vorn beginnen."

Dotties Augen funkelten. „Kein schlechter Vergleich. Aber wozu sind Sandburgen eigentlich überhaupt gut?"

Sie packten weiter aus und verstauten. Zwischendrein rief Dottie ihren Lieferanten an und erhielt eine hinreichende, wenn auch nicht erfreuliche Erklärung. Später schrieb sie Schecks und rief die Stadtwerke an, weil der Laden eine weitere Recyclingtonne benötigte. Schließlich, während sie rasch ein Sandwich aß, schrieb sie ihr Rezept für Paul und sein Team auf.

Mittendrin klopfte es an den türlosen Türrahmen des Büros. Dottie sah auf und blickte direkt in einen Strauß herrlicher lachsfarbener Rosen, weißer Inkalilien und Schleierkraut. Sie schnappte vor Freude nach Luft. Erst jetzt erschien Chief McMahons Gesicht mit einem breiten Grinsen hinter den Blumen. „Ich dachte, ich könnte meiner Mitstreiterin in Sachen Recht zum Geburtstag gratulieren", sagte er, trat vor und legte die Blumen in ihre Hände.

„Oh, das solltest du doch nicht!" sagte Dottie, immer noch atemlos. „Mensch, die sind einfach prachtvoll!"

Er nickte, setzte seine Kappe auf und drehte sich um, um zu gehen, plötzlich wieder ganz scheu.

„Oh, Chief … ich meine, Luke!" Dottie errötete. „Nach Ladenschluss habe ein Glas Champagner und ein paar kleine Snacks drüben im ‚Le Quartier' warten. Würdest du nicht auch kommen?"

McMahons Gesicht leuchtete auf. „Das wäre mir eine mächtige Freude", antwortete er und berührte den Schild seiner Kappe. Dann war er draußen. Dottie sah auf die Blumen in ihrer Hand. Sie war sich nicht sicher, was sie daraus machen sollte.

Pattie lugte eine Sekunde später um die Ecke. „Hast einen Verehrer, hm?" neckte sie.

„Ach, Blödsinn!" rief Dottie aus und errötete wieder. „Wir finden besser eine Vase für sie und stellen sie auf die Theke, damit jeder sich daran erfreuen kann." Und plötzlich war sie sehr beschäftigt.

*

Luke hatte erst kurz vorher erfahren, dass Dottie Geburtstag hatte. Er hatte unlängst eine Tasse Kaffee im Bistro gehabt, und Paul hatte verraten, dass sie etwas Schickeres als ein paar Sandwiches für ihre Feierabend-Party auffahren würden. Obwohl Luke nicht eingeladen gewesen war, wollte er sicherstellen, dass sie ein Geschenk von ihm bekam.

Er war sich nicht sicher, wie, aber irgendwie hatte Dotties Einzug auf dem Stadtplan der Unterstadt die Stimmung dort ziemlich verändert. Als sei alles ein bisschen gelassener und freundlicher geworden. Vielleicht war das ja nur sein persönlicher Eindruck, aber er dachte, das Bistro hätte ganz sicher durch ihr Zutun auf verschiedene Weise gewonnen. Die Unterstadt erfuhr einen stetigeren Zustrom von Einheimischen wegen des Feinkostgeschäfts. Und um ehrlich zu sein, es hatte ihn tief beeindruckt, wie sie mit dem jungen Galgenstrick Finn umgegangen war, der nun zu solch einem Gewinn für die Gemeinde von Wycliff zu werden schien. Grundsätzlich musste er sich eingestehen, dass die hübsche Witwe es geschafft hatte, ihn zu bezaubern.

Warum ihr also nicht ein Zeichen seines Respekts und seiner Wertschätzung zum Geburtstag schenken? Nichts war unschuldiger. Und welche Frau mochte keine Blumen? Unruhig ging er in seinem winzigen Büro in der Polizeiwache auf und ab. Sollte er es wagen? Würde er es tun? Er wollte sie nicht abschrecken. Vor allem wollte er nicht die zarten Knospen der Freundschaft in Gefahr bringen, die gewachsen zu sein schienen, seit sie ihn herbeigerufen hatte, damit er den jungen Finn konfrontiere. Er hatte schnell bemerkt, dass sie ihn mehr wegen des Effekts geholt hatte, den er auf den Jungen haben würde, als um jenen ernstlich zu bestrafen. Als er von dem Vorfall vor ihrem Feinkostladen gehört hatte, hatte sein Herz einen Schlag lang ausgesetzt, weil er dachte, sie könne betroffen sein. Aber es stellte sich heraus, dass Finn das kleine Kind vor Schaden bewahrt hatte, und sie beide, er und Dottie, hatten die Folgen ziemlich gut gehandhabt. Warum also ihr nicht Blumen schenken? Sie hatten mit Sicherheit genügend Gemeinsamkeiten.

Er traf seine Entscheidung, verließ sein Büro an der Front Street und lief ein paar Blocks weiter, um den „Flower Bower" zu betreten. Es war ein heruntergekommener Laden, der ziemlich renoviert gehört hätte. Aber seine Besitzerin, Bonny Meadows, behauptete, es sei Geldverschwendung. Die Kunden wollten schließlich nicht den Laden kaufen. Sie kamen ihrer Blumen wegen. Und in gewisser Weise räumte Luke ein, dass Bonny Recht hatte. Sie war bekannt für ihre prachtvollen Tafeldekorationen, Hochzeitssträuße und zierlichen Manschetten. Kein Event fand je ohne ihre floristische Zustimmung statt. Aber es musste gesagt sein, dass ihr Geschäft bergab gegangen wäre, wenn nicht sie und ihre Assistentin Kitty Kittrick solch künstlerisches Talent für Blumenarrangements gehabt hätten. Die Mall außerhalb der Stadt verkaufte Blumen sicherlich billiger, und sie waren genauso frisch. Aber den Arrangements fehlte die Attraktivität derer vom „Flower Bower". Dennoch, ein Tupfen Farbe hier und ein neues Möbelstück da …

„Guten Morgen, Chief", grüßte Bonny von hinter der Theke. „Wie geht's?" Sie sah so alt wie ihr Laden aus, bemerkte Luke. Immerhin hatte sie das Geschäft kurz nach dem Weltkrieg gegründet, irgendwann in den frühen 1950ern. Sie musste damals eine junge Frau gewesen sein, vielleicht sogar hübsch, da ihre Augen immer noch diesen kecken Glanz hatten. Aber ihr Haar war ein Krähennest, und ihre Schürze hatte sauberere Zeiten gesehen. Ihre knorrigen Hände zitterten manchmal.

Luke salutierte. „Alles ist bestens heute Morgen in Wycliff." Dann hielt er inne, drehte seine Kappe zwischen den Fingern und suchte nach Worten.

Bonny legte den Kopf schief und sah ihn mit listigem Lächeln an. „Oh, kenne ich nicht diesen Blick, mein Junge? Du willst Blumen für eine Dame, nicht wahr?" Der Polizeichef errötete tatsächlich. „Und ihr kennt einander noch nicht gut genug, dass es rote Rosen sein dürften, aber sie hat dein Herz mit dem Lasso eingefangen." Sie nickte vor sich hin.

Luke McMahon stand der Mund offen. „Nichts dergleichen, Bonny…"

Bonny gackerte. Sie legte ihre rechte Hand auf seinen Arm. „Da ist nichts verkehrt dran, mein Lieber. Und ich werde dich auch nicht verraten. Ich hoffe, sie ist deiner Aufmerksamkeit wert." Dann humpelte sie zu ihren Blumeneimern, schob ein paar beiseite und zog andere zu sich. „Nun schauen wir mal. Nichts zu Ausgefallenes, nicht zu Auffälliges, etwas Zierliches, etwas, das sie einen Blick auf deine Seele erhaschen lässt." Sie sprach mehr oder weniger mit sich selbst. Als sie aus dem Blumenmeer wiederauftauchte, hielt sie einige sehr zierliche Blüten und Farne. Zurück hinter der Theke begann sie, sie mit immer noch überraschend agilen und geschickten Fingern zu arrangieren. Nach wenigen Minuten präsentierte sie Luke einen bezaubernden

Strauß. „Das sollte es tun", stellte sie fest. Luke dankte ihr und bezahlte.

Ihre Augen folgten ihm, als er den Laden verließ. „Da gehen Hingabe, Unschuld und Wertschätzung."

„Haben Sie wieder eines Ihrer ‚sprechenden Bouquet' kreiert?" fragte eine weibliche Stimme aus dem Hintergrund.

„M-hm", lächelte Bonny vor sich hin. „Und ich glaube, ich weiß, für wen es ist."

Ein frisches, junges Gesicht lugte aus dem Lagerraum. „Ich wünschte, ich hätte Ihr Talent, Miss Bonny."

„Naja", seufzte die alte Frau. „Du hast es in deinen Händen, Kitty. Ganz gewiss. Du musst die Sprache der Blumen nur noch in den Kopf bekommen und beide Fähigkeiten kombinieren."

„Ich wünschte, Sie brächten es mir bei", sagte Kitty.

„Irgendwann tue ich das", erwiderte Bonny.

*

„Zeit zu schließen, meine Damen", rief Dottie. „Pattie, kannst du zur Bank gehen? Ich erledige für dich dafür die Kasse."

Zu fünft hatten sie rasch den Laden aufgeräumt, während sie noch ein paar späten Kunden halfen. Christine, ein lebhafter Rotschopf und fast so klein wie Dottie, hatte bereits ihren Wert bewiesen. Sie passte genau ins Team und fürchtete sich vor keiner Aufgabe. Elli hatte jede Stunde ein paar Minuten lang im Büro sitzen und sich ausruhen können. Sabine hatte Christine fast im Alleingang hinter der Frischtheke geschult. Und Patties ermutigende Ruhe hatte Dotties eifrigen Schwung ausbalanciert. Welch ein Team!

„Du strahlst heute buchstäblich von innen!" sagte Pattie, als sie von der Bank zurückkehrte.

Dottie nickte. „Ich bin einfach glücklich", sagte sie nur und hakte sich bei ihrer Freundin unter. „Komm, lass uns jetzt im Bistro feiern."

Unter viel Gekicher und Tamtam schlüpften die Frauen aus ihren Schürzen und in ihre Mäntel, prüften, ob alle Lichter aus- und der Alarm eingeschaltet sei, und drängten zur Tür hinaus. Dottie schloss ab, und ihre Mädchen nahmen sie in die Mitte. Hinüber ging's ins „Le Quartier".

Die Lichter des Bistros leuchteten einladend in den trüben Maiabend. Es nieselte immer noch gleichmäßig und dicht, und das Licht war dunkelgrau. Pattie hielt allen die Tür auf, und sie traten gern herein aus der düsteren Feuchtigkeit. Drinnen hatte das Bistroteam die Tische mit kleinen deutschen Flaggen geschmückt, und das Buffet in der Ecke war mit Metallhauben bedeckt, die neugierig auf das machten, was wohl darunter wäre. Dotties Augen wurden feucht. All ihre Freunde waren da, um ihren Geburtstag mit ihr zu feiern. Margaret hatte ihre Boutique rechtzeitig geschlossen, um dabei zu sein. Chief McMahon war da. Sogar das Weihnachtskomitee hatte sich Zeit genommen, um mit ihr zu feiern.

Und nun sangen alle „Happy Birthday". Finn verteilte Champagnerflöten. Einige High-School-Mädchen vom Culinary Arts Club gingen mit Tellern voll Fingerfood herum. Dottie ließ sich in einen Stuhl fallen und blickte verträumt auf ihre Freunde. Es gab wohlüberlegte Geschenke für sie. Einen Spa-Gutschein von Pattie. Ein originelles Porzellan-Kabarett von den Feinkost-Mädels, da sie wussten, dass Dottie edle Tafelaccessoires liebte. Eine Blumenampel voller Geranien und Petunien von ihrem Handelskammerkomitee. Und nicht zuletzt ein heißes Buffet von Paul, Véronique, Christian und Barb. Dottie war gerührt und wusste kaum, was sie sagen sollte. Aber sie hätte sich keine Gedanken machen müssen – ihre Freunde erledigten das Reden schon für sie.

„Oh, diese Gulaschsuppe ist mein Tod", seufzte Tiffany Delaney und plumpste auf einen Stuhl neben Dottie. „Das ist meine dritte Portion. Ich konnte einfach nicht widerstehen."

Dottie lächelte die runde Landschaftsgärtnerin an. „Sie ist delikat", bestätigte sie. „Und hast du die Mini-Kohlrouladen in Specksauce schon probiert?"

Tiffany schüttelte den Kopf und schluckte. „Nein, aber irgendwo muss ich Schluss machen. Und ich sollte wirklich alles vermeiden, was so offensichtlich fettreich ist wie Specksauce."

Dottie lachte. „Es ist nur ab und zu, dass du einen Geburtstag mit deutschem Essen feierst, Tiff."

„Stimmt", sagte Tiffany. „Aber was glaubst du, warum ich so aussehe?"

Dottie legte den Kopf schief: „Was meinst du?"

„Ach komm, Mädchen!" rief Tiffany aus. „Ich weiß, dass ich viel zu viel wiege. Und eine Figur wie meine nimmt irgendwo ihren Anfang."

*

Tiffany Brown fühlte sich so unauffällig, wenn nicht gar so wenig bemerkenswert, wie ihr Nachname klang. Sie waren nach Wycliff gezogen, weil ihr Vater es geschafft hatte, dort einen Job zu finden. Einen von vielen nacheinander. Die Fischereiindustrie war unzuverlässig. Das war seine Begründung dafür, dass er Job um Job verlor. Tiffany hatte vergessen, wie oft sie umgezogen waren, seit sie denken konnte. Es war eigentlich auch egal.

Keines der Häuser, die ihre Familie zurückließ, stach in ihrer Erinnerung hervor. Sie waren alle gleich schiefergrau. Von der Verschalung und den Fensterrahmen blätterte die Farbe. Sie hatten zugige Türen und knarrende Dielenbretter, undichte Dächer und einen schimmeligen Gestank, den keine Menge Lufterfrischer dauerhaft besiegen konnte. Sie lebten immer nahe den Werften. Sie waren etwas besser als Sozialwohnungen, aber nicht viel. Und der kleine Vorgarten, den sie hatten, bestand für gewöhnlich aus Kies und ein paar Fleckchen Gras.

Egal, welche Schule Tiffany besuchte, es schien keinen echten Unterschied zu machen. Sie war immer eines der ärmsten

Kinder, die gratis Schulmittagessen bekamen, was sie von den anderen vom ersten Tag an absetzte. Sie schaffte es gerade, nicht ganz zu den Schlechtesten der Klasse zu gehören, und hatte manchmal sogar einen Nebensitzer. Aber meistens wurde sie übersehen, wenn es um Geburtstagseinladungen ging oder um Kinobesuche oder Freizeit am Strand.

Tiffany war nicht völlig unauffällig, aber sie akzeptierte ihre Rolle als Mauerblümchen rasch und ging fast in ihr auf. Es war einfacher, an nichts teilzunehmen, als sich vergleichen und ständig scheitern zu müssen. Sie und die wenigen Kinder in der Nachbarschaft verband ebenso wenig. Sie schienen alle eine traurige Truppe mit zu wenig Perspektive und zu viel Verantwortungen zu sein. Alle Gleichaltrigen mussten nach kleinen Geschwistern sehen. Auch sie. Insgesamt fünf.

Wenn ihr Vater Arbeit hatte, war er bis zu vier Monate ununterbrochen auf See. Irgendwo oben in Alaska. Und wenn er zurückkam, schlief und trank er normalerweise viel. Wenn er wieder fortging, war Tiffanys Mutter meist wieder schwanger. Manchmal verlor sie ein Baby, manchmal trug sie es aus. Und wenn sie eines verlor, begann sie zu trinken. Tiffany hatte das Gefühl, immer den Kürzeren zu ziehen bei einem Menschen, der so launisch war und auch nie zuverlässig. Sie machte sich vor ihrer Mutter so klein wie möglich. Es ging nur um Überlebensinstinkte.

Als sie ein Teenager wurde, wurde alles etwas einfacher. Damals kamen sie nach Wycliff. Sie mochte die Stadt sehr, auch wenn sie wieder auf der falschen Seite lebten. Zumindest konnte sie sie zu Fuß erreichen, und wenn sie aus der Schule kam, konnte sie ein oder zwei Blocks der Main oder Front Street entlanglaufen, bevor sie nach Hause eilen musste, um rechtzeitig anzukommen, um … Ja, was? Ihre Mutter bereitete kein Abendessen. Grundsätzlich aßen sie daheim Erdnussbutterbrote mit Marmelade. Und jeder musste sowieso sein eigenes machen. Warum also regte sich ihre Mutter so auf, wenn Tiffany einmal etwas später nach Hause kam?

Mit Tiffanys Wachstum wuchs auch der Hunger. Schulmittagessen sättigten sie schon lange nicht mehr, da sie daheim kein Frühstück bekam. Und sie hatte kein Geld, um das mit Snacks zu überbrücken. Eines Tages kam ihre große Gelegenheit. Die Schulmensa brauchte Küchenhilfen. Tiffany bewarb sich. Sie bekam den Job: benutzte Tabletts leeren und in die Industriespülmaschine stellen, beim Aufräumen der Kochutensilien helfen. Im Gegenzug durfte sie so viel von den Resten haben, wie sie wollte. Es war wie im Himmel. Tiffany stopfte Stampfkartoffeln, Klebreis, Käsenudeln, Brötchen und Pommes frites in sich hinein … sie aß, bis ihr Bauch schmerzte. Tag um Tag. Es dämmerte ihr, dass sie kürzertreten müsse, als ihre Kleidung enger zu werden begann, als sie feststellte, dass sie beim Rennen kurzatmig wurde, und als ihre Innenschenkel aneinander scheuerten, auch wenn sie unter einem Rock Bewegungsfreiheit hatten.

Niemand sagte ihr, dass sie angefangen hatte, pummelig auszusehen. Es gab daheim keine Badezimmerwaage – ihre

Mutter hätte über den Gedanken verächtlich gelacht. Es war so unmerklich geschehen, dass es Tiffany nicht bemerkt hatte. Bis sie in einem Toilettenspiegel in der Schule eine junge Frau mit Doppelkinn erblickte, die mit ihr verwandt schien und doch wieder nicht. Tiffany war entsetzt. Damit hatte sie nicht gerechnet. Aber beim nächsten Mal in der Schulküche hatte sie wieder Stampfkartoffeln auf ihren Teller gehäuft und begeistert gegessen. Wenn sie aß, fühlte sie sich weit weg von der Tristesse daheim. Es unterschied sie so sehr von ihrer Existenz außerhalb der Schule. Es fühlte sich an, als sei sie in eine trostbringende Decke eingehüllt. Und so hatte sich Tiffany Brown, das schüchterne, unglückliche und immer hungrige Mauerblümchen in eine schüchterne, glückliche und sehr gesättigte üppige solche verwandelt.

Dieses Mal konnte ihr Vater seinen Job halten. Immer wenn er von See zurück war, stupste er sie in die Rippen oder eher in all das Fett, das darüber gewachsen war, und neckte sie. Es war ihr egal. Ihre Mutter sagte ihr, sie müsse ihr eigenes Geld verdienen, so schnell wie sie immer größere Kleidung benötige. Aber Tiffany war zufrieden mit dem, was der Goodwill-Laden in der Mall ihr bot. Es war egal, wenn es die Mode von letztem Jahr war oder gar nicht modisch. Sie wusste, dass sie ohnehin einer der Schulpariahs war. Wer wollte mit einem fetten Mädchen wie ihr gesehen werden außer andere Mauerblümchen, die sie dazu benutzten herauszustreichen, dass sie nicht annähernd so schlecht aussahen wie Tiffany?

Der High-School-Abschluss kam, und Tiffany ging in einem recht netten Kleid zum Abschlussball, aber ohne Partner, der ihr eine Blumenmanschette gegeben oder sie um einen Tanz gebeten hätte. Sie saß an einem Tisch mit Strebern und anderen ungeliebten Mädchen und Jungen, die so unterschiedlich wie Tag und Nacht waren und zu gleichgültig, um herauszufinden, wie unterhaltsam Gespräche mit Gleichgesinnten sein konnten. Nach jener Nacht ging ohnehin jeder so ziemlich eigene Wege.

Nachdem der Job in der Schulküche beendet und College absolut keine Option war – sie hatte kaum durchschnittlich abgeschlossen, und es war kein Geld vorhanden, sie in eine weitere Bildungsinstitution einzukaufen – musste Tiffany dringend nach Arbeit suchen. Es war Sommer und eine geschäftige Tourismussaison. Aber die einzig verfügbaren Jobs in Wycliff waren bald von eifrigen Elftklässlern ihrer ehemaligen Schule aufgenommen worden, oder die Arbeitgeber verlangten einen Studienabschluss. Ohne Unterstützung von daheim – ihr Vater war wieder auf See, ihre Mutter mit einem weiteren Baby schwanger – ging Tiffany von Unternehmen zu Unternehmen in der Stadt. Als die Geschäfte der Unterstadt und selbst die Mall sie abgelehnt hatten, begann sie zu verzweifeln.

Es war reiner Zufall, dass sie Miss Packman begegnete, einer ihrer früheren Lehrerinnen, die vor ein paar Jahren in Ruhestand gegangen war. Eine jener Lehrkräfte, die Zielscheibe des stetigen Gezänks ihrer Schüler waren und irgendwie Stunde um Stunde überstand, ohne einen bleibenden Eindruck dessen, was sie lehrten, in den Köpfen ihrer gnadenlosen Schüler zu hinterlassen. Seltsam, dass nicht einmal die Schwächsten in diesen Klassen sich auf die Seite solch schwacher Lehrer schlugen, staunte Tiffany. Sie grüßte ihre alte Geschichtslehrerin verlegen und wollte vorbeigehen. Doch da berührte sie Miss Packman am Arm und fragte sie, ob sie jemanden kenne, der ihren Rasen mähen und die Blumen gießen könne, da sie zu einem längeren Besuch bei ihrer sterbenden Mutter aufbrechen musste. Tiffany antwortete rasch, sie könne das tun, und schrieb eifrig die Adresse ihrer Lehrerin auf ein Stück Papier, das sie in ihrer Handtasche gefunden hatte.

Hinterher hätte sie sich ohrfeigen mögen. Wirklich? Hatte sie sich freiwillig zu körperlicher Arbeit gemeldet? Wie wollte sie das bewerkstelligen? Und was würde sie nach der Rückkehr ihrer Lehrerin tun?

Es zeigte sich, dass Miss Packman einen dieser John-Deere-Aufsitzmäher besaß und dass die Blumen zumeist automatisch bewässert wurden, außer den Blumenampeln auf der Veranda des gemütlichen Hauses der Lehrerin. Tiffany mochte den Job und war traurig, als Miss Packman nach sechs Wochen zurückkam. Sie wollte ihre nette Arbeit nicht verlieren. Sie wollte nicht in das kleine schiefergraue Haus bei den Werften zurückgehen und sich wieder um den Schmutz und Lärm ihrer jüngeren Geschwister kümmern. Sie wollte ein eigenes Zuhause.

Je mehr sie darüber nachdachte, desto mehr sehnte sie sich nach Unabhängigkeit. Aber es schien, als könne sie sich nirgendwohin wenden. Wieder verzweifelte sie, und wieder begann sie zu essen. Nun, da sie etwas Geld verdient hatte, konnte sie es zumindest für etwas billiges Essen verwenden, das sie in den Burger-Ketten anboten, die sich gegenseitig in der Nähe der Mall bedrängten.

Als sie sich am Tiefpunkt fühlte, gerade zum Ende jenes Sommers, fuhr Miss Packman vor ihrem Haus vor. Als Tiffany sie hereinbat, sah sie den Schock im Gesicht der älteren Frau ob der Unordnung und des Elends, in denen Tiffany und ihre Familie lebten. Damit wendete sich Tiffanys Schicksal. Miss Packman war entschlossen, Tiffanys Situation zu ändern. Dieses eine Mal durchbrach sie die Mauer zwischen zwei schicksalsergebenen Wesen und fühlte eine echte Mission.

„Würdest du gern dauerhafter für mich arbeiten?" fragte Miss Packman. „Nicht nur im Garten, sondern auch ein wenig rund ums Haus?"

Tiffany nahm das Angebot sofort an. Sie wurde eine Mischung aus Gärtnerin und Wäscherin, und Miss Packman nutzte sie nie aus. Sie verdiente nur Mindestlohn, aber das war besser, als von ihrer Mutter angeschrien oder mit ihren jüngsten Geschwistern belastet zu werden. Miss Packmans Haus wurde einmal mehr zur Zuflucht.

Leider hatten sich Tiffanys Essgewohnheiten im Lauf der Zeit nicht verbessert. Nicht, dass es ihr egal gcwcsen wäre, da sie sah, wie all die hübschen, jungen Frauen, die frühere Klassenkameradinnen gewesen waren, nun mit gutaussehenden jungen Männern ausgingen. Eine nach der anderen heiratete, während Tiffany immer noch ohne Verabredungen war und die netteren, jungen Männer der Stadt alle bereits vergeben waren. Sie wusste, dass sie dick und schwerfällig war. Und sie war arm, was sie noch schüchterner machte. Sie ging nicht mit anderen gleichaltrigen Frauen aus. Und sie konnte sich kein Auto leisten, mit dem sie in eine andere Stadt hätte fahren und das dortige Terrain ausprobieren können. Es sah so aus, als stecke sie fest, ohne Chance je weiterzukommen. Und so wurde ihr Gesicht mürrisch.

Es war fast ein Wunder, als ein ziemlich dicker, junger Mann sie eines Frühlingsmorgens ihren John Deere fahren sah und ihr einen Gruß zurief. Da sie einen Gehörschutz trug, signalisierte er ihr, er würde gern mit ihr reden. Also schaltete Tiffany den Motor ab und nahm den Gehörschutz ab. Sie war sich bewusst, wie rund sie aussehen musste, als sie vom Sitz kletterte und auf den jungen Mann zu watschelte.

„Ich heiße Thomas Delaney", stellte er sich ihr vor. „Ich sehe, Sie mähen Ihren Rasen selbst, und ich frage mich, ob Sie damit Hilfe benötigen." Er reichte ihr seine Karte. „Ich bin gerade nach Wycliff gezogen und besitze eine Landschaftsbau-Unternehmen. Das heißt – ich baue gerade eines auf."

Tiffany war erstaunt, wie selbstbewusst dieser junge, dicke Mann war. Wie machte er das? Er war nicht schüchtern, weil er dicker als die meisten Leute war. Er hatte ein Funkeln in den Augen und ein unbeschwertes Lächeln. Wenn man über seine

Übergröße hinwegsah, war er tatsächlich ziemlich attraktiv. Tiffany schluckte und erklärte, dass es ihr Job sei, den Rasen zu mähen, und dass der Rasen, den sie mähte, keinesfalls ihrer sei. Sie klang fast trotzig. Als Mr. Delaney schließlich ohne Hoffnung auf einen neuen Kunden wegging, wurde sie sich bewusst, dass ihr Gesicht sich grimmig und traurig zugleich anfühlte und dass sie den fröhlichen, jungen Mann wohl nicht wiedersehen würde.

Zum Glück gehörte Wycliff zu jenen Städten am Sund, in denen man so ziemlich jeden immer wiedersah, ohne dass man jedes private Detail kennen musste. Daher entdeckte Tiffany ein paar Tage später, als sie sich einen riesigen Eisbecher bei „Fifty Ways of Dairy" an der Front Street gönnte, Thomas Delaney an der Bestelltheke. Als er sich umdrehte, sah er auch sie und kam an ihren Tisch.

„Tolles Wetter für ein Eis heute", stellte er fest. „Darf ich?" Er deutete auf den leeren Stuhl ihr gegenüber. Und zu ihrer eigenen Überraschung verzog sich ihr Gesicht zu einem Lächeln, und sie nickte.

Es war viel einfacher, als sie je gedacht hatte. Nachdem Thomas ein gleichgroßer Eisbecher serviert worden war und sie herausfanden, dass sie dieselben Geschmacksrichtungen gewählt hatten, begannen sie ein leichtes Gespräch über Wycliff und wie sich das Leben in dieser Stadt anfühlte. Sie beschlossen, noch weitere Eissorten zu probieren, wobei Tiffany eigentlich nur das Gespräch mit diesem unterhaltsamen, unkomplizierten Mann ausdehnen wollte. Es war nur natürlich, dass sie nach dem Verzehr mehrerer Kugeln Mango-Kokosnuss, Pfefferminz-Himbeere und einem gewagten Speck-Ahornsirup-Eis gemeinsam am Jachthafen entlangspazierten. Als sie auseinandergingen, schüttelten sie einander die Hand und verabredeten sich für den nächsten Sonntag am selben Ort.

Zum ersten Mal im Leben hatte Tiffany eine Verabredung mit einem Mann. Und sie fühlte sich großartig. Doch dann befielen sie Zweifel. Sah sie gut genug aus? Konnte sie sich attraktiver machen? Sollte sie ein paar Dinge verändern, nur immer mal eins, sodass sie nicht zu anlehnungsbedürftig wirkte? Würde eine Diät sie begehrenswerter aussehen lassen? Andererseits war Essen immer ihr geistiges Auffangnetz gewesen. Tiffany fuhr auf einer Achterbahn der Gefühle. Sie wollte beinahe ihre Verabredung platzen lassen. Aber das hätte den freundlichen Thomas Delaney nur verletzt.

Also erschien sie am nächsten Sonntag an ihrem Treffpunkt, und er war schon da mit einem riesigen Lächeln im Gesicht. Ihr Herz machte einen kleinen Hüpfer, und innerhalb weniger Minuten plauderten sie drauflos. Die Welt war in Ordnung. Nichts musste sich ändern. Und es gab wieder Eisbecher mit großen Sahnetupfen.

Im Laufe des Sommers verwandelten sich ihre Verabredungen in etwas Tieferes. Tiffany hielt plötzlich Händchen mit dem Mann, der einst, als sei er vom Schicksal gesandt, bei ihr vorbeigekommen war, als sie den Rasen mähte. Sie wurde zu ihrem ersten Picknick am Strand mit ein paar

Freunden von Thomas eingeladen und teilte mit ihm Popcorn aus einem Pappeimer beim „Sommerkino im Park". Er wandte sich nicht angeekelt ab, als er sie zum ersten Mal nach Hause brachte und sah, wie sie lebte, sondern er wurde noch zärtlicher gegen sie.

Schließlich eines späten Oktoberabends, während sie von einem der Jachthafen-Docks aus Kometen am klaren Himmel beobachteten, fiel er vor ihr aufs Knie und fragte sie, ob sie seine Frau werden wolle. Tiffany schluchzte „Ja" und konnte es nicht glauben, als er einen wunderschönen mit winzigen Diamanten übersäten Goldring über ihren Finger streifte. Als sie an jenem Abend nach Hause kam, lag ein neues Glühen über ihrem Gesicht. Ihre Mutter entdeckte den Ring sofort und bemerkte trocken, dass endlich ein Esser weniger im Haus sein werde. Das war unfair, da Tiffany mit über der Hälfte ihres schmalen Einkommens zum Lebensunterhalt der Familie beigetragen hatte und schwerlich für die stetig wachsende Zahl der Esser verantwortlich gemacht werden konnte. Aber dies vermochte nicht, ihr Glück zu zerstören oder den unbändigen Willen, es besser zu machen als ihre Eltern.

Sie heirateten heimlich. Tiffany wollte ihrer Familie keine Extrakosten wegen der Hochzeit verursachen, und Thomas war so feinfühlig, sie nicht zu drängen. Sie gingen zu einem Standesamt in Seattle und verbrachten ihren einwöchigen Hochzeitsurlaub damit, die Stadt und ihre schöne Umgebung zu erkunden. Sie aßen exotische Gerichte in kleinen Schuppen in China Town und in einem extravaganten Restaurant oben in Queen Anne. Sie erkundeten alle Ebenen von Pike Place Market und die Galerien von Belltown. Sie besuchten die Schleuse von Ballard und die Kunstmuseen der Innenstadt. Sie fuhren die Space Needle hinauf und wagten kaum hinunterzublicken, weil sie so mit dem Schwindelgefühl kämpften. Sie unternahmen eine Dinner-Kreuzfahrt um den Hafen and genossen Jazzmusik am Pioneer Square. Sie hielten bei Alki Beach nach Walen Ausschau und sahen keine, hatten aber dabei so viel Spaß, Toms neues Fernglas auszuprobieren, dass es ohnehin egal war.

Zurück in Wycliff, begannen Tiffany und Tom ihr Leben als Neuvermählte. Sie beide trugen Narben davon, dass sie als Kinder am Rand ihrer Altersgruppe aufgewachsen waren, und so gingen sie miteinander respektvoll und sorgsam um. Toms Unternehmen wuchs, und Tiffany zeigte erstaunliches Talent für Gartendesign. Also machte Tom sie zu seinem Partner im Gartenbau-Unternehmen. Nach ein paar Jahren brachte Tiffany Zwillinge zur Welt, einen Jungen und ein Mädchen. Beide würden immer etwas stämmiger sein, aber sie waren wohlgelitten im Kindergarten, in der Schule und später im College.

Ab und zu versuchte Tiffany halbherzig eine Diät, aber Tom schalt sie. Und so gab sie es rasch wieder auf.

„Warum willst du ein Knochenbündel werden?" fragte er, als sie Broschüren einer weiteren Diät durchblätterte, die mehr Attraktivität und Gesundheit versprach. „Musst du noch attraktiver werden, als du für mich ohnehin schon bist?"

Das alte Mauerblümchen in Tiffany würde wohl nie ganz verschwinden, nicht einmal als die Leute ihr zum großen Erfolg ihrer Kinder gratulierten oder zum 25-jährigen Firmenjubiläum. Essen würde sich einfach immer anfühlen wie eine warme Decke.

*

Es war spät geworden, und nur ein paar Brosamen waren auf dem Buffet übrig. Dotties Geburtstagsbesucher verdünnisierten sich langsam, und Tiffany gab Dottie eine dicke Umarmung fürs Zuhören und sagte gute Nacht. Finn sammelte leere Gläser und schmutzige Teller ein, während Paul und Véronique mit glühenden Gesichtern Lob für ihr Essen und ihre Bemühungen einheimsten.

„Darf ich dich nach Hause bringen, Dottie?"

Dottie sah überrascht auf und direkt in Luke McMahons warmes Lächeln.

„Das wäre großartig", sagte sie. „Aber ich habe eine Menge zu tragen. Ich werde dich wohl bitten müssen, mir dabei zu helfen."

„Das war einer der Gründe, warum ich dich gefragt habe", erwiderte Luke. Dann ging er ihren Mantel holen.

Paul und Véronique umarmten Dottie zum Abschied und schickten Finn mit ihr und Luke mit. Sie würden das Aufräumen mit Christian und Barb erledigen.

Draußen hatte sich der stetige Nieselregen in leichten Nebel verwandelt. Dottie kuschelte sich in ihre Jacke, und Luke half ihr, die Kapuze hochzuziehen. Als sie die Treppen zur

Oberstadt hinaufstiegen, überkam Dottie plötzlich ein merkwürdiges Gefühl. Hier ging sie mit zwei Männern nach Hause, von denen keiner zu ihrer Familie gehörte. Aber irgendwie fühlten sie sich wie Familie an.

*

Lieber Sean,

Heute war mein zweiter Geburtstag ohne Dich. Und es war mit Sicherheit der geschäftigste, den ich je hatte. Ich hatte alle Hände voll zu tun im Laden. Ich hatte eine wundervolle Geburtstagsparty mit Freunden im Bistro nebenan. Und ich habe sogar Blumen bekommen.

Ja, ich habe einen wunderschönen Blumenstrauß bekommen, und ich weiß nicht, was ich deshalb empfinden soll. Luke McMahon hat ihn mir am späten Vormittag gegeben. Er kam auf einen Sprung in mein Büro im Laden und ich lud ihn natürlich danach zu meiner kleinen Party ein. Ich war ziemlich nervös. Ich meine, er weiß doch, dass ich Witwe bin, oder?

Nach der Party im „Le Quartier" brachten mich Finn und Luke heim. Es war eine ziemliche Erleichterung, dass jemand mir half, all die Geschenke zu tragen, vor allem die große Blumenampel, die jetzt von einer Seite der Verandadecke baumelt. Sie hätte Dir gefallen. Sie ist voller Rot-, Weiß- und Blautöne. Luke hängte sie auf, da ich viel zu klein bin, selbst wenn ich ganz oben auf der Leiter gestanden hätte, was, wie er betonte, sowieso nicht sicher gewesen wäre. Und er hatte die Ampel auch den ganzen Weg von der Main Street bis zu unserem Haus getragen.

Was soll ich tun, Sean, mein Liebster? Ich lausche dem Anrufbeantworter, um mich Deiner Stimme zu erinnern und eine Antwort zu finden. Ich fühle mich schuldig, dass ich mich von einem Mann wie Luke überhaupt erst verwirren lasse. Vielleicht nur weil er der Polizeichef ist, und ich sollte mich geschmeichelt fühlen und nicht so nervös sein. Und dann andererseits ist er wie ein guter Freund. Seit ich ihn bat, mir mit Finn zu helfen. Und als ich heute Abend mit beiden heimging, hatte ich Angst vor dem warmen Gefühl von Geborgenheit und Vertrautheit. Vielleicht lese ich zu viel hinein in das Ganze.

Julie schickte mir eine hübsche Geburtstagskarte. Sie klingt, als habe sie ein schlechtes Gewissen, weil sie wieder nicht gekommen ist, um mit mir zu feiern. Aber sie klingt auch ziemlich unglücklich. Natürlich gibt sie immer noch nicht zu, dass ihre sogenannte Beziehung endgültig zum Scheitern verurteilt ist. Anscheinend hat dieser Redakteur, an den sie so hartnäckig ihr Herz gehängt hat, eine Freundschaft mit einem der Mädchen angefangen, die im Skiurlaub über Ostern dabei waren. Sie will sich unbedingt rächen, aber ich weiß, dass am Ende sie am meisten verletzt sein wird. Warum sieht sie das nicht? Ich wünschte, ich könnte es ihr sagen. Aber dann hielte sie umso mehr daran fest.

Jim rief mich an und kündigte an, es sei noch eine Geburtstagskarte an mich unterwegs. Wie immer hat er das

Schreiben aufgeschoben – nun, wie der Vater, so der Sohn. Du warst auch nie ein begeisterter Schreiber, obwohl Du es richtig gut konntest, wenn Du Dich erst einmal daran machtest. Oh, und er wird auf jeden Fall zum 4. Juli kommen, und ich freue mich so sehr darauf.

Der Feinkostladen läuft dieser Tage extrem gut. Der Zwischenfall bei der Tulpenparade hat positive Auswirkungen, obwohl gewiss keine Seite Werbung dabei im Sinne hatte. Es war schlichtweg Glück, dass der kleine Bobby Random vor dem Laden von Finn gerettet wurde. Sonst hätten die Fernsehreporter nie unsere drei Unternehmen als Hintergrund für ihre Reportagen gewählt. Tatsächlich zählt Wycliff in dieser Saison schon jetzt mehr Touristen als je, und sie fragen nach Finn und kommen in meinen Feinkostladen, weil sie ihn auf dem Bildschirm gesehen haben.

Elli wird bald aufhören, für uns zu arbeiten. Sie hat einen großen Babybauch, und ich vermute, sie könnte Zwillinge bekommen. Sie pausiert neuerdings immer häufiger, und ich bin froh, dass wir in Christine guten Ersatz gefunden haben. Wer weiß, ob Elli nach der Geburt überhaupt zurückkommt.

Sabine hat angekündigt, dass sie im August heiraten wird. Ich werde mir noch ein schönes Hochzeitsgeschenk für sie ausdenken müssen. Sie spricht immer von einer Zeremonie am Strand von Hawaii. Nun, ich mache mir immer Sorgen, wenn kleine Leute wie wir so große, aufsehenerregende Hochzeiten haben. Besonders, wenn sie so jung wie Sabine sind. Ich frage mich, ob es mehr um das Kleid, die Geschenke und den exotischen Ort geht als darum, ihrem künftigen Mann den Rücken zu stärken und ein gemeinsames Leben zu führen, während man allen möglichen Widrigkeiten entgegensteht. Aber ich sehe vermutlich nur mal wieder Probleme, wo es keine gibt. Und am Ende sind es ohnehin nicht meine.

Hättest Du meinem Redeschwall überhaupt zugehört, wenn Du noch am Leben wärst? Oder hättest Du Dir eine Zeitung oder die Fernsehbedienung gegriffen und Dich in Deine eigene Welt zurückgezogen? Oder hättest Du gesagt, ich wolle davon ablenken, was mich eigentlich beschäftigt? Was ich letztlich tatsächlich zugeben müsste. Was soll ich tun?

Du würdest mich wieder eine Schwarzseherin nennen, nicht wahr? Schließlich sind es nur ein hübscher Blumenstrauß und ein Freund, der mich heimbringt und mir eine Blumenampel auf der Veranda aufhängt. Alles ganz offen und mit Leuten rundherum.

Du hast wie immer Recht, Sean, mein Lieb. Aber ich vermisse Dich so, und es tut noch weh. Es tut umso mehr weh, je mehr mich meine Erinnerung an all Deine körperlichen Details verlässt. Und ich vermisse meinen liebsten, engsten Freund, der mir immer die reine Wahrheit gesagt hat, wie er sie sah. Und der mich zurück in die Wirklichkeit holte, wenn ich eine Situation zu sehr überschätzte.

Ich liebe Dich, Sean.

Deine Dottie

7

Juni

Das Telefon klang dringlich, weil es nicht aufhörte zu läuten. Als Dottie aus dem Vorgarten gerannt kam und es endlich erreichte, sprang der Anrufbeantworter an. Sie hörte ein trockenes Schluchzen, und dann war Julies Stimme zu hören.

„Mom?" sagte sie. „Mom, wenn du da bist, kannst du mich bitte zurückrufen? Bitte? Ich muss mit jemandem sprechen. Ich brauche ..." Hier großes Schluchzen. „Ich brau-u-u-ch dich!" Klick.

Dottie starrte eine Sekunde lang auf das Gerät. In der nächsten Sekunde nahm sie den Hörer ab und drückte den Wiederwahlknopf. Es hatte noch nicht zu klingeln angefangen, da hatte sie schon ihre atemlose Tochter am Apparat.

„Oh Mom! Gottseidank!" rief sie aus. „Wo warst du?"

„Im Garten, Julie", antwortete Dottie ruhig. „Ich habe nicht einmal eine Minute gebraucht, um dich zurückzurufen."

„Tut mir leid, Mom!" heulte Julie. „Oh, ich bin so blöd! Ich bin so dumm! Und es ist alles meine Schuld!"

Dottie wartete ab. Als sie erneut feuchtes Schluchzen und Schniefen durch den Hörer vernahm, sprach sie. „Zuerst, Julie, musst du dich mir verständlich machen. Was regt dich derart auf? Ist es dieser Redakteur?"

„Oh, Mom ..."

Dottie wartete wieder. „Nun, du sagtest, du wollest sprechen. Dann sprich. Ich kann nicht deine Gedanken lesen, Julie. Und ich habe keine Lust auf ein Quiz."

„Ja, Mom", kam es kleinlaut über den Äther.

„Nun, dann beginn am Anfang, würde ich sagen."

Ein weiterer Schluchzer. „Ich weiß nicht einmal, wann es anfing. Ich war mir so sicher, dass Geoffrey mich liebt. Erinnerst du dich, dass wir Weihnachten miteinander verbrachten und all diese coolen Dinge unternahmen?"

„Ich erinnere mich", sagte Dottie. „Aber war es nicht deine Entscheidung, zu bleiben und all das zu unternehmen? Hat er dich *gebeten*, über die Feiertage in Seattle zu bleiben?"

Stille. Schließlich: „Hat er nicht. Aber ich weiß, er hätte es, wenn ich lange genug gewartet hätte."

„Hätte er?" fragte Dottie. „Und was noch?"

„Du klingst nicht so, als hättest du Mitleid mit mir, Mom."

„Nun, Julie, was soll ich sagen? Ich hatte nie den Eindruck, dass Geoffrey … Heißt er so? Dass ihm so viel an dir gelegen hätte. Ich verstehe einfach nicht, warum du ihm so nachgelaufen bist."

„Mom!" protestierte Julie. „Ich bin ihm nicht hinterhergelaufen. Wir haben häufig dieselben Geschichten bearbeitet. Er lobte meinen Schreibstil und meine Recherche-Bemühungen für alles. Er sagte, ich sei gut im Umgang mit anderen Menschen."

„Das stimmt soweit alles. Aber es hat herzlich wenig mit mehr als rein beruflicher Ermutigung zu tun."

„Das ist so unfair!"

„Ich bin nur ehrlich mit dir, Liebes. Du hättest nicht auf mich gehört, wenn ich das gesagt hätte, als du noch in deinen Träumen gefangen warst."

„Stimmt", gab Julie zu. Sie brach erneut in Tränen aus. „Trotzdem, das ist so schrecklich peinlich!" Dottie wartete ab und schwieg. „Dann war der Osterurlaub oben in Kanada. Es hätte so toll sein können. Wir sind gemeinsam hingefahren."

„Du hast kein Auto", erwähnte Dottie vorsichtig. „Bist du also mit ihm gefahren?"

„Oh ja. Alles in allem waren es drei Autos. Und wir teilten uns in kleine Gruppen auf. Ich saß sogar auf dem Beifahrersitz."

Dottie stöhnte. „Das heißt, du bist eingestiegen, so schnell du konntest, sodass er nicht einmal die Wahl hatte, neben wem er sitzen wollte."

„Nun … Aber verstehst du, er lud mich in seine Gruppe ein." Dottie wartete auf eine Erklärung. „Er unterhielt sich darüber mit zwei Kollegen in seiner Bürozelle. Ich kam ganz zufällig vorbei."

„Julie, Julie …"

„Nun, jedenfalls fragte er mich, ob ich mitwolle. Also sagte ich ja. Und natürlich hieß das, dass er wollte, dass ich mit ihm mitfahre." Julie versuchte immer noch, sich selbst zu glauben.

Dottie wurde streng. „Julie, hör zu. Bist du dir sicher, dass es dir nicht sehr gelegen kam vorbeizulaufen, als du hörtest, dass er diese Pläne machte, und dann lange genug stehen zu bleiben, bis er dich fragen musste?" Julies Schweigen sagte alles. „Habe ich dich so erzogen?"

„Aber er musste mich nicht fragen."

„Vielleicht war er nur höflich. Nach allem, was du mir in den letzten Monaten erzählt hast, sehe ich nicht, dass Geoffrey an etwas anderem als einer beruflichen, allerhöchstens freundschaftlichen Beziehung mit dir interessiert war."

„Aber wir haben all das unternommen", stockte Julie. „Wir haben miteinander geschlafen und … und …" Sie weinte wieder.

„Ohje, ohje", sagte Dottie. „Ich weiß, es ist hart in jemanden verliebt zu sein, der einen nicht im selben Maße zurückliebt. Aber die Zeichen waren da, und du hast sie ignoriert."

„Ich weiß!" schluchzte Julie. „Aber er hätte sich nicht an Germaine schmeißen müssen! Sie sieht so billig aus, und sie ist nicht halb so klug wie ich. Was sieht er in ihr?"

Dottie lächelte in sich hinein. „Du hast es gerade selbst gesagt, Julie, mein Kind. Vielleicht möchte er ein weniger kluges Mädchen. Sein Selbstbewusstsein ist vielleicht nicht so stark wie deines. Und was das Aussehen angeht – du weißt ja, Geschmäcker sind verschieden."

Neue Schluchzer. „Mom, kann ich nach Hause kommen?" Dottie nickte, als könne Julie sie sehen. „Mom?"

„Natürlich, mein Kind. Du weißt, dass du hier immer willkommen bist. Obwohl ich überlegen muss, wo ich dich unterbringe. Das Gästezimmer ist belegt, wie du ja weißt."

„Dieser Finn!" sagte Julie ärgerlich.

Jetzt stellten sich bei Dottie die Nackenhaare hoch. „Junge Dame, ,dieser Finn' war all die Monate hier, in denen du eine Entschuldigung nach der anderen hattest, warum du mich nicht besuchen konntest oder wolltest, nicht einmal zu Ostern oder meinem Geburtstag. ,Dieser Finn' ist ein sehr netter und gutherziger, ehrgeiziger junger Mann, dem ich gern in seiner Obdachlosen-Situation helfe. Erklär mir also nicht, wen ich aufnehmen darf."

„Es tut mir leid, Mom."

„Gut so! Und nun pack deine Sachen und geh zum Bus. Ich kann es kaum erwarten, dich zu sehen!" Dottie lächelte grimmig, als sie auflegte. Ihr älteres Kind brauchte wirklich manchmal ein geistiges Wachrütteln. Sich so an einen Mann zu schmeißen. Dottie seufzte. Oh, Zeiten und Sitten …

*

Als Dottie Finn von Julies bevorstehender Ankunft erzählte, zog er die Brauen hoch und nickte.

„Ich kann gut auf dem Boden der Waschküche schlafen", scherzte er, denn er wusste, dass Dottie eine bessere Idee haben würde. „Aber im Ernst, nein. Ich werde mit Paul darüber sprechen."

Und das tat er. Die Lösung war rasch gefunden. Die vier jungen Gemeinschaftsinhaber von „Le Quartier" hatten ein leerstehendes Einzelzimmer am Flur über dem Bistro. Wenn es ihm nichts ausmachte, dass das Badezimmer nicht angrenzte und das Zimmer nicht wirklich renoviert, aber bewohnbar sei … Finn grinste. Kein Problem.

Sein Grinsen wurde noch breiter, als er an jenem Abend in Dotties Küche kam. Sie war noch auf, und er fragte sich, warum.

„Du hast Post", lächelte sie.

„Post? Von wem? Und worum geht's?" Finn war ganz aufgeregt.

„Oh, würde ich deine Post lesen, mein Lieber?" schalt Dottie. Aber sie hielt ihm mit einem breiten Lächeln einen Umschlag entgegen. „Ich hoffe, es ist, was ich denke."

„Das Cordon Bleu?" Finn holte tief Luft. Er setzte sich mit dem Umschlag, wischte sich die Hände an der Hose ab und öffnete ihn behutsam. Seine Augen wurden groß, dann füllten sie sich, und er schluckte.

„Was schreiben sie?" fragte Dottie.

Finn reichte ihr den Brief. „Sie nehmen mich." Er stand auf, zog Dottie vom Stuhl hoch und tanzte mit ihr Polka quer durch die Küche. „Sie nehmen ich! Sie nehmen mich!"

Dottie lachte und weinte mit ihm. „Oh, das ist so großartig, Finn! Und so verdient! Du wirst deinen Weg machen."

Finn wurde ernst und hielt inne. „Miss Dottie", sagte er feierlich. „Ich verspreche dir, ich werde dich stolz auf mich machen." Dann küsste er sie auf die Wange, zwinkerte ihr zu und tanzte in sein Schlafzimmer.

„Noch ein Kind fort", murmelte Dottie vor sich hin. Aber diesmal war es ein glücklicher Gedanke, kein wehmütiger.

*

Draußen hupte ein Auto, und Dottie ging an die Haustür. Sie hatte gestern den ganzen Tag das Haus geputzt und heute den Vormittag freigenommen, um ihre Tochter zu ihrem Besuch willkommen zu heißen. Es bedeutete ihr sehr viel, zumal Julie ein halbes Jahr nicht mehr nach Hause gekommen war. Und sie brauchte die Schulter ihrer Mutter, nachdem sie sich so lange etwas über ihre Beziehung vorgemacht hatte. Nun endlich war ihr Taxi angekommen. Dottie öffnete die Tür mit einem breiten, liebevollen Lächeln, das sich schnell in einen ungläubigen Blick verwandelte.

Julie lud Koffer um Koffer aus dem Kofferraum des Taxis, und der Fahrer trug sie ihr zur Veranda, wo Dottie wartete. Nachdem Julie bezahlt und ihm ein großzügiges Trinkgeld gegeben hatte, drehte sie sich um, um ihre Mutter zu umarmen.

„Julie, bist du mit deinem ganzen Haushalt gereist?" fragte Dottie, nachdem sie wieder losgelassen worden war.

Julie lachte. „Ja! Ist das nicht toll? Ich bin wieder daheim! Freust du dich?"

Dottie schnappte nach Luft. „Julie, mein Kind, natürlich freue ich mich, dich hier zu haben. Aber du sagtest, du kämst zu Besuch. Stattdessen hast du deine ganze Habe aus deinem Appartement in Seattle hierhergebracht. Was soll ich davon halten?"

Julie legte einen Arm um die Schulter ihrer Mutter und ging mit ihr hinein. „Du klingst nicht sehr begeistert darüber."

„Nein", gab Dottie zu. „Nicht, wenn es ist, was ich denke, wonach es aussieht."

„Und wonach sieht es aus?" fragte Julie.

„Du hast offensichtlich deinen Job und dein Appartement aufgegeben und hast vor, bei mir einzuziehen."

„Das trifft es so ziemlich", sagte Julie selbstzufrieden. „Ich konnte meinen Job wohl kaum behalten, wo Geoff und seine neue Freundin mich ständig an unsere Beziehung erinnern, oder? Und ohne diesen Job machte es keinen Sinn, in Seattle zu bleiben und Miete für etwas zu bezahlen, was ich mir nicht länger leisten kann."

„Und wie lange willst du bleiben?" fragte Dottie und kämpfte immer noch mit der Überraschung.

„Nun, ich könnte bis in alle Ewigkeit bleiben, wenn du mir zum Beispiel Arbeit in deinem kleinen Feinkostgeschäft gäbst", stellte Julie fest.

Dottie zog die Brauen hoch. „Du hast schon alles genau geplant, richtig? Mein kleines Feinkostgeschäft, wie du es nennst, ist in der Tat ein Unternehmen, das es sich nicht leisten kann, sich auf deine Launen zu verlassen, meine Liebe. Was, wenn du dich morgen wieder anders entscheidest, weil dir einfällt, dass du dich für diese Arbeit nicht eignest? Ich habe derzeit übrigens Arbeitnehmer genug."

Julie runzelte die Stirn. „Du willst mich also nicht hier haben?"

„Du legst mir Worte in den Mund, Julie. Ja, ich habe dich furchtbar gern zu Besuch", sagte Dottie vorsichtig. „Aber ich möchte dich nicht auf unbestimmte Zeit hier haben. Du bist erwachsen. Versuche nicht, in deine Teenagerjahre zurückzufallen, nur weil das für dich bequemer ist. Das ist nicht fair."

Julie errötete. „Was schlägst du also vor?" fragte sie leicht verärgert.

Dottie lenkte ein. Julie war manchmal immer noch ihr kleines Mädchen, selbst mit Mitte zwanzig. Sie würde sie natürlich nicht fortschicken. Aber sie musste ihren Standpunkt klarstellen.

„Ruh dich ein paar Tage aus und hab Spaß. Aber bitte überleg dir einen Plan. Du musst auf eigenen Beinen stehen. Mein Zuhause kann nur eine vorübergehende Lösung sein."

„Naja", schnaubte Julie. „Lass mich mein Zeug reinholen und auspacken. Was gibt's zum Mittagessen?"

Hatte sie wirklich solch ein selbstsüchtiges Wesen großgezogen? fragte sich Dottie. „Nichts", antwortete sie entschlossen.

„Was? Wieso? Machst du eine Diät?"

„Nein", blieb Dottie hart. „Ich bin nicht auf Diät, aber ich bediene dich auch nicht von hinten und vorne, Julie. Mach dir, was du magst. Essen steht in der Speisekammer und im Kühlschrank. Ich muss wieder zurück zur Arbeit."

Julie zuckte die Schultern und schob noch eine große Tasche ins Gästezimmer. „Fein", antwortete sie. „Wann kommst du wieder nach Hause?"

„Gegen sieben", antwortete Dottie. „Vielleicht kochst du uns ja Abendessen …"

„Aber …", begann Julie zu protestieren. Dottie ignorierte ihre Tochter einfach, schlüpfte in ihre Strickjacke und schnappte sich die Tasche, die ihr als Handtasche mit integrierter Aktentasche diente. Der Besuch, auf den sie sich so gefreut hatte, war zu etwas geworden, was sie überhaupt nicht vorhergesehen hatte. Sie wollte, dass ihre Kinder wussten, dass sie ein Zuhause hatten, aber sie wollte nicht ausgenutzt werden. Und vor allem mussten sie sich ihren Lebensunterhalt selbst verdienen. Etwas musste passieren.

*

Die nächsten paar Tage waren etwas angespannt. Julie stand spät auf, offenbar um Dotties Mahnungen zu entgehen. Sie hing meistens im Haus herum und blätterte lustlos durch einige Zeitschriften über Wohndesign, die Dottie abonniert hatte. Sie bereitete halbherzig Abendessen und sah stundenlang sinnentleerte Fernsehshows. Eines Abends schnappte sich Dottie die Fernbedienung und schaltete eine weitere Runde irgendwelcher angehender Supermodels aus, die für Tyra Banks posierten.

„Mom!" protestierte Julie. „Ich hab' das wirklich geschaut!"

„Ich weiß", sagte Dottie und stellte sich zwischen den Bildschirm und ihre Tochter. Sie blickte streng. „Und du solltest mit deiner Zeit Besseres anfangen können, als solche albernen Shows zu sehen."

Julie schmollte. „Man kann eine Menge daraus lernen."

„Was?" fragte Dottie. „Sag mir ein Ding, das dir nützlich wäre, wozu du noch nicht die Chance gehabt hast, es zu erlernen, das aber ein dünner Teenager mit einem Pfund Make-up im Gesicht dir beibringen kann."

Julie stand auf und wollte in ihr Zimmer gehen.

„Tut mir leid", sagte Dottie. „Ich wollte dich nicht verletzen. Lass uns das vergessen und nochmal anfangen." Julie setzte sich wieder und blickte ihre Mutter misstrauisch an. „Hast du inzwischen schon Pläne für dich geschmiedet?"

Julie schüttelte den Kopf. „Das ist nicht so einfach", behauptete sie.

„Was ist nicht so einfach, Julie?" Dottie wurde etwas weicher.

„Ich weiß nicht, wo ich anfangen soll!" jammerte Julie.

„Ist es immer noch dieser Geoff?"

„Das und nicht mehr in Seattle zu sein… Wycliff ist so klein. Hier passiert nie etwas. Es ist zum Kotzen!"

„Oh, Julie, das stimmt überhaupt nicht. Und du weißt es", schalt Dottie. „Du hast es noch nicht einmal versucht. Soviel ich weiß, bist du bislang nicht ein einziges Mal in der Unterstadt gewesen. Zumindest hast du dein Gesicht nie im Feinkostladen gezeigt. Ich gebe zu, dass ich darüber ein bisschen enttäuscht bin."

„Es tut mir leid", murmelte Julie.

„Nein, tut es nicht!" rief Dottie aus. „Das Einzige, was dir leidtut, bist du selbst. Reiß dich zusammen, Mädchen. Du hast dich vielleicht blamiert, als du dich einem Mann aufgezwungen hast, der dich nicht zu schätzen wusste. Aber das ist Vergangenheit, und es war woanders. Du wolltest umziehen – fein, jetzt musst du dich in Bewegung setzen. Sieh dich um. Wycliff ist eine Stadt mit Zukunft mit vielen jungen Leuten in deinem Alter, die ihr eigenes Unternehmen gründen."

„Ich will kein eigenes Unternehmen", schmollte Julie. Aber nur, weil sie nicht ihr Gesicht verlieren wollte.

„Nun, wie du willst, meine Liebe", sagte Dottie. „Aber das heißt nicht, dass du nicht deinen eigenen Unterhalt verdienen und dir ein eigenes Zuhause suchen kannst." Julie beäugte Dottie, erwiderte aber nichts. „Hast du denn keinen Stolz, Julie? Willst du nicht etwas darstellen? Willst du nichts aus deinen Talenten machen?"

„Ach, Mom", seufzte Julie. „Ich hab's kapiert." Sie gähnte. „Ich verspreche dir, ich schaue mich morgen um." Dotties Miene erhellte sich. „Aber erwarte nicht zu viel zu früh", fügte Julie rasch hinzu.

„Solange du dich bemühst, Liebes."

Und sie bemühte sich wirklich. Julie machte sich gleich am nächsten Tag hübsch und ging hinunter in die Unterstadt, die sie erstaunlich geschäftig und ziemlich bezaubernd und unterhaltsam fand. Sie steckte ihren Kopf in „Dottie's Deli" und stellte sich allen nett vor. Sie besuchte Margarets Boutique und kaufte sich eine hübsche Cloche aus Maisstroh mit einem breiten Leinenband und Blumen als Dekoration. Und zur Mittagsessenszeit lud sie Dottie zu einem Bissen ins „Le Quartier" ein, wo sie Finn begegnete und Paul und Véronique die Hand schüttelte. Später aß sie eine Eiswaffel bei „Fifty Ways of Dairy", kaufte sich ein Baby-Doll-Nachthemd bei „Naughtical Lingerie" und erkundete das Maritime Center am Hafen, das eine Bootswerkstatt, eine Marina und einen Geschenkeladen miteinander verband. Sie fühlte sich an diesem Abend tatsächlich inspiriert genug, ein richtiges Abendessen zu bereiten, und sie erzählte Dottie mit glühenden Wangen, wie entzückend Wycliff letztlich doch war.

„Ich bin allerdings nicht sicher, ob es hier irgendetwas in meiner Berufsrichtung gibt", fügte sie hinzu, nachdem sie den letzten Faden ihrer Spaghetti aglio e olio verzehrt hatte.

„Nun", sagte Dottie. „Wir haben eine eigene Zeitung hier in Wycliff. Sie wird vorwiegend in der Mall und in den Buchhandlungen verkauft."

„Wirklich? Erzähl mir mehr."

„Sie heißt ‚The Sound Messenger' und berichtet über alle möglichen Ereignisse und Vorkommnisse in und um Wycliff. Ich glaube, sie bedient sogar unsere Nachbarorte."

„Klingt gut", gab Julie zu.

„Sie haben auch eine Online-Version. Warum schaust du dir's nicht einfach mal an? Ich bin mir nicht sicher, wie viele Mitarbeiter sie hat oder ob sie jemanden anstellen. Aber es könnte es wert sein, es zumindest mal anzuschauen."

„Mach ich", versprach Julie.

Nach dem Abendessen ging sie an den Computertisch im Wohnzimmer und begann ihre Recherche. Dottie hatte angenommen, sie wäre nach fünf Minuten damit fertig, aber zu ihrer völligen Überraschung klebte Julie über eine Stunde lang am Bildschirm, machte Notizen, kicherte, sagte hier und da „Oh!" und unterhielt sich offensichtlich großartig. Als sie schließlich den Computer herunterfuhr, lächelte sie breit.

„Sieht so aus, als hätte ich ein paar tolle Ideen für diese Zeitung", schwärmte sie. „Ich rufe gleich morgen früh dort an." Sie gab Dottie einen Kuss. „Nacht, Mom. Du bist die Beste."

„Nacht, mein kleines Mädchen", sagte Dottie leise und sah die ranke Gestalt ihrer Tochter nach oben ins Gästezimmer verschwinden. Vielleicht würde ja doch noch alles gut werden.

*

„The Sound Messenger" hatte seine Büroräume am Rand der Klippe, wo die Treppe aus der Unterstadt mündete. Es war ein schlichtes, kleines weißes Haus mit Blumenampeln voll blutroter Geranien, einem gepflegten Rasen und einem weißen Lattenzaun mit einem Törchen. Es sah eher wie eines der Wohnhäuser als wie ein Unternehmen aus. Und genau das war es auch, da John Minor, der Herausgeber, in dieser ordentlichen Behausung lebte *und* arbeitete.

John war für seinen erlesenen Geschmack bekannt, und es war etwas Besonderes, von ihm nach Hause eingeladen zu werden. Er war genauso eigen in Hinsicht auf die Optik seines kleinen Büros, in dem zwei schwere antike Tische und ein Mahagoniregal für seine Akten standen. Andererseits war er so modern wie nötig – mit einem PC, einem Drucker und einer Express-Online-Verbindung mit der örtlichen Druckerei unterhalb der Klippe und einem Keurig-Kaffeeautomaten für eventuellen Besuch. Was selten genug vorkam. Für gewöhnlich ging John vor Ort, um einen Live-Blickwinkel für eine Geschichte zu erhalten. Oder er hing am Telefon.

Eine weitere Tatsache über John Minor, die bekannt war, über die aber selten geredet wurde, war, dass er schwul war. Nicht offensichtlich, aber doch exotisch in einer eher konservativen Kleinstadt. Er stellte es nicht durch besonderes Gehabe oder Aussehen zur Schau. Seine Stimme klang vielleicht ein wenig sanfter als die anderer Männer, aber er konnte auch richtig wütend werden. Er reiste nicht zu Christopher Street Day Paraden oder Ähnlichem. Man sah ihn nur nie mit einer Frau Händchen halten. Allerdings hatte ihn auch noch niemand je mit einem Mann gesehen.

Während seiner Kindheit unten in Olympia hatte John es wie jedes andere Kind geliebt, sich zu verkleiden. Er hatte Interesse an der Näharbeit seiner Mutter gezeigt. Aber das war vielleicht ganz normal, denn sie war Schneiderin und hatte ihr Atelier in einem Vorderzimmer ihres Zuhauses. Er lernte selbst ziemlich früh, ziemlich sauber zu nähen. Sein Vater hatte die Familie verlassen, bevor John alt genug war, dass er sich an ihn hätte erinnern können. Seine Mutter sprach nicht viel über ihn, und wenn sie es tat, erklärte sie, sie hätten sich getrennt, weil sie einfach fanden, dass sie doch nicht zueinander passten.

John hatte sich in nichts von anderen unterschieden, als er in die Schule kam. Er spielte dieselben wilden Spiele wie die anderen; er sah nur zu, dass er ordentlicher nach Hause kam. Er hatte beobachtet, wie seine Mutter für ihren Lebensunterhalt schuftete. Und er wollte nicht zu ihrer Arbeit oder ihren Sorgen beitragen.

Das erste Mal, dass ihm dämmerte, dass er anders als die anderen Jungen sein könnte, war, als er ungefähr dreizehn war. Einer seiner Klassenkameraden hatte ein Playboy-Magazin im Hobbyraum seines Vaters gefunden und geschafft, es in die Schule zu schmuggeln. Während der Mittagspause hatte er John und ein paar andere Freunde in den Umkleideraum eingeladen, um die barbusigen Schönheiten zu betrachten. John hatte geschaut und geschaut, aber er fand die Bilder nicht anregend, außer dass sie ziemlich ästhetisch fotografiert waren. Er hatte auch die Ankündigung des Interviews mit einem berühmten Schriftsteller im Magazin erspäht und brannte darauf, es zu lesen. Aber er hatte keine Chance, deswegen nachzufragen, denn die Jungen rissen das Magazin fast in Stücke, weil jeder die Modelle länger und näher betrachten wollte.

Ein paar Monate später tagträumte er von einem Schauspieler, den er im Kino gesehen hatte. Seine Mutter hatte ihn dorthin ausgeführt als Belohnung für ein weiteres richtig gutes Zeugnis. Sie hatten einen Film über den jungen Alexander den Großen gesehen. John hatte sich während des ganzen Films in seinem Sessel nach vorn gebeugt und das Aussehen des Mannes in sich aufgesogen, der Alexanders Freund spielte. Er war schön. Oh, so unglaublich schön!

Und da musste es seine Mutter auch bemerkt haben. Sie fragte nie nach, und er sagte es ihr nie. Er ging zum Schulabschlussball mit einem netten Mädchen, mit dem er sich nie verabredet hatte und das er später nie wiedersah. Er ging aufs College und erzählte seiner Mutter, dass er mit einem netten Freundeskreis ausging, einige davon junge Männer, einige Mädchen. Einige wurden Paare und heirateten nach dem Abschluss. Aber John verriet nie, ob er eine intimere Freundschaft hegte. Nicht, dass er sich nicht danach sehnte. Er fand einfach nicht seinen Mr. Right.

Manchmal fühlte er sich schrecklich. Wenn er mit Gott stritt, warum er nicht mehr wie ein Durchschnittsmann gemacht worden war – und es war ein ziemlich einseitiger Streit. Manchmal besuchte er ganz verstohlen Männerklubs. Aber da fühlte er sich auch nicht daheim. Ihm war, als hätten sie sich von dem abgegrenzt, was sie Heterogesellschaft nannten. Er wollte nicht ausgeschlossen sein, weder durch den Beitritt zu solchen Klubs noch durch die Gesellschaft, die er tatsächlich recht liebenswert fand. Er fühlte sich einsam und als Missgeburt abgestempelt. Er suchte Trost in seiner Arbeit.

Nach dem Community College gelang es ihm, einen Job als freier Journalist bei einer großen Zeitung in Seattle zu bekommen. Seattle verwirrte ihn zunächst, aber er lernte auch, es zu genießen. Während er sich zunächst verirrte, sobald er Seattle Center und Belltown verließ, kannte er sich bald auch in den Außenbezirken gut aus. Er liebte die Atmosphäre dieser

Großstadt, die ihre heimlichen ländlichen Stellen genauso besaß wie den Puls einer Metropole, wenn man ihn wollte. Er liebte die kulturelle Vielfalt und die Vielzahl der Ethnien, die alle ihr Erbe feierten. Er wurde ein Experte für Vernissagen in Kunstgalerien, Ballett und musikalische Darbietungen. Aber er liebte auch die menschlichen Begebenheiten, die Seattle täglich lieferte. Er wurde je veröffentlichtem Artikel bezahlt. Also musste er mehr als andere freie Journalisten liefern und gut sein, um gefragt zu bleiben. Richtig gut.

Und er war es. John wurde Volontär, dann wurde er einem Reporter als Handlanger zugewiesen, der meist Innenstadtgeschichten schrieb. Zuerst war John einfach nur glücklich über die Gelegenheit. Er schrieb seiner Mutter glühende Briefe über die Leute, denen er begegnete, und die Orte, an die er kam. Sie abonnierte schließlich seine Zeitung, sodass er nicht mehr so viel Zeit damit verschwenden musste, ihr zu schreiben, wie sie sagte. In Wahrheit sammelte sie jeden einzelnen seiner Artikel und zeigte sie ihren Kunden.

Es schockierte ihn, als das Undenkbare eines Tages passierte. Ein neuer Megaladen für Damenmode eröffnete in der Stadt, und das Nachrichten-Team diskutierte, wer darüber berichten solle. Und einer von Johns Kollegen platzte heraus: „Warum nicht John? Vielleicht mag er ja auch ein paar ihrer Sachen anprobieren." Einige andere Kollegen kicherten, und der Chefredakteur schnalzte nur mit der Zunge. John sah den Angreifer scharf an, aber die Augen des jungen Mannes blickten noch herausfordernder. Eine junge, unauffällige Praktikantin bot an, den Laden zu erkunden, und die Sitzung wurde fortgesetzt. John bekam nie eine Entschuldigung. Aber er spürte, dass einige seiner Kollegen hinter seinem Rücken über ihn redeten, und das in keinesfalls netter Weise. Einige begannen, ihn zu meiden. Andere behandelten ihn besonders freundlich, als wollten sie zeigen, dass es ihnen egal sei, was genauso schlimm war.

Am Ende traf John die bittere Entscheidung zu kündigen. Er suchte nach einer Gelegenheit und fand sie in der hübschen Stadt Wycliff. Man wollte gerade die Lokalzeitung schließen, weil sich niemand gefunden hatte, der den in Ruhestand gehenden Herausgeber des „Sound Messenger" ablösen wollte. John rief den Mann an und besuchte ihn an einem Wochenende, um die Zeitung und ihre Umlaufchancen in Augenschein zu nehmen. Er mochte, was er sah – es gab viel, was er verändern und hinzufügen wollte. Er würde der Zeitung so ziemlich seinen eigenen Stempel aufdrücken können. Die Stadt hatte ein beträchtliches kulturelles Erbe sowie einige Touristenattraktionen. Es gab also Potenzial für eine wachsende Leserschaft.

Als John nach Seattle zurückkehrte, reichte er seine Kündigung ein, sehr zur Überraschung seines Chefredakteurs. Ihm lag nicht an einer Abschiedsfeier, und er lehnte eine Einladung einiger seiner netteren Kollegen zu Getränken ab. Nunmehr ehemaligen Kollegen. Stattdessen ging John in ein schickes, kleines Restaurant in Queen Anne und feierte sich und seine Entscheidung ganz allein.

Einige Tage später unterzeichnete John einen Vertrag mit einem Makler in Wycliff. Er hatte ein hübsches, kleines Haus auf der Klippe mit einem fantastischen Blick über die Unterstadt und den Sund gekauft. Er war sein eigener Chefredakteur und Reporter. Er würde unabhängig berichten. Er würde die Wahrheit schreiben, wie er sie sah, aber er wollte auch eine Zeitung veröffentlichen, die Optimismus und Ermutigung transportierte. Er war sich bewusst, dass die Mehrheit in Wycliff früher oder später seine Sexualität wahrnehmen würde, aber zum ersten Mal machte er sich deshalb keine Sorgen. Er führte sein eigenes Unternehmen, und es war egal, wer er war, solange er seine Arbeit gut machte. Er würde für sein Recht zu schreiben kämpfen. Wenn er schon anders war als andere Leute, konnte er es wenigstens auf seine Weise feiern.

*

Lieber Sean,

Unsere Julie ist also wieder nach Hause gekommen. Das hätte keiner von uns vorhergesehen oder gewünscht. Aber manchmal ist das Elternhaus als Zuflucht die beste und vielleicht einzige Lösung, wenn das Universum in die Binsen zu gehen scheint. Für Julie war das offenbar der Fall, und ich kann nur sagen, dass sie in manchen Dingen noch erstaunlich unreif ist. Vielleicht ist das eine weitere Chance, mein mütterliches Ruder einzusetzen und sie in die richtige Richtung zu drehen.

Natürlich hatten wir anfänglich kleinere Zusammenstöße. Offensichtlich will sie verwöhnt und gehätschelt werden, während sie die Verantwortung dafür übernehmen sollte, dass sie ihren Job in Seattle aufgegeben hat. Ich sagte ihr, ich würde sie für nicht länger als ein paar Wochen aufnehmen, da wir beide unsere eigenen und mitunter sehr unterschiedlichen Lebensgewohnheiten und Meiningen haben. Ich weiß noch, wie meine Mutter immer sagte, dass zwei Frauen im selben Haushalt nicht lange miteinander auskommen würden. Ich schätze, sie hatte Recht, zumindest was unsere Familie angeht.

Wie auch immer, Julie hat endlich Wycliff erkundet und ist begeistert von unserer Tageszeitung. Ich hatte sie eines Abends erwähnt, und Julie schien besessen von dem Gedanken, sich daran zu beteiligen und sie kategorisch zu überholen. Zumindest war das mein Eindruck.

Sie ging also hin und hatte ein Bewerbungsgespräch mit dem Redakteur und Herausgeber, John Minor, einem netten jungen Mann in seinen frühen Dreißigern. Er ist dafür bekannt, sehr still und gebildet zu sein. Und ich frage mich, wie das Gespräch zwischen ihm und unserem temperamentvollen, übereifrigen Kind wohl verlaufen ist. Als sie von dem Bewerbungsgespräch zurückkam, sah sie ein bisschen wie ein Kätzchen aus, das versehentlich unter ein Abflussrohr gelaufen ist – kleinlaut und abgekanzelt. Sie sprach nicht viel an diesem Tag und ging früh zu Bett. Aber am nächsten Morgen telefonierte sie und machte sich hübsch, griff sich ihre Kamera und ging los.

An jenem Abend kam sie strahlend nach Hause. Offenbar hatte sie etwas Schreibenswertes in Wycliff gefunden (ich glaube, es war eine Probe für das diesjährige High-School-Musical), hatte die Schule kontaktiert und die Erlaubnis erhalten zu fotografieren und mit einigen Schülern zu sprechen. Sie muss ihren Artikel geschrieben und ihre Fotos bearbeitet haben, zu Johns Haus marschiert sein und alles eingereicht haben. Kurz: John lobte ihren Mut und nahm sie als freie Journalistin an Bord. Es ist nicht viel, aber vielleicht die bestmögliche Ermutigung. Auch wenn sie dadurch noch länger im Haus bleibt, so ist sie doch wenigstens beschäftigt und aus meiner Schusslinie. Und wieder etwas Geld zu verdienen, wird ihr Selbstbewusstsein zumindest auf beruflicher Ebene fördern. Was die emotionale Ebene angeht, wird sie einfach aufhören müssen zu meinen, dass jeder, an den sie ihr Herz gehängt hat, gleichermaßen reagieren müsse. Ich glaube, das nennt man reifen.

Oh, und neulich kam Luke McMahon auf einen Sprung vorbei. Er wollte nicht wirklich vorbeigehen, sondern kam auf die Veranda. Also lud ich ihn zu einer Tasse Kaffee ein. Aber er hatte mir nur sagen wollen, was für ein netter, junger Mann Finn geworden ist. Es stellte sich heraus, dass unser Ausreißer-Junge (ich schätze, in meinem Herzen wird er das immer bleiben) ihm an dem Tag eine spezielle Mittagslieferung gebracht hatte. Eine Art Dankeschön für Lukes tolle Unterstützung, als er an seinem Tiefpunkt war. Offensichtlich tat Finn das in seiner Pause und von seinem Geld, was mich wirklich stolz macht. Dieser junge Mann hat etwas, das ihn eines Tages zu etwas Besonderem machen wird.

Was mich daran erinnert, dass Familie Random ihren Besuch zur Parade am 4. Juli angekündigt hat. Ich frage mich, ob sich der kleine Bobby noch an seinen Schutzengel erinnert. Kleine Kinder neigen dazu, Dinge zu vergessen, es sei denn, es geht extrem gut oder schlecht aus. Ich denke, ich schmeiße eine weitere Grillparty für alle. Jim sagte, er werde auch in der Stadt sein – ich werde alle Hände voll zu tun haben.

Kaum Neues vom Feinkostladen dieser Tage. Alles läuft reibungslos. Elli ist in Mutterschutz und wird ihre Zwillinge (ich habe richtig geraten!) Anfang Juli bekommen. Wir haben ihr einen hübschen Shower im „Le Quartier" gegeben und ihr viele schicke und nützliche Babysachen geschenkt – Du würdest die Einzelheiten nicht hören wollen. Véronique hatte das ganze Bistro in Pink und Blau dekoriert, und Finn hatte ein besonderes Dessert in Pink und Blau kreiert. Einfach delikat. Er ist so begabt, und ich bin so dankbar, dass ihm der kleine Bobby Random quasi in den Weg gelaufen ist. Ohne die Randoms wüsste ich nicht, wer den Gedanken und das Geld für einen großzügigen Ausbildungsfond für Finn gehabt hätte. Es hätte jenseits meiner Möglichkeiten gelegen, soviel weiß ich.

Oh Sean, mein Liebster, das Leben ist so gut zu mir. Ich wünschte nur, Du hättest all das Gute mit mir teilen können. Nun denn, ich hoffe, Du kannst alles von oben sehen.

In Liebe, Dottie

8

Juli

„Sie können sie in Mehl wenden und dann in der Pfanne braten, bis sie golden und knusprig sind. Oder Sie wärmen sie auf Sauerkraut durch," erklärte Dottie einem Kunden, während sie Weißwürste in Papier einwickelte. „Mit Kartoffelpüree und süßem bayerischem Senf haben Sie dann ein typisch deutsches Essen."

Der Kunde strahlte sie an und ging mit dem Päckchen.

„Wie isst man diesen Rotkohl?" fragte jemand anders und hielt ein Glas hoch. „Heiß oder kalt?" Dottie erklärte, man esse ihn heiß und füge etwas Apfel hinzu, um die Säure zu mildern.

„Wie macht man diese herrliche Currywurst?"

„Haben Sie noch welche von den leckeren Mon Chéris?"

„Wann bekommen Sie diese extraweichen Gummidropse mit der flüssigen Füllung wieder herein?"

„Wie schmeckt Almdudler?"

Dotties Kopf begann zu schmerzen. Der Tag vor dem 4. Juli war besonders geschäftig, und die Fragen, die auf sie hereinprasselten, brauchten mehr als nur ein Ja oder Nein als Antwort. Dottie arbeitete mit den Mädchen hinter der Frischtheke, wann immer es ging, um den Andrang zu bewältigen.

„Was habt ihr für euer Barbecue morgen?" fragte Sabine Christine, als eine kurze Pause eintrat.

„Oh mei, wir grillen ein paar schöne, dicke Steaks mit einer selbstgemachten Marinade. Und ich mache den Killer-Selleriekartoffelsalat meiner Schwiegermutter. Und Nudelsalat, einen griechischen Salat, Baguette, Burger natürlich …"

„Oh, das ist eine Menge!" sagte Sabine.

„Es ist eine große Familie", erwiderte Christine. „Und einige kommen aus Kalifornien oder sogar aus Texas."

Ein weiterer Kunde steuerte die Theke an, und sie trennten sich wieder. Dottie kalkulierte im Kopf Essensmengen. Würden zwei Dutzend Bratwürste für ihre Gäste reichen? Oder sollte sie sichergehen und ein weiteres Dutzend hinzufügen? Oder lieber ein paar Steaks? Seltsamerweise fühlte sie sich etwas nervös. Heute Abend würde Jim kommen und seine neue Freundin mitbringen. Julie würde in Dotties Kingsize-Bett einziehen, um für beide Platz zu machen. Finn wäre den ganzen Tag zu Besuch. Und die Randoms würden nach der Parade zu ihnen stoßen. Luke war auch eingeladen. Er würde ein Fass Bier und einige frische Washingtoner Weißweine bringen – genau das passende Getränk für das heiße Wetter, das sie rechtzeitig zum Unabhängigkeitstag erlebten.

„Eiscreme!" rief Dottie plötzlich aus und grinste, weil sie sich beim lauten Denken erwischt hatte. Sabine und Christine lachten. Sie wussten, dass es Dotties Gewohnheit war, ihre Gedanken auszusprechen, wenn sie nervös war.

Der Tag verging wie im Flug, und als Pattie den Tagesumsatz zur Bank brachte und zur Arbeit an den Büchern zurückkehrte, war Dottie erschöpft.

„Es war ein richtig guter Tag!" stellte Pattie fest und nannte ihr die Tagessumme.

„Es war ein bisschen zu viel für mich heute", gab Dottie zu.

„Du machst dir zu viele Gedanken über morgen, Dottie", sagte Pattie.

„Woher weißt du?"

„Freunde – verstehst du?"" Pattie lächelte. „Lass uns jetzt abschließen und heimgehen. Morgen wird alles in Ordnung gehen. Julie wird für die Zeitung über die Parade berichten und nur zu froh sein, wenn sie eine Pause bekommt. Also sorge dich nicht. Du machst das nicht zum ersten Mal."

Dottie nickte. „Du hast Recht. Ich habe es tatsächlich schon öfter gemacht. Und nur, weil die Randoms offensichtlich mehr als wohlhabend sind, heißt das nicht, dass sie nicht mögen werden, was ich ihnen anbieten werde. Außerdem geht es um Finn und ein Wiedersehen mit ihm."

Sie machten den Laden rasch zu zweit fertig für den Feierabend, dann traten sie hinaus in die Abendhitze.

„Morgen wird es richtig heiß", bemerkte Pattie, während Dottie die Tür zusperrte. „Ich bin froh, dass ich dieses Jahr nicht bei der Parade dabei bin. Der Garden Club hat eine Gruppe

Mädels als Freiheitsstatuen verkleidet. Zum Glück qualifiziere ich mich nicht als Statuen-Material."

Dottie lachte. „Werden sie auch grünes Make-up tragen?"

„Keine Ahnung. Es würde vermutlich in der Hitze schmelzen."

„Hm, nicht wenn es das richtige Theaterzeug ist, das auch Scheinwerferhitze standhält. Aber wie auch immer, wie werden sie ihre Blumen präsentieren?"

„Ihre Fackeln werden Sträuße in Rot, Weiß und Blau sein. Ich schätze, ihnen werden die Arme wehtun vom Hochhalten über den Kopf, wenn sie an der Ziellinie ankommen."

„Vielleicht gehe ich doch kurz hinunter und schaue der Parade ein bisschen zu", sagte Dottie. „Wenn ich alles rechtzeitig vorbereite, sollte ich das schaffen."

„Auf jeden Fall", stimmte Pattie zu. Dann schwiegen sie, weil sie die Treppe am Steilhang hinaufstiegen und die Sonne immer noch herabbrannte.

*

„Glaubst du, ich könnte noch eine kleine Portion von dem wundervollen Dessert haben, das deine Mom gemacht hat?" flüsterte Melanie und lehnte sich zu Jim hinüber.

Jim lächelte und blickte seine Freundin liebevoll an. „Ein Koch kann kein größeres Kompliment erhalten als die Bitte um Nachschlag."

Dottie betrachtete die beiden jungen Menschen neugierig. Ihr introvertierter Sohn schien eine Seelenverwandte gefunden zu haben. Melanie war auf ernsthafte Weise hübsch, mit honigfarbenen Ringellöckchen, die jedem Haarschnitt zu widerstehen schienen, einer dicken Brille und gewiss keinem Sinn für Mode. Aber sie hatte gute Manieren, war freundlich und sogar witzig, wenn sie nicht zu schüchtern war zu sprechen. Was vermutlich einfach daran lag, dass sie einander zum ersten Mal begegneten. Man war immer ein bisschen hölzern, wenn man den Freunden seiner Kinder zum ersten Mal begegnete. Natürlich sorgte man sich, ob sie der richtige Umgang für die Kinder seien. Umso mehr, wenn sie Freund oder Freundin waren. Julie hatte in den letzten Jahren ein paar schreckliche Entscheidungen getroffen, und es sah nicht so aus, als habe sie aus ihren Erfahrungen gelernt. Während der stille Jim immer sehr lange gewartet hatte, bevor er jemanden nach Hause gebracht hatte. Er hatte zuvor zwei Freundinnen gehabt, eine während der High-School-Zeit und die andere, die ihn kurz vor Weihnachten wegen eines weniger unscheinbaren Mannes hatte sausen lassen. Dottie wollte nicht vorzeitig urteilen, aber diese Melanie schien etwas Dauerhaftes zu sein.

Jim verhalf ihr zu einem weiteren großen Löffel Rotweinmousse mit Vanillesauce. Melanies Augen glühten, und Dottie strahlte. Hier war noch jemand, der ihr Essen schätzte. Es hätte nicht besser anfangen können.

„Warum erzählt ihr mir nicht, wie und wo ihr einander begegnet seid?" ermunterte Dottie Melanie. „Ich bin sowas von neugierig."

„Es war während einer von Jims Firmenpräsentationen", sagte Melanie. „Eigentlich habe ich sie fast vermasselt, weil ich zu seiner Rede die Power-Point-Präsentation klicken sollte. Aber stattdessen drückte ich eine falsche Taste, und es brauchte eine Weile, bis ich wieder dahin fand, wo wir im Text sein mussten." Sie errötete und sah Jim mit ihren schönen grünbraunen Augen an. „Gott sei Dank war deine Präsentation so interessant und jedem im Raum so wichtig, dass man mir meinen Fehler verzieh und geduldig wartete."

Jim nahm ihre Hand und drückte sie. „Es war nicht halb so schlimm, wie Mellie es erzählt."

„Oh, es war viel schlimmer!" protestierte Melanie. „Ich hatte das Gefühl, wie das Klischee einer Frau zu wirken, die mit Technologie konfrontiert wird. Es war mir so peinlich. Ich schätze, du hast mich einfach verwirrt." Sie blickte Jim mit einem schelmischen Blitzen in ihren Augen an.

„Was machen Sie denn beruflich? Ich nehme an, Sie sind nicht in Jims Firma?" fragte Dottie.

„Nein, ich habe tatsächlich für die Firma gearbeitet, die Gastgeber des Events war und um Jims Präsentation gebeten hatte."

„Sie sprechen in der Vergangenheit – was ist passiert?"

„Unsere Firma entschied sich für Jims neue Computer-Software. Aber unsere Bosse hatten bereits zu dem Zeitpunkt Verhandlungen mit einer anderen Firma aufgenommen, die sie aufkaufen wollte. Jims Software sollte den Kaufpreis der Firma erhöhen und gleichzeitig die Übernahme versüßen. Am Ende wurde die Firma, für die ich gearbeitet habe, verkauft, und ich wurde mit einer Reihe anderer Leute entlassen."

„Du Schande!" rief Dottie aus. „Also ist Jims Programm eigentlich daran schuld, dass Sie arbeitslos sind?"

Melanie schüttelte den Kopf. „Das wäre eine zu einfache Erklärung. Außerdem hätten sich ohne dieses Programm Jims und meine Wege nie gekreuzt."

Dottie sah die junge Frau liebevoll an. „Gott segne Sie, Liebes. Das ist sehr freundlich, es so zu sehen." Sie stand auf. „Ich wasche jetzt ab. Ihr müsst einander für ein Weilchen allein unterhalten."

„Ich helfe Ihnen", bot Melanie rasch an und errötete.

Dottie legte den Kopf schief und blickte in das eifrige, hübsche Gesicht mit der dicken Brille. „Ich wollte das nicht wie eine Aufforderung klingen lassen."

„Nein, sicher", sagte Melanie. „Aber ich tu's wirklich gern."

Dottie nickte. „Nun denn … Wir können das auch für einen Plausch unter Frauen nutzen."

„Okay, okay, ich verstehe schon", grinste Jim und verließ den Tisch. „Mädelszeit. Ich gehe ja schon."

*

Melanie Murphy war in eine nette Mittelschicht-Familie in einem gepflegten Mittelschicht-Vorort von Olympia hineingeboren. Ihr Vater war Buchhalter bei einer Möbelhandlung, ihre Mutter lehrte Englisch und Mathe an einer Grundschule. Melanie hatte einen älteren Bruder, der ehrgeizig und übernervös war, und eine jüngere Schwester, die überaus mädchenhaft war. Im Prinzip hatte sie die undankbare Rolle des mittleren Kindes bekommen. Obwohl sie ziemlich klug war, war sie zudem eine graue Maus. Zumindest dachte sie das. Und da die Leute ständig betonten, wie niedlich und hübsch und was nicht alles ihre kleine Schwester war und wie erfolgreich und brillant ihr Bruder, glaubte sie, keine dieser Eigenschaften zu besitzen, und zog sich in ihre eigene kleine Welt zurück. Sie las sehr gern. Sie hatte Spaß daran, mit Zahlen zu jonglieren und mathematische Probleme zu lösen. Sie spielte mit dem Computer ihres Bruders herum, wenn er ihn nicht benutzte, und sie konnte ziemlich gut stricken.

Zum Ende des Schuljahrs sahen sich ihre Eltern für gewöhnlich ihr Zeugnis an und waren überrascht von ihren guten Noten. Aber ihr Bruder überragte sie meist mit noch besseren Noten. Und ihre Schwester wurde gerüffelt, weil sie sich in ihren Fächern nicht genügend Mühe gegeben hatte. Melanie war so daran gewöhnt, in keiner Richtung aufzufallen, weder herausragend noch lernschwach, dass sie sich für ziemlich unsichtbar hielt. Außerdem trug sie Brille und wusste, dass sie sie noch unscheinbarer wirken ließ, als sie sich ohnehin fühlte.

Daher war es eine Offenbarung, als sie eines Tages in der zehnten Klasse von ihrem Mathelehrer angesprochen wurde, der sie fragte, ob sie zu seiner neugegründeten Software-Programmiergruppe gehören wolle. Melanie hatte gestaunt und gestammelt. Ihr Lehrer hatte ihr nur gesagt, sie solle darüber nachdenken, und ließ sie dann auf dem Gang in ihrer Verwirrung stehen.

Am ersten Nachmittag, an dem sie das Klassenzimmer betrat, in dem sich die Gruppe treffen sollte, blickte sie sich um in der halben Erwartung, ihren Bruder unter den Schülern zu sehen. Aber sie sah ihn nicht. Dann stellte sie fest, dass sie das einzige Mädchen in der Gruppe war und errötete. Es fühlte sich nicht richtig an. Aber bevor Melanie aus dem Klassenzimmer flüchten konnte, kam ihr Lehrer herein und begrüßte die Schüler herzlich. Er stellte ihnen seine Ideen für den Lehrplan vor und fragte sie nach ihren Ideen und Erwartungen. Zuerst wagte niemand zu sprechen. Aber dann platzte einer nach dem anderen mit Vorschlägen heraus. Und als die Stunde vorbei war, hatten sie gemeinsam einen Plan aufgestellt, der ihre Gedanken und Gesichter glühen ließ.

Für Melanie wurde die Software-Programmiergruppe etwas, worauf sie sich die ganze Woche freute. Sie lernte daheim dafür. Sie machte Notizen, wohin sie auch ging. Sie äußerte sich in der Klasse. Es war längst egal, dass sie das einzige Mädchen war. Es war egal, dass sie im Vergleich zu ihrer Schwester unscheinbar war. Es war egal, dass die Kinder in der Englischklasse sie Streber und Schlimmeres nannten. In der Cafeteria saß sie mit anderen Software-Schülern zusammen. Und während ihre Schwester vermutlich den neusten Stil bei Röcken diskutierte, den süßesten Sänger auf der Bühne oder welches Leben sie eines Tages führen wolle, diskutierte sie Algorithmen für neuronale Netze, ihren Einsatz in der Robotik und ihre praktische Anwendung.

Am Ende des Schuljahrs hatten sie einen einfachen Roboter gebaut, der sich durch ein Labyrinth bewegen, Hindernisse erkennen und umgehen konnte und auf kurze Sprachbefehle reagierte. Über ihre gemeinschaftliche Arbeit wurde in einer Lokalzeitung und sogar von einem Fernsehsender berichtet, und sie wurden alle in die Microsoft-Zentrale in Redmond eingeladen, wo sie mit Software-Spezialisten plaudern und ein Gefühl dafür bekommen konnten, wie es war, in der Computerbranche zu arbeiten.

Fast alle aus ihrer Gruppe fingen Feuer. Nach dem Abschluss der High-School schlugen sie unterschiedliche Wege in die Welt der Software und Computer ein. Obwohl ihre Eltern nicht ganz verstanden, wie sich ein Mädchen einem „so unweiblichen Gebiet" verschreiben konnte, wie ihr Vater alles Naturwissenschaftliche nannte, unterstützten sie ihren Wunsch, an einem technischen College zu studieren. Sie schloss den Bachelor of Science mit fliegenden Fahnen ab. Aber inzwischen gingen die

Mittel ihrer Eltern zur Neige. Ihr älterer Bruder, immer übernervös dank eines Hangs zum Perfektionismus, hatte einen Nervenzusammenbruch mit körperlichen Auswirkungen erlitten und benötigte eine kostspielige und langwierige medizinische Behandlung. Und ihre Schwester, die einst von einem so großartigen und extravaganten Lebensstil geträumt hatte, war bei einer Supermarktkette in der Regalpflege gelandet, und sie verdiente nicht genug, auszuziehen und selbstständig zu leben. Mit zwei erwachsenen, bedürftigen Kindern war es für Melanies Eltern undenkbar, sie weiterstudieren zu lassen.

Also suchte Melanie nach einem Ausbildungsplatz bei einer Computerfirma. Dank ihrer Noten und ihrer Kompetenz hinsichtlich diverser Softwarethemen wurde sie recht schnell von einer Firma für Software-Entwicklungen für Steuerungstechnologien angenommen. Es lag sicher nicht daran, wie sie sich selbst präsentierte, da sie immer etwas linkisch und wenig charmant wirkte.

Und dann kam eine Firma auf den Plan, die ihr Unternehmen übernehmen wollte. Und so kam Jim mit einer Präsentation, die wegen ihrer Ungeschicklichkeit so verkehrt wie nur möglich lief. Sie hatte sich wie das Kaninchen vor der Schlange gefühlt, und je mehr ihr bewusst geworden war, was sie vermasselte, umso schlimmer wurde es. Bis Jim zu ihr gegangen war und ein paar Tasten auf der Computer-Tastatur gedrückt hatte, während er sie leise beruhigte.

Nachdem die Präsentation beendet war und sie übereingekommen waren, einige Unterlagen für die Verhandlungen mit Jims Firma aufzusetzen, war Jim wieder zu ihr gegangen, während sie die Präsentationsmittel wegräumte. Er hatte sie gefragt, ob sie mit ihm zu Mittag essen wolle. Sie hatte gespürt, wie ihr Gesicht ganz heiß wurde, und sie hatte nur genickt und es kaum geschafft zu lächeln.

Ein paar Tage später hatte Jim sie angerufen und sie zu einer weiteren Mittagsverabredung eingeladen und behauptet, er sei ohnehin in der Gegend, wo er doch tatsächlich eigens nach Olympia gefahren war, in der Hoffnung, sie hätte Zeit für ihn. Eine Verabredung zum Mittagessen folgte der nächsten, Anrufe im Büro wurden zu Anrufen in ihrem kleinen Appartement, das auf den Capitol Lake blickte. Sie wurden Freunde.

Das war im März gewesen. Jims Software war schnell nach der Präsentation gekauft worden, und die andere Firma hatte fast sofort Melanies Arbeitgeber vom Markt gekauft. Sie hatte eine Sonderzahlung als Kompensation für den Verlust ihrer Arbeit erhalten, aber das würde nicht allzu lange vorhalten. Derzeit arbeitete Melanie in einem Geschäft, das sich auf die Entvirung von Computer-Software und die Wartung von Computern spezialisiert hatte. Es war etwas ganz anderes als die hochfliegenden Träume, die Melanie einmal gehabt hatte. Eigentlich gefiel ihr die Tatsache, dass sie nicht nur mit Geräten zu tun hatte, sondern auch mit Kunden. Vielleicht konnte sie daraus etwas entwickeln. Sie war noch nicht bereit, all ihre Träume aufzugeben.

*

Der 4. Juli dämmerte mit einem wolkenlosen Himmel herauf, der Hitze versprach. Die Vögel sangen in den Bäumen, die Rosen in Wycliff standen in voller Blüte, und eine sanfte Brise vom Sund bewegte die Sternenbanner, die am Rathaus und am Fährhafen gehisst waren.

Dottie klapperte fröhlich mit ihrem Porzellan, während sie den Frühstückstisch deckte. Der Duft von Kaffee und frischgebackenen Blaubeer-Muffins durchzog die Küche. Und zwei Laibe französischen Brots buken im Ofen allmählich zu einem goldenen Braun. Auf dem Herd sprudelte ein Nudeltopf. Rote und grüne Paprika, Tomaten, Kopfsalat und Zwiebeln warteten darauf, in eine große Salatschüssel zu wandern. Ah, der Sommer von seiner schönsten Seite …

Julie kam in die Küche geflogen, bereit für ihre Reportage, griff sich einen Muffin und ein Glas Saft, ohne sich hinzusetzen, und war genauso schnell wieder aus der Tür. Jim und Melanie kamen herunter und setzten sich an den Tisch, immer noch verschlafen und mit der geheimnisvollen Glückseligkeit, die Frischverliebte umgibt. Dottie seufzte wohlig.

Später wurde die Unordnung in der Küche fast chaotisch. Melanie und Dottie arbeiteten an einem Barbecue-Buffet, während Jim den Grill reinigte und bereitmachte. Sie waren alle fröhlich und geschäftig. Zwischendrin kam Luke vorbei und lieferte ein Fass Bier und einige andere Getränke ab. Er musste wieder gehen und sich um die Sicherheitsmaßnahmen rund um die Umzugsroute kümmern. Pattie und Walter kamen, um einen riesigen Crockpot mit Chili abzugeben, bevor sie in die Unterstadt gingen, um einen guten Zuschauerplatz für die Parade zu suchen. Schließlich schickte Dottie Jim und Melanie los, um auch das sommerliche Getümmel zu genießen. Sie würde das Spektakel vielleicht anschauen oder auch nicht. Gerade jetzt war sie einfach nur glücklich, ihre Kinder um sich zu haben und Freunde zu Besuch zu bekommen. Einen Augenblick lang überzog ein Schatten ihr Gesicht, als sie an den Menschen dachte, der in ihrem Leben fehlte. Dann riss sie sich zusammen. Sean würde nicht wollen, dass sie um ihn trauerte, wenn es so viel gab, wofür sie dankbar sein durfte.

Ein paar Stunden später hörte Dottie die Blaskapellen spielen, während sie die Main Street hinunter und die Front Street wieder hinauf marschierten. Es war wirklich heiß geworden, und sie schob noch einen großen Krug frischer Limonade mit Zitronenscheiben in den Kühlschrank. Man konnte nicht genügend kalte Getränke an Tagen wie diesen haben.

„Pappteller?" murmelte sie und überprüfte ihre Liste zum letzten Mal. „Ja. Besteck? Erledigt."

„Sprichst du mal wieder mit dir selbst?" Sie wurde von Finn unterbrochen, der sich durch die offene Tür in die Küche geschlichen und eine große Beerentorte in Rot, Weiß und Blau auf den Küchentisch gestellt hatte. Er grinste sie an. „Sorry, ich wollte mich nicht über dich lustig machen."

Finn hatte in den letzten Monaten eine Menge Selbstbewusstsein gewonnen. Vom verloren blickenden Ausreißer-Jungen und dem schnell reagierenden Helden der Tulpenparade zum fürsorglichen Freund und ehrgeizigen künftigen Profikoch. Dottie sah ihn an und umarmte ihn einfach.

„Finn, mein Junge, du hast einen langen Weg hinter dir, und ich bin stolz auf dich", sagte sie. „Schau, was du schon alles auf die Beine stellst!"

Finn wurde verlegen. „Kann ich noch bei irgendetwas helfen? Soll ich den Grill starten? Oder den Nudelsalat kosten?" Er zwinkerte.

„Nur zu", lachte Dottie. „Es ist Mittagszeit, und ich schätze, ich kann mehr davon zubereiten, wenn's sein muss."

Er ging auf die Hausrückseite, von wo sie ihn am Grill rütteln hörte und bald den sanft-bitteren Rauch verbrennender Holzkohle roch. Dann vernahm sie Schritte auf den Stufen zur Haustür, und Julie kam zurück, das Gesicht schweißnass und ihr Notizbuch voller Gekritzel. „Kann ich nur ein Glas Eiswasser haben, Mom?" fragte sie. „Die Hitze bringt mich um."

Ein paar Minuten später kehrten Jim und Melanie zurück und berichteten begeistert über die Pracht der Parade, die glänzenden Instrumente der Blaskapelle der Feuerwehr, die leckeren gebrannten Mandeln, die ein Süßwaren-Wagen am

Hafen verkauft hatte, die dekorierte Fahrrad-Parade, die Leute vom Museum in ihren Pionierkostümen … Finn kam dazu, und bald war der kleine Hintergarten erfüllt von fröhlichem Gelächter. Pattie und Walter kamen herein, ganz verschwitzt vom Berghinauflaufen und gesellten sich zu Dottie in der Küche, um noch mehr Essen aufzufahren und darüber zu plaudern, wen sie so in der Menge getroffen hatten.

Draußen glitt ein Auto in eine Parklücke und hupte. Die Randoms waren da. Obwohl Dottie befürchtet hatte, sie müssten ihre Verbindung erst wieder erwärmen – immerhin hatten sie einander ein paar Monate lang nicht gesehen – brach der kleine Bobby sofort das Eis, als er hineinrannte und rief: „Finn! Wo ist mein Finn?!"

Alle lachten. Die Erwachsenen schüttelten einander die Hand. Dottie zeigte ihnen, wo sie Essen und Getränke fänden, und bald war da nur noch das friedliche Geräusch von Kauen, klirrendem Besteck und freundlichen Gesprächen zu hören. Bobby ging ein und aus, und wann immer Finn den Grill bediente, schaute er genau zu und folgte jeder von Finns Bewegungen mit eifrigem Blick.

„Magst du helfen?" fragte der Koch mit gutmütigem Grinsen. Bobby nickte mit hoffnungsvollen, großen Augen. „Nun, dann halte diesen Teller mit beiden Händen und lass mich ein paar von den Steaks und Bratwürsten darauf packen. Nicht schräg halten. Und halt ihn gut fest."

Bobby tat es, und seine Zunge glitt in einen Mundwinkel, wo sie so festgeklemmt wurde wie der Teller in seinen Händen. Er war ein Bild der Konzentration. Nacheinander wurden die wunderschön gebräunten Fleischstücke an seinem Gesicht vorbeitransportiert. Schließlich legte Finn die Gabel zur Seite und zauste Bobby die Haare.

„Gut gemacht, Bobby", lobte er. „Jetzt kannst du den Teller hineinbringen und anbieten, okay?" Und der kleine Junge ging sehr langsam und vorsichtig davon, um seine verantwortungsvolle Aufgabe zu erfüllen. Finn folgte ihm hinein.

„So", sagte Mr. Random in seinem Sessel bei einem der Fenster. „Finn, mein lieber, junger Mann! Ähm... Sie haben dich also beim Cordon Bleu in Seattle angenommen, richtig?"

„Das ist so wundervoll!" schwärmte Mrs. Random.

Finn errötete und nickte. „Ich kann's selbst fast kaum glauben. Sie haben mir den ganzen Campus gezeigt." Er schwieg wieder. Er räusperte sich. „Ich kann Ihnen nicht genug für diese Möglichkeit danken, Mr. Random, Mrs. Random. Ich verspreche, Sie werden stolz auf mich sein. Und vielleicht kann ich das Ganze eines Tages zurückzahlen."

Mr. Random lachte. „Du hast es vorausbezahlt, indem du unseren Bobby gerettet hast", sagte er. „Aber weißt du was? Ein lebenslanges Anrecht, an einem deiner Restauranttische zu sitzen, wenn du's mal geschafft hast, wäre ein tolles Abkommen."

Finn hielt seine Hand hin und lächelte. „Abgemacht!" Und Mr. Random schlug ein.

Bobby hüpfte auf und ab. Er wollte verzweifelt gehört werden. „Finn!" rief er. „Finn!"

Finn beugte sich ihm schließlich zu und fragte: „Was?"

„Weißt du, was ich werden will, wenn ich so alt bin wie du?" fragte er und sah Finn erwartungsvoll an.

„Nein, was?" fragte Finn mit ernstem Gesicht.

„Ein Koch!" erklärte der kleine Mann mit wichtiger Miene. „So wie du."

„Aber ich bin noch kein Profi-Koch", sagte Finn amüsiert.

„Aber du wirst einer sein. Und dann bringst du mir das Kochen bei, und du und ich werden ein Restaurant haben. Und Mom und Dad essen da den ganzen Tag."

Alle lachten.

„Hmmm, aber ich dachte, du wolltest Polizist werden?" schlug ihm Luke McMahon vor, der den fröhlichen Geräuschen gefolgt und in den Raum getreten war, gerade als Bobby seine Ambitionen offenbarte.

Bobby schob die Unterlippe gedankenvoll vor und fuhr sich durchs Haar. „Nee", sagte er vorsichtig. „Ich glaube, das ist heutzutage ein bisschen zu gefährlich. Ich tu lieber Bratwürste auf Teller und trage sie herum." Finn brach in Gelächter aus, schluckte es aber rasch wieder hinunter. Er wollte die Gefühle des kleinen Jungen nicht verletzen.

„Nun, offenbar muss ich an meiner Überzeugungskraft arbeiten", zwinkerte Luke den anderen Erwachsenen zu.

Dottie stand auf. „Nimm meinen Stuhl, Luke. Kann ich dir was zu trinken bringen?"

„Es gibt richtig echte Limonade!" verkündete Bobby. „Und Bratwurst!"

Luke lachte. „Nun, sieht so aus, als bekäme ich ein paar Empfehlungen. An die halte ich mich besser."

Schließlich vertieften sich alle wieder ins Gespräch. Später aßen sie Eiscreme und Finns wundervoll süßsaure Beerentorte. Da in so großer Runde in einem ziemlich kleinen Wohnzimmer Brettspiele keinen Sinn hatten und weil es viel zu heiß war, um draußen spazieren zu gehen, begannen sie Spiele wie „20 Fragen", Quizzes und andere Ratespiele zu spielen.

Patties Chili erhielt von jedem begeisterte Kritik, als sie es später verzehrten. Und als es endlich dunkel wurde – Bobby hatten zwischendrein ein Schläfchen gehalten – gingen sie alle nach draußen, um auf das Feuerwerk zu warten. Ein Lastkahn war vor Tagen draußen auf dem Wasser vor Anker gegangen, und Pyrotechniker hatten ihre Vorrichtungen emsig für das lang erwartete Ereignis installiert. Pünktlich um zehn hörte man den ersten Knall an Land, und ein Strahl silberner Funken begann das atemberaubende Schauspiel. Sterne und Blinkbomben, Wasserfallbomben und Ringe, Päonien und Chrysanthemen, Kamuros und Spinnen in Rot, Weiß, Blau und Silber erleuchteten die Nacht volle fünfzehn Minuten lang.

„Ist das nicht schön?" hauchte Dottie.

„M-hm", bestätigte Luke und musste eine Bemerkung unterdrücken, dass er etwas mindestens so Schönes und Funkelndes direkt an seiner Seite hatte.

Melanie lehnte sich an Jim, der einen Arm um sie gelegt hatte, und Bobby saß auf den Schultern seines Vaters, sodass er sehen, aber nicht in die Dunkelheit wegrennen konnte.

„Schade, dass wir so etwas nicht öfter haben", seufzte Pattie.

„Oh, aber wer würde dafür bezahlen?" grummelte der immer praktische Walter.

„Irgendjemand einen Schlummertrunk?" fragte Finn. Er erschien mit einem Tablett voll Gläsern, die mit einer patriotisch gefärbten Mischung gefüllt waren.

„Aber ich will nicht schlummern!" protestierte Bobby. Und während alle lachten, stießen sie miteinander an.

„Auf den Unabhängigkeitstag!" toastete Luke.

Und die anderen stimmten glücklich ein: „Auf den Unabhängigkeitstag!"

*

Lieber Sean,

Es war hart, nicht wehmütig zu werden, als ich dieses Jahr das Feuerwerk über dem Sund betrachtete. Ich erinnere mich an so viele mit Dir an meiner Seite. Das allererste war an einem Silvester in Deutschland, kurz nachdem Du mir den ersten Kuss gegeben hattest. Und später waren es Volksfeste und andere Feiern zum 4. Juli. Sie waren alle wunderschön. Aber in diesem Jahr hatte es eine ganz besondere Atmosphäre, und ich bin mir nicht sicher, warum. Vielleicht weil ich von Menschen umgeben war, die alle Hoffnungen und Träume hegen, die sich bald erfüllen werden.

Für Jim und Melanie zum Beispiel. Sie sind wie für einander geschaffen. Zuerst war ich mir nicht sicher, wie ich reagieren sollte, als Jim mir sagte, er habe eine neue Freundin gefunden. Und als er mir sagte, sie sei auch in der Computerbranche, stellte ich mir eine jungenhafte, ungraziöse Frau vor, die nichts Feminines an sich haben würde. Ich muss zugeben, dass ich manchmal solche Vorurteile habe. Stell Dir also vor, wie überrascht ich darüber war, wie einnehmend sie redet und wie versiert sie auch in „typisch" weiblichen Aufgaben ist. Außerdem ist sie auf interessante Weise hübsch. Wenn Du sie sähest, wüsstest Du, was ich meine. Sie hat diese sprechenden Augen ...

Ich glaube, Jim und Melanie werden beieinanderbleiben. Es würde mich überhaupt nicht überraschen. Da ist ein Knistern zwischen ihnen, das keine Worte oder großen Gesten braucht. Sie gehören einfach zusammen.

Julie ist überglücklich mit ihrem Job als freie Journalistin. Sie hat tatsächlich unterschiedliche Versionen ihres Artikels zum 4. Juli an verschiedene Zeitungen in der Umgebung geschickt, und einige haben sie genommen und gut bezahlt. Sie macht sich also als freie Journalistin allmählich einen Namen. Das mag für den Anfang nicht viel sein, und sie wird sich noch eine Weile darauf verlassen müssen, bei mir wohnen zu dürfen. Aber wer weiß? Vielleicht gibt es irgendwo anders eine freie Stelle – es sei denn John entscheidet sich, sie in die Redaktion des „Sound Messenger" fest einzustellen.

Und dann ist da noch Finn. Er war vor zwei Wochen in Seattle und stellte sich beim Cordon Bleu vor. Er kam glühend vor Begeisterung zurück und erzählte von ihren riesigen Restaurantküchen, den Profiköchen, mit denen er gesprochen hatte, den externen Arbeitsmöglichkeiten, die sie anbieten, und ihren Alumni. Kaum zu glauben, dass er hier erst vor einem halben Jahr aufkreuzte, schmutzig, frierend und hungrig. Und nun ist er ein ambitionierter Koch, der mit Finesse fantastische Gerichte und Gebäck zaubert. Eines Tages kommt er vielleicht gar in den Gault & Millau, wer weiß?!

Oh, und der kleine Bobby ist bereits sein getreuer Schüler. Du hättest sehen sollen, wie er versucht, Finn nachzuahmen. Er meint es so ernsthaft, Koch zu werden, wie es ein Fünfjähriger nur tun könnte. Sehr zum Amüsement aller anderen. Komisch, ich nehme den kleinen Jungen ernst. Manche Träume beginnen sehr früh, und sie können durch ein Vorbild ausgelöst werden. Wir sollten solche Träume unterstützen, denke ich, statt sie zu belächeln. Wer weiß, wie viele Träume wir vielleicht zerschlagen haben, weil wir sie nicht früh genug unterstützten oder nur *halbherzig, während wir unsere mittelmäßigen förderten, die wir für wertvoller hielten?*

Oh, Sean, ich werde philosophisch, statt Dir zu erzählen, wie alles so läuft. Elli hat am 4. Juli Zwillinge geboren – anscheinend hat der Feuerwerkslärm den Ablauf beschleunigt. Jetzt werden ihre Kleinen jedes Jahr Geburtstagsfeiern mit großem Feuerwerk und Paraden haben bis an ihr Lebensende. Ist das nicht ein witziger Gedanke? Sie sagte mir, sie würde so gern wieder in den Laden zurückkommen, wenn sie alt genug seien. Ich habe den Gedanken nicht weiterverfolgt, aber ihren Wunsch registriert.

Sabine besteht immer noch auf ihrer Hochzeit in Hawaii, aber ihre Eltern haben Einspruch dagegen erhoben, die ganze Hochzeitsgesellschaft dorthin einzufliegen. Sie haben sie vor die Wahl gestellt: Glanz und Gloria hier in Washington oder das junge Paar ganz allein in Hawaii. Sie ist absolut hin- und hergerissen, weil ihr Brautkleid bereits maßgefertigt wird. Und was soll man mit einem Kleid mit Reifrock und Schleppe und Rüschen, wenn es niemand sonst sieht? Arme Sabine. Ich denke, es geht ihr immer noch nur um den Showteil der Hochzeit.

Ich erinnere mich so gern an unsere. Sie hatte gerade die richtige Größe mit den richtigen Leuten. Ich hätte nichts daran ändern wollen, nicht einmal rückblickend. Wir hatten so eine glückliche und zufriedene Ehe, Du und ich. Und nun ... vielleicht eines Tages, bald, Jim und Melanie.

Ich vermisse Dich an sommerlichen Sternennächten wie diesen, Liebster.

Deine Dottie

P.S.: Ich habe das seltsame Gefühl, dass Luke McMahon neuerdings nach reichlich Gründen sucht, um vorbeizuschauen. Erst gestern fragte er, ob er mir meine Rosen stutzen solle. Um Himmels willen – im Juli?!

9

August

Das Sommerwetter war typisch für den South Puget Sound und Wycliff. Morgens war alles von dichtem Nebel bedeckt, und es sah fast so aus, als würde der ganze Tag grau und ziemlich trüb bleiben. Aber gegen Mittag brach die Sonne durch die ersten Wolken oberhalb der Klippe und begann, sich durch die sanfte Masse hindurch zu schmelzen, bis die letzten schwebenden weißen Streifen über dem Wasser verschwunden waren. Danach sahen die Menschen in Wycliff einem weiteren heißen Tag entgegen.

„Vergesst nicht: Bitte keine ärmellosen Blusen", erinnerte Dottie ihr Team jede Woche. „Das ist nicht hygienisch. Und es ist kein schöner Anblick, wenn Schweißtropfen eure Arme hinunterlaufen."

„Iiih!" sagte Christine und grinste. Sie liebte Hotpants und ärmellose Blusen in ihrer Freizeit, war aber ausgesprochen gewissenhaft hinsichtlich des Dresscodes bei der Arbeit.

„Ich hoffe nur, es wird nicht so heiß an unserer Hochzeit", jammerte Sabine, die sich doch für eine große Feier in Washington entschieden hatte, da sie gesehen werden wollte, nicht nur beschrieben.

„Nun", bemerkte Dottie trocken. „Stell dir mal vor, welches Wetter du in Hawaii gehabt hättest…"

Es war der Samstag vor Sabines Hochzeit, und sie räumten auf nach einem Tag, an dem die meisten Leute nur hereingekommen waren, um sich abzukühlen, und mit einem Verlegenheitskauf wieder gegangen waren, nachdem sie sich lange genug in den Gängen aufgehalten hatten. Nun plauderten sie drauf los, während jede die ihnen zugeteilte Aufgabe erledigte. Christine füllte die Frischtheke auf mit Leberwurstkringeln und deutscher Lyoner, Blutwurst und Sülze, Päckchen geräucherter Makrele und einem Laib importierten deutschen Butterkäses. Sabine nahm die Aufschnittmaschine auseinander und übergoss die Rotationsklinge mit Seifenwasser. Pattie schob den Staubsauger durch die Gänge, und Dottie reinigte die Schaufenster und dekorierte sie mit einem maritimen Thema.

„Warum heiratest du nicht einfach hier im Park?" fragte Pattie, nachdem sie den Staubsauger ausgeschaltet hatte. Sie schnappte sich ein paar Papiertücher und Windex, um die Scheiben der Frischtheke zu putzen. „Das wäre so eine hübsche Kulisse gewesen."

„Ja", sagte Sabine. „Und es wäre überlaufen von Touristen gewesen. Und dann der Lärm vom Spielplatz daneben – das wäre gar nicht romantisch gewesen. Also diskutierten wir, ob Brown's Point ein guter Ort wäre oder eher Steilacoom. Sie sind beide still und haben eine tolle Aussicht."

„Nun, Steilacoom hat sicher mehr historisches Flair", gab Dottie zu. „Die älteste Stadt in Washington State … all diese schönen Häuser und die Musikbühne im Pioneer Orchard Park als

Hintergrund. Man muss schon sagen – ich würde auch das Rathaus dort einer Freilufttrauung mit wer weiß was für Wetter vorziehen."

„War es schwierig, das Rathaus für euren Empfang zu kriegen?" fragte Christine neugierig, während sie eine große Plastikplane über einige Würste zog, um sie innerhalb der Frischtheke noch wirksamer gekühlt zu halten.

„Ich hatte wirklich Glück, als ich dort anrief", gab Sabine zu. „Man sagte mir, dass sie normalerweise ein Jahr im Voraus ausgebucht seien. Aber ein Paar hatte ganz kurzfristig abgesagt – offenbar heiraten sie einander doch nicht. Und damit hatten wir unsere Buchung." Sie strahlte.

„Die Freude des einen ist der Kummer des anderen", kommentierte Pattie.

„Ihr Kummer wäre größer gewesen, hätten sie zu spät herausgefunden, sie hätten besser nicht geheiratet", stellte Christine fest.

„Wohl wahr", lächelte Dottie. „Jedenfalls habt ihr, du und dein Bräutigam, eine wundervolle Kulisse genau am richtigen Ort für euren ganz besonderen Tag. Wer ist eigentlich für euer Catering zuständig? Wycliff ist ein bisschen zu weit weg, als dass einer der Caterer hier den Job machen wollen würde, richtig?"

„Oh, wir haben einen in Lakewood gefunden", sagte Sabine. „Sie sind auf alle möglichen pazifischen Leckereien spezialisiert. Nicht nur amerikanische, sondern auch asiatische, wohlgemerkt. Das wird sowas von toll!"

„Und was ist mit dem Kuchen?" fragte Dottie. „Wollte den nicht deine Tante Georgia machen?"

„Oh ja, sie bestand darauf!" Sabine zog eine Grimasse. „Sie ist süß, weißt du? Ich meine, sie ist eine so tolle Kuchenbäckerin, aber sie lebt unten in Chehalis. Ich weiß wirklich nicht, wie sie eine dreistöckige Torte mit Dekoration die ganze I-5 hoch und dann die kurvigen, hügeligen Straßen hinunter nach Steilacoom transportieren will. Aber sie hat mir gesagt, ich solle mir keine Sorgen machen."

„Welche Geschmacksrichtungen hast du ausgesucht?" wollte Pattie wissen, die immer für gutes Essen zu haben war.

„Tja, das ist der Haken", seufzte Sabine. „Sie hat mir gar keine Wahl gelassen. Ich hoffe also bloß, dass es nicht zu altmodisch aussieht oder sowas Langweiliges wird wie ein mit Zuckerguss überzogenes Früchtebrot."

„Nun, was gut genug für das britische Königshaus ist, sollte auch für eine amerikanische Verkäuferin ausreichen", ermahnte Pattie. „Früchtebrot kann ausgesprochen köstlich sein!"

„Hast du je eins von der köstlichen Sorte gegessen?" fragte Sabine und drehte die letzte Schraube an der Aufschnittmaschine fest.

Pattie räusperte sich. Dann gab sie zu: „Nein."

Worauf alle lachten. Schließlich gingen sie auseinander.

*

Die nächste Woche verging in freudiger Erwartung von Sabines besonderem Tag. Niemand außer ihrer Familie hatte bis dahin ihren Bräutigam kennengelernt. Sie hatten nicht einmal Fotos gesehen. Sie wussten nur, es würde eine große und extravagante Hochzeit werden, und alle gingen mit sich zu Rate, was sie tragen sollten und was sie schenken sollten, sodass sie weder übertrieben noch – viel schlimmer – zu knauserig wirken würden.

Dottie hatte schließlich die Idee für einen Geschenkgutschein für „The Treasure Chest", Wycliffs schickstes Geschäft für Wohndeko und Accessoires. Sie rollte ihn auf und schob ihn durch den Hals einer durchsichtigen Flasche und füllte dann die Flasche mit hunderten weißer Seidenblumenblättern und glitzernden Swarovski-Steinen. Sie korke sie zu, versiegelte sie mit rotem Wachs, schrieb liebevoll ein Etikett und klebte es auf die Flasche. Eine große weiße Schleife rundete das Geschenk von „Dottie's Deli"-Team ab.

An jenem Sonntag stiegen alle in Patties Limousine, gekleidet in Seide und Taft, Spitzen und Rüschen, mit Handtaschen und Blumenmanschetten. Elli hatte ihre Schwester gebeten, an diesem Nachmittag auf ihre Zwillingsbabys aufzupassen, sodass sie mitkommen und die Hochzeit miterleben konnte. Sie fuhren auf die I-5, kicherten die ganze Strecke über und waren so voll Vorfreude, wie es eine Gruppe Frauen nur sein kann. Der Sonnenschein erhitzte ihre Fantasie, und da der Verkehr gut floss, rollten sie den „Tunnel of Trees" übermütig und entspannt hinunter.

„Schaut, sie haben tatsächlich ein Historisches Museum!" sagte Elli. „Ich frage mich, ob es wie unseres in Wycliff ist."

„Vermutlich nicht", erwiderte Dottie. „Hast du all die „ersten" Dinge auf der Tafel am Stadteingang bemerkt, die sie für sich in Anspruch nehmen? Sie haben vermutlich eine Menge alter Sachen, die nur für diese Stadt spezifisch sind. Wycliff ist so viel jünger – ich habe meine Zweifel, dass wir so alte Ausstellungsstücke haben wie sie."

Endlich bogen sie auf die Main Street ab und sahen das Rathaus ganz in Weiß strahlen. Dahinter glitzerte das Wasser des Sunds. Sie bestaunten den Panoramablick auf das Olympische Gebirge mit seinen weißen Gipfeln in der Ferne. Schließlich fanden sie einen Parkplatz ein paar Straßen weiter weg, als sie geplant hatten. Lachend und plaudernd wackelten sie in ihren hohen Hacken den steilen Hügel hinunter und betraten das Rathaus.

Sabine war eine wunderschöne Braut und glühte vor Glück. Ihr Bräutigam Aaron sah schick aus in seinem hellgrauen Anzug mit edlem Seidenschal und einer Boutonnière am Revers. Auch er strahlte, und sie waren ein äußerst gutaussehendes Paar.

„Wie Milch und dunkle Schokolade", flüsterte Christine.

Dottie lächelte. „Sie sehen auf jeden Fall großartig aus." Ein paar Augenblicke später wurde sie von einer Tante des Bräutigams angesprochen und zum Buffet gebracht.

Tante Georgias Hochzeitstorte stellte sich als immense Kreation mit einer Zuckerdekoration als Abschluss heraus. Sie hatte jede Lage einzeln produziert und transportiert und sie dann im Rathaus zusammengesetzt. Es war eine atemberaubende Schokoladentorte mit Trüffelfüllung und Weiße-Schokolade-Buttercreme außen.

„Sabine muss so froh sein, dass ihrer Tante etwas Anderes eingefallen ist als Früchtebrot", grinste Pattie.

„Es ist mit Sicherheit die beste Torte, die ich seit langem gegessen habe", stimmte Elli zu.

„Das zeigt mal wieder, wie wenig Familien über die Denke ihrer Mitglieder wissen", bemerkte Pattie. „Da zeichnet sie Georgia als altmodische, fantasielose Umstandskrämerin – und dann tut dieselbe Tante alles, um eine Torte zu kreieren, die absolut wundervoll im Design und fantasievoll im Geschmack ist." Sie seufzte, als sie eine weitere Gabel zu sich nahm.

„Vielleicht hat sich ihre Tante verändert", gab Elli zu bedenken.

„Vielleicht ist es einfacher, Menschen so zu sehen, wie man sie sich wünscht, als sich die Mühe zu machen, sie als das zu entdecken, was sie wirklich sind", entgegnete Pattie.

Elli zuckte die Schultern und lächelte. „Wie auch immer. Genießen wir's einfach."

Und sie genossen es wirklich. Eine Band aus Familienmitgliedern und Freunden von Aaron spielte eine Weile, bis ein DJ übernahm. Ein Caterer hatte das Buffet mit herrlichen asiatischen und amerikanischen Fingerfood-Kreationen beladen. Ein Raum nebenan war zum Kinderzimmer umgestaltet worden mit einem Kindermädchen, das sich um die Kleinen kümmerte. Ein Fotograf machte an der Musikbühne im Pioneer Orchard Park Bilder von allen. Und am Ende des Tages stiegen Dottie und ihre Freundinnen wieder ins Auto und fuhren zurück nach Wycliff und zu einer neuen Arbeitswoche.

*

Nicht jeder war in jenem Sommer in Wycliff glücklich. Nicht, dass dies so ungewöhnlich gewesen wäre. Die Touristen bei ihrer glückseligen Erkundung der Unterstadt, beim gedankenlosen Kauf von Dingen, die sie nie wieder betrachten würden, und beim Verkosten lokaler Spezialitäten sahen nicht hinter die saubere und unschuldige Fassade, die diese Stadt am Sund präsentierte. Und nicht einmal jeder Nachbar oder Freund war sich immer der Schwierigkeiten oder Sorgen im Haus nebenan bewusst.

Mike Martinovic hatte vor einer Weile schon angefangen, sich zu sorgen, aber sich nichts über seine Probleme anmerken lassen. Er hatte versucht, sich zusammenzureißen. Er hatte versucht, alles richtig zu machen. Aber er fand sich ausweglos in einer Sackgasse wieder. Und er begann, daran zu verzweifeln.

Als er nach Wycliff gekommen war, war er ein Junge von zehn Jahren gewesen. Seine Eltern waren unter erstaunlichen

Umständen in die Vereinigten Staaten eingewandert. Sein Vater, Dragan Martinovic, war ein Violinist im Jugoslawien Titos gewesen. Und er war so gut gewesen, dass man ihm erlaubt hatte, auch außerhalb der kommunistischen Staaten aufzutreten. Natürlich allein, während seine Familie zurückbleiben musste. Innerhalb des Ostblocks zog die Familie mit ihm, wohin immer er geschickt wurde. Eine Saison hatte Dragan Martinovic ein Engagement in Budapest gehabt, der prachtvollen und pulsierenden Hauptstadt Ungarns. Dort sahen sie ihre Chance, in den Westen zu entkommen, und sie ergriffen sie. Mit fast nichts im Gepäck fanden sie ihren Weg über einen winzigen Dorf-Grenzübergang ins ländliche Österreich und von dort in die Botschaft der Vereinigten Staaten in Wien.

Mike konnte sich nicht daran erinnern, wie es seine Eltern schafften, die Formalitäten richtig zu erledigen und als Einwanderer in die Vereinigten Staaten angenommen zu werden. Alles, woran er sich erinnerte, war eine winzige, beengte Wohnung, die sie irgendwie in einem riesigen, alten Wiener Mietshaus nicht weit vom Stephansdom erhalten hatten. Obwohl es als Gegend der Arbeiterklasse galt, war es so viel besser als das, was sie in ihrem früheren Leben auf der anderen Seite des Eisernen Vorhangs erlebt hatten. Sie hatten eine Waschmaschine in ihrem Appartement. Sie hatten stets Strom und heißes Wasser, und es war warm. Die Möbel waren billig, aber modisch. Es gab reichlich zu essen, und selbst die exotischsten Produkte waren erschwinglich. Die Märkte waren voll. Die Bekleidungsgeschäfte waren farbenfroh. Niemand musste Schlange stehen wegen bestimmter Produkte. Das Fernsehen war eine Mischung unabhängiger Kanäle, jeder mit seinen eigenen politischen Ansichten, aber keiner mit der Botschaft einer kommunistischen Einheitspartei. Die Gymnasien lehrten Englisch, Französisch und Latein anstelle von Russisch und Chinesisch. Aber Michail musste Deutsch lernen, um nicht in der zweiten Klasse hinterherzuhinken. Zum Glück war er ein fleißiger Schüler und holte mit einem Extra-Tutor ziemlich schnell auf. Inzwischen hatte Dragan lokal einige kleinere Engagements und spielte Violine in Weinstuben und bei Hochzeitsempfängen – nicht das, was er erhofft hatte, aber genug, um sie über Wasser zu halten. Die schüchterne Maria, seine Frau, nahm Hemden an und bügelte sie für Fremde, um mit dem Haushaltsbudget auszuhelfen.

Endlich eines Tages zeigten ihm seine Eltern ihre Pässe und Tickets. Die Augen seines Vaters hatten ihren abenteuerlustigen Glanz wiedererlangt, als er ihm sagte, sie würden wieder reisen. Sie bestiegen ein Flugzeug, und Michail hatte zunächst grässliche Angst. Aber die netten Stewardessen halfen ihm und seinen Eltern, sich wohlzufühlen. Er begann, sich also zu entspannen, und wurde gar so mutig, aus dem Fenster zu blicken.

Am Ende standen sie in einer langen Schlange vor der US-Einwanderungsbehörde im Flughafen SeaTac, einer Schlange, die immer länger wurde, da ein Flugzeug nach dem anderen landete und seine menschliche Fracht entlud. Michail und seine Eltern mussten in einem gesonderten Bereich sitzen und eine weitere Stunde warten. Dann winkte ein Beamter sie zu sich an den Schalter und stellte Dragan und Maria eine Menge Fragen, die zumeist Dragan beantwortete, da Maria erst angefangen hatte, Englisch zu lernen. Schließlich durften sie ihr Gepäck abholen gehen.

„Wir sind durch!" freute sich Dragan, als sie die Rolltreppe im Ankunftsbereich jenseits des Zolls betraten. „Wir sind in Amerika!"

Sie wurden von einem Mann begrüßt, der ein Schild trug, auf dem „Martinovic" stand. Sie wurden in einer großen Limousine weggebracht. Michail war völlig verwirrt von all den Abfahrten und Brücken, die er auf ihrem Weg wohin auch immer sah. Draußen war es grau und es nieselte unaufhörlich. Rundum gab es viel dichten Wald. Was er durch die schmutzigen Fenster sehen konnte, waren triste Wohngebiete und Motels entlang der Interstate. Es schien eine Menge Bauarbeiten zu geben, und von dem Fahrer bekam er mit, dass Washington ein Wachstumsstaat sei mit vielen Möglichkeiten für jeden, der unternehmungslustig genug sei, ein eigenes Unternehmen zu gründen. Michail versank wieder zurück in seine eigenen kleinen Gedanken und großen Befürchtungen. Er hatte Angst vor dem Unbekannten, das ihn erwartete. Er war sich nicht sicher, dass er den Mut haben würde, dieses Land zu seiner Heimat zu machen.

Sie kamen in einem Komplex mit zweistöckigen Apartment-Häusern an, die einen Hof mit einem Parkplatz umgaben. Sie stiegen aus dem Auto und wurden zu einer Tür im ersten Stock geführt. Michail spürte, dass hinter Vorhängen oder leicht geöffneten Türen Augen neugierig auf sie blickten. Er fühlte sich wie ein Eindringling und nicht gerade wie ein willkommener. Er sah zu seiner Mutter auf. Marias Gesicht war versteinert, und Michail spürte, dass sie mit ihren eigenen Vorahnungen kämpfte. Der Mann, der sie gefahren hatte, zeigte ihnen das Appartement. Es sah nicht schlecht aus, auch wenn es etwas schimmelig roch und die staubigen Vorhänge schlaff an den schmutzigen Fenstern hingen. Michail würde sogar ein eigenes Zimmer haben. Der Mann besprach einiges mit Dragan, während Maria den Küchenherd und die Kühlschrankeinheit begutachtete. Sie öffnete Geschirrschränke und einen Wandschrank. Schließlich setzte sie sich auf einen Küchenstuhl, vergrub das Gesicht in den Händen und begann zu weinen.

Dragan und der Mann gingen zu ihr, um sie zu trösten. Dann war der Mann weg, und Dragan begann, Maria zu schelten. Er sagte, sie sei undankbar. Sie entgegnete, dass sie erst gar nicht hatte gehen wollen. Michail schlich in sein Zimmer, setzte sich auf den Boden und legte die Hände über die Ohren, um den Streit nicht zu hören.

Im Laufe der Jahre würde sich nicht viel ändern. Dragan wurde von einem Orchester in Seattle und von einem anderen in Tacoma engagiert. Maria hielt sich meist für sich und blieb im Appartement. Sie ging fast nie aus. Samstags begann sie, wie verrückt zu backen und zu kochen, nur um all ihre Kreationen zur orthodoxen Kirche zu bringen, die sie sonntags besuchte. Ihr Englisch blieb gebrochen, und sie blieb unglücklich. Als sie nach Wycliff zogen, leuchtete ihr Gesicht ein wenig auf. Sie hatten jetzt ein eigenes Haus mit Garten. Aber sie bewegte sich selten außerhalb seiner Umzäunung. Es war Michail, der Einkäufe erledigte und mit den Kindern der Nachbarschaft Kontakt aufnahm. Sein Englisch wurde immer besser. Obwohl sie daheim ihren kroatischen Dialekt sprachen, verlor er innerhalb weniger Jahre seinen Akzent, wenn er Englisch sprach. Er lernte eifrig und war ein angenehmer Junge, fleißig und bemüht, es jedem recht zu machen. Seine Lehrer mochten ihn wegen seiner Höflichkeit, seine Klassenkameraden wegen seiner Einfühlsamkeit und seiner Bereitschaft, sich an ihren kleinen Spielen und Streichen zu beteiligen. Als er die High-School schließlich im oberen Mittelfeld abschloss, erinnerte er sich kaum noch an Jugoslawien. Und er schob Gedanken an die Anfangsjahre und die ständige Unzufriedenheit seiner Mutter weit in den Hintergrund.

Er begann ein Studium der Betriebswirtschaft, Buchhaltung und Volkswirtschaft. Um seine Gebühren bezahlen zu können, arbeitete er Nachtschichten bei einem Seven Eleven. Sein Vater war enttäuscht, dass er so gar kein musikalisches Talent zeigte; er bezahlte kaum seine Essenskosten am College. Maria hatte sich in eine eigene Welt zurückgezogen, in der sie ausschließlich Kroatisch sprach und alte Kinderlieder summte. Da sie sehr friedfertig war und sich immer noch um Dragans Haushalt kümmerte, ertrug er sie. Aber er hatte nun eine Geliebte, eine frühere Ballerina, die vor ein paar Jahren eine erfolgreiche Ballettschule eröffnet hatte und daher unabhängig war. Er wusste nicht, ob Maria sich dessen bewusst war. Wenn sie es war, zeigte sie sich bemerkenswert wenig berührt.

Als Michail – oder Mike, wie er sich nannte, seit er in Washington State lebte – mit einem CPA abschloss, wurde er von den Eltern seiner neuen Freundin Sasha mehr gefeiert als von seinen eigenen. Sein Vater gab ihm die Hand und klopfte ihm auf die Schulter. Das war's. Die Eltern seiner Freundin führten ihn in ein Steakhaus aus und bestellten zum Essen Champagner.

Später hätte Michail – oder nennen wir ihn nun Mike – nicht erklären können, warum er sich um einen Job bei einer Bank in Wycliff bewarb und zurück in die Nähe seiner Eltern zog. Vielleicht waren es diese angeborenen slawischen Familienbande, die ihn bei seinen Eltern hielten. Ansonsten hätte er auch überall sonst Arbeit finden können.

Sobald Mike in der Lage war, Miete für eine anständig große Wohnung in Wycliff zu bezahlen, machte er Sasha einen Heiratsantrag, und sie sagte „Ja". Das Hochzeitsdatum wurde festgesetzt, und sie heirateten standesamtlich ohne viel Pomp, da sie beide aus unterschiedlichen Kirchen stammten, aber sich zu keiner besonders zugehörig fühlten. Dragan saß in der letzten Bank, um zu sehen, wie sein Sohn eine eigene Familie gründete. Maria hatte den Trubel am Morgen nicht verstanden und war zu Hause geblieben. Sashas Eltern luden alle zum Mittagessen in ein Restaurant außerhalb der Stadt ein, und Dragan ging mürrisch mit.

Er sagte kaum ein Wort, während er alles aß, was ihm vorgesetzt wurde. Als Mike und Sasha gingen, um ihren Hochzeitsurlaub zu beginnen – sie würden in einem Gasthaus in Port Angeles übernachten – legte Dragan seine Serviette auf den Tisch, nickte Sashas Eltern kurz zu und verschwand einfach.

Als Mike später – viel später – davon hörte, war er beschämt, aber nicht überrascht. Er und seine Eltern hatten sich auseinandergelebt, sobald sie Fuß auf amerikanischen Boden gesetzt hatten. Obwohl physisch unter einem Dach, hatte jeder von ihnen in eine andere Richtung geträumt. Mike benachrichtigte seine Eltern, als Sasha einen Sohn gebar. Sie nannten ihn Prosper, was ein kroatischer Name aber auch ein vielversprechendes englisches Verb war. Ein paar Jahre später wohnten sie Marias Beerdigung bei. Als Dragan wegen eines Engagements weiter wegzog, erfuhren sie nicht einmal davon. Ein kurzer Brief aus dem Büro eines Gerichtsmediziners und eines Notars in Dallas, Texas, über Dragans plötzlichen Tod durch einen schweren Schlaganfall überraschte sie, betrübte sie aber nicht sonderlich. Sie begrüßten den plötzlichen Geldsegen, der diese Nachricht begleitete und es ihnen ermöglichte, ein Haus in einer der schöneren Ecken von Wycliff oberhalb der Klippe zu kaufen.

Prosper war ein kleiner Junge mit niedlichem Gesicht, aber es wurde bald klar, dass er es faustdick hinter den Ohren hatte. Wann immer in der Nachbarschaft Unheil angerichtet wurde, konnte man sicher sein, dass Prosper dahintersteckte. Entweder dachte er sich die Streiche aus oder er inspirierte sie. Er machte sich normalerweise selbst die Hände nicht schmutzig, da er den Streich selbst an seine kleine Bande bewundernder Gefolgsleute delegierte. Ab und zu wurde einer erwischt und bestraft. Auf Prosper wurde hingewiesen, aber es gelang ihm immer, seine Hände in Unschuld zu waschen und davonzukommen. Seine Eltern glaubten ihm. Aber manchmal diskutierten sie für sich, warum Prosper so oft genannt wurde, wenn man etwas Hässlichem auf den Grund ging. War er so unbeliebt, dass jeder Prosper als Schuldigen nannte? Oder war er wirklich der Drahtzieher, als jemand Ms. Divers Spitz eines heißen Sommermorgens aus dem Garten ließ, sodass er durch die ganze Stadt irrte und erst Stunden später völlig dehydriert und halbtot in einem flachen Gezeitentümpel unten am Park gefunden wurde? Und war es Prosper, der andere angestiftet hatte, das gesamte Blumenbeet im Kreisverkehr bei der Mall abzumähen?

Was mit bloßen Streichen begonnen hatte, wurde kriminell, als Prosper dreizehn war. Mit siebzehn, sagte man, habe er Paintballs auf das Rathaus schießen, Reifen auf dem Parkplatz der Mall aufschlitzen und an der örtlichen High-School sogar Marihuana dealen lassen. Mike und Sasha schämten sich, und sie taten ihr Bestes, mit Prosper zu reden und ihn zum Geständnis zu bewegen. Aber Prosper leugnete seine Beteiligung, und sie konnten nur anonym an die Opferfonds der Stadt spenden. Natürlich vermutete man in Wycliff, wer diese ständigen anonymen Spender waren.

Nach dem High-School-Abschluss informierte Prosper seine Eltern, er werde ausziehen und nach Seattle gehen, um dort seinen Lebensunterhalt zu verdienen. Sie baten ihn innigst, zu bleiben und sich weiterzubilden. Prosper schüttelte sie ab und ging trotzdem. Er rief sie selten an. Er schrieb ihnen die alljährliche flüchtige Weihnachtskarte. Aber das war's. Bis Mike eines Morgens sein Foto unter den Haftbefehlen der Polizei in der Tageszeitung fand. Prosper wurde wegen eines Raubüberfalls auf eine Tankstelle gesucht. Sein Bild war per Video festgehalten worden. Mike stöhnte, und Sasha brach in Tränen aus. Was hatten sie nur falsch gemacht? Hatten sie nicht alles getan, um Prosper zu einem ehrgeizigen, gebildeten Mitglied der Gesellschaft zu machen?

Sasha wimmerte, und da merkte Mike, dass sie weinte. „Nun, nun", sagte er und legte seinen Arm um ihre Schultern. Er konnte nicht mehr sagen. Ihm fehlten die Worte.

„Was werden die Leute von uns denken?" schluchzte Sasha.

Mike antwortete nicht. Er hatte keine Antwort darauf. Er trank seine Tasse Kaffee aus und ging zur Arbeit. Eine Stunde später kam er zurück, weiß im Gesicht.

„Sie haben mir nahegelegt zu kündigen", brachte er heraus. „Sie haben gesagt, jemand mit einer Verbindung zu einem Raubüberfall könne nicht für sie arbeiten. Es lasse sie nicht vertrauenswürdig aussehen. Also schlugen sie vor, dass ich kündigen solle, weil es mich besser aussehen ließe. Aber ich habe sie herausgefordert. Ich sagte, das sehe dann so aus, als sei ich mitschuldig. Sie haben mich nicht einmal einer Antwort gewürdigt. Sie haben mich nur angestarrt, bis ich ging."

Sasha, die den Abwasch erledigt hatte, setzte sich. „Und was machen wir jetzt?"

Mike blieb eine Antwort erspart, da es an die Haustür klopfte. Als sie öffneten, standen sie Luke McMahon und ein paar anderen Polizisten aus Wycliff gegenüber.

„Dürfen wir reinkommen?" fragte Luke. Mike hielt die Tür auf und trat zurück. Sie gingen alle ins Esszimmer, wo Sasha versuchte, rasch alles in Ordnung zu bringen. Nicht, dass irgendetwas in Ordnung zu bringen gewesen wäre, aber es schien sie zu beruhigen, etwas mit den Händen zu tun.

„Ich denke, Sie haben schon von der Beteiligung Ihres Sohnes an einem Raubüberfall gehört?" fragte Luke vorsichtig. Mike nickte. Sasha blieb stehen und atmete tief ein, um nicht zu zittern. „Wir fragen uns, ob Prosper letzte Nacht bei Ihnen vorbeigekommen ist."

„Ist er nicht", sagte Mike und räusperte sich.

Luke prüfte sein Gesicht. Er spürte, dass Mike wohl die Wahrheit sagte. Er fand es unglaublich schwierig, mit der Situation umzugehen. Er hatte viel über Prosper als Kind und Teenager gehört. Er hatte gehört, dass Mike ständig alles getan hatte, um die Missetaten seines Sohnes wiedergutzumachen, während er ihn zugleich entschuldigte. Aber aus den gequälten Gesichtern des Paars erkannte er, dass ihnen dieses Mal keine

Entschuldigungen und Erklärungen einfielen. Sie waren völlig erschüttert.

„Nun, wenn er auftaucht oder sich mit Ihnen in Verbindung setzt, rufen Sie mich bitte sofort an", sagte Luke und erhob sich. „Es tut mir sehr leid für Sie. Sie müssen sich deswegen furchtbar fühlen." Sasha erstickte ein trockenes Schluchzen. Luke wandte sich ihr zu. „Die Leute in dieser Stadt wissen, dass Sie anständige Menschen sind. Kinder können fehlgehen, ohne dass ihre Eltern etwas dafür können. Hoffen wir, dass wir ihn rasch finden, zu seinem eigenen Besten."

Prosper rief seine Eltern nicht an. Er tauchte auch nicht bei ihnen auf. Er blieb verschwunden, niemand wusste wohin. Mike fand Arbeit als Buchhalter bei einer Steuerberatung. Er wurde anständig bezahlt, erhielt aber viel weniger als bei der Bank. Sasha begann, bei Safeway in der Harbor Mall zu arbeiten. Gemeinsam bestritten sie ihren Lebensunterhalt, aber es war bitter. Sie unternahmen nichts mehr gemeinsam. Bei Tisch sprachen sie kaum miteinander. Ihre Lebenslust hatte einen Schlag erhalten, von dem sie sich nicht erholten.

Ein paar Jahre nach diesem schicksalhaften Morgen erklärte Sasha, sie könne so nicht weitermachen. Sie wolle das Leben wieder genießen. Sie wolle nicht mehr in Wycliff bleiben, wo die Leute sie und ihre Verbindung zu Prosper kannten. Sie wolle wegziehen. Mike behauptete sich. Am Ende verließ sie ihr Zuhause und zog bei einer Freundin in Seattle ein. Sie bat nie um Scheidung. Aber sie kehrte auch nie zu Mike zurück. Mike arbeitete weiter hart und nahm ohne das Wissen seines Büros zusätzliche Buchhaltungsarbeit für Unternehmen an. Er arbeitete pünktlich und für eine geringere Gebühr als die der Steuerberater. Als die es herausfanden, feuerten sie Mike. Als sie das taten, hatte er bereits genügend Klienten, um einen anständigen Lebensunterhalt zu verdienen.

Noch ein paar Jahre später erhielt er einen Anruf ohne angezeigte Nummer im Display. „Hey Dad", sagte Prosper fröhlich. „Wie geht's?"

Mike hatte gerade sein Abendessen beendet und eine Dose Bier geöffnet, um sich vor den Fernseher zu setzen. Er ließ fast die Dose fallen, als er die Stimme seines Sohnes hörte. „Prosper!" sagte er. „Wo bist du?"

„Oh, ist doch egal", lachte Prosper leise. „Du willst das nicht wissen, glaub mir."

„Du hast uns seit Jahren nicht angerufen, Sohn." Mike ließ sich schließlich in einen Sessel fallen und stellte die Bierdose auf den Boden, wo ihre Kondensation einen feuchten Rand auf dem Teppich bildete. „Ich weiß nicht einmal, wo beginnen."

„Dad, alles ist in Ordnung", sagte Prosper. Dann senkte er die Stimme etwas. „Aber ich brauche gerade ein bisschen Hilfe von dir." Mike horchte auf. „Wo ich zurzeit lebe, ist es ein bisschen knapp geworden, und ich könnte etwas finanzielle Unterstützung gebrauchen."

„Du brauchst Geld", stellte Mike fest.

Prosper lachte trocken. „Immer geradeheraus! Ja, ich brauche Geld."

„Wieviel?"

„Nun, acht oder neun wären toll."

„Hundert?" fragte Mike.

„Tausend", korrigierte Prosper. „Und dringend."

„Sohn, worauf hast du dich eingelassen?"

„Ich muss Schluss machen, Dad. Ich melde mich wieder." Und damit legte Prosper auf. Mike starrte den Hörer an, als habe er ein eigenes Leben. Langsam legte er ihn hin und schloss die Augen. In welche schlimmen Dinge war sein Sohn noch verwickelt?

Ein paar Tage später rief Prosper wieder an. Mike nahm den Hörer misstrauisch auf.

„Hey Dad", sagte Prosper. „Hast du das Geld?"

„Was glaubst du, wer ich bin, Sohn?" entgegnete Mike. „Ich bin nicht so reich, dass ich dir mal eben neuntausend Dollar geben kann. Ich muss eine Hypothek abzahlen."

„Ach Dad, ich bin mir sicher, du findest einen Weg", sagte Prosper munter. „Du hast mich noch nie im Stich gelassen. Komm schon – es ist das letzte Mal, dass ich dich um einen Gefallen bitte."

Mike seufzte. „Weißt du, wie häufig ich von dir schon gehört habe, es sei ‚das letzte Mal'?"

„Ich weiß, aber diesmal stimmt's wirklich. Danach bin ich fertig."

Mike schüttelte den Kopf und bemerkte dann, dass sein Sohn ihn nicht sehen konnte. „Hör zu, Prosper. Ich weiß nicht, ob ich einen Weg finde."

„Oh, das klingt, als hättest du schon eine Idee! Hör mal, ich rufe dich in ein paar Tagen wieder an, in Ordnung?" Klick.

Mike dachte, der Boden müsse sich unter ihm auftun. Er hatte keine neuntausend Dollar, wie er die Situation auch drehte und wendete. Da war die Hypothek, und er schickte Sasha immer noch monatlich Geld, da sie immer noch seine Frau war und Unterstützung brauchte. Er wollte seine Hypothek nicht beleihen – Menschen hatten ihr Zuhause wegen weniger als einem Kredit für neuntausend Dollar verloren. Er erwartete keinen plötzlichen Geldsegen, da es erst die Jahresmitte war. Sein Büro war am geschäftigsten von Dezember bis Ende Februar. Wo konnte er also eine andere Quelle finden? Er lief im Wohnzimmer auf und ab, er zerbrach sich den Kopf, bis er schmerzte. Endlich fand er eine Lösung.

*

Lieber Sean,

Du wirst nicht glauben, was passiert ist. Ich bin immer noch völlig schockiert und absolut zornig. Ich hätte nie geglaubt, dass so etwas im friedlichen, schönen Wycliff passieren könnte. Aber offenbar kann selbst im ansehnlichsten Apfel der Wurm sein. Obwohl der Begriff „Wurm" im Vergleich zu einer rücksichtslosen, kriminellen Person eine Beleidung für den Wurm ist.

Gestern gegen Mittag kam Tiffany in den Laden, und ich habe sie noch nie so atemlos gesehen. Sie war fast hysterisch, und ich musste sie in den begehbaren Kühlschrank bringen, um sie buchstäblich abzukühlen. Sean, unser gesamter Fond für die Viktorianische Weihnacht ist verschwunden! Wir hatten achttausend Dollar zusammen, und sie sind WEG! Es macht mich verrückt und wütend, und ich möchte schreien, und ich muss weinen. Aber das bringt das Geld auch nicht zurück.

Tiffany war gestern Morgen durch die Bücher der Handelskammer gegangen, da sie nachsehen musste, wieviel wir noch brauchen, um die neue Beleuchtung für die vier Straßen und ihre Seitenstraßen in der Unterstadt zu kaufen, für den Weihnachtsbaum und für das Weihnachtslieder-Singen an Heiligabend. Die Handelskammer gibt an dem Abend normalerweise heißen Apfelsaft und Lebkuchen aus. Sie musste es wissen, da sie Angebote verschiedener Elektriker erhält, die Spezialisten für dekorative Außenbeleuchtungen sind.

Sie ging auch zur Bank und fragte nach den Konditionen zum Abheben des Gesamtbetrags aus dem Konto gegenüber der Abzahlung der Rechnungen auf Raten. Rate, was für ein Gesicht sie gemacht haben muss, als der Angestellte ihr sagte, tatsächlich sei gar nichts auf dem Bankkonto. Nicht ein einziger Cent. Und als sie zum Schließfach ging, sah sie, dass die üblichen tausend Dollar in kleinen Scheinen ebenfalls verschwunden waren. Die *einzige Person außer ihr als Vorsitzender der Handelskammer, die Geld abheben konnte und einen Schlüssel zum Schließfach besaß ... war der Kassenwart. Und er ist die eine Person, von der man nie angenommen hätte, dass er je etwas Schlechtes tun würde. Mike Martinovic ist ungefähr so brav und grau wie eine Maus.*

Tiffany ging also zu seinem Haus, wo er auch seine Buchhaltung hat. Und rate mal – er öffnete nicht. Und sein Auto war weg. Als Tiff durch die vorderen Fenster guckte, sah es aus, als habe er alles gepackt und sei für immer weggegangen. Also rannte sie zur Polizeiwache und sprach mit Luke. Und dann ging sie von Kammermitglied zu Kammermitglied, um herauszufinden, ob irgendjemand etwas über den Verbleib des Geldes oder von Mike wisse. Aber anscheinend weiß keiner etwas.

Luke kam gestern Abend ins Feinkostgeschäft, bevor ich es schloss, um mit mir einen schnellen Drink nebenan zu nehmen und mich nach Hause zu begleiten. Er war offensichtlich genauso verärgert. Er sagte, er habe so eine Ahnung, dass in Wirklichkeit Prosper Martinovic die Fäden gezogen habe. Aber letztlich ist es egal, wer dahintersteckt. Es war Mike, der die Entscheidung getroffen hat, den Handelskammerfond für die Viktorianische Weihnacht zu stehlen.

Weißt Du, was das bedeutet? Und was es für mich bedeutet, Sean? Unsere Viktorianische Weihnacht findet am Ende vielleicht gar nicht statt. Das Ereignis, auf das ich mich so gefreut habe und für das ich das ganze Jahr gearbeitet habe, findet vielleicht gar nicht statt. Und alles wegen der Gier eines Verbrechers und der unentschuldbaren Nachsicht seines Vaters. Ich weiß, Du würdest mir sagen, ich solle mich beruhigen, da meine Aufregung die Situation in keiner Weise verändert. Und Du hast vermutlich wie immer Recht. Das ist eine riesige Enttäuschung für mich. Da sitzt jemand im Komitee und gibt vor, einer von uns zu sein, während er die ganze Zeit erwägt, seine Hände auf die Früchte unserer gemeinsamen Bemühungen zu legen. Es tut weh. Es tut unglaublich weh!

Aber was mich wirklich zu Tode beunruhigt, sind die Konsequenzen, die diese Unterschlagung für mich haben wird. Ich hatte mich auf ein großes Tourismus-Ereignis verlassen, das mein Bankkonto angemessen genug füllen würde, um uns in der ruhigeren Zeit zwischen Neujahr und der Tulpenparade über Wasser zu halten. Wenn es kein Event gibt, muss ich entweder zwei meiner Mädels entlassen, weil ich ihren Lohn nicht zahlen kann. Oder ich falle mit meiner Kreditrückzahlung zurück. Was letztlich bedeutet, dass ich das Haus verkaufen müsste – und das würde nicht viel erbringen, weil darauf noch eine hohe Hypothek lastet. Wie auch immer ich es betrachte, es muss dringend etwas passieren. Und ich habe schreckliche Angst vor dem, was passiert, wenn nichts passiert.

Luke hat sofort verschiedene Ermittlungswege aufgenommen. Natürlich hat man sofort Mikes Frau in Seattle angerufen, aber sie schien nichts von dem zu wissen, was hier in Wycliff vor sich geht. Luke sagte mir, dass sie und Mike schon seit einigen Jahren getrennt gelebt hätten und dass daran im Grunde ihr Sohn schuld ist.

Kannst Du Dir das vorstellen, Sean? Ist es nicht schrecklich, dass ein Kind so bösartig ist, dass es die Ehe seiner Eltern zerstört? Und dass es offensichtlich sogar seinen Vater in die Kriminalität treibt? Ja, ich weiß, das sind Vermutungen, aber sie ergeben einen Sinn, nicht wahr?

Jede andere Neuigkeit scheint im Vergleich dazu geringfügig. Finn ist bereits nach Seattle gezogen, um sich auf sein erstes Studienjahr am Cordon Bleu vorzubereiten. Er wird im „Le Quartier" sehr vermisst, wird aber während der Ferien zurückkommen.

Margaret hat einen neuen Freund, und sie hat all ihre Schaufenster zum Thema Liebe dekoriert. Ich frage mich, ob das ein Hinweis darauf ist, wie ernst sie es meint oder wie verwirrt sie ist. Du weißt, dass ich sie sehr mag, aber ich verstehe sie einfach nicht mit ihren plötzlich und ständig wechselnden Beziehungen.

Julie kämpft immer noch ihren Kampf mit John vom „Sound Messenger". Sie versucht, ihn zu überzeugen, dass die Zeitung ohne sie nicht funktionieren kann. Er argumentiert damit, dass im Sommer immer viel los sei und dass er sie während der Wintermonate ohnehin nicht regelmäßig bezahlen könne.

Jim ruft mich jedes zweite Wochenende an. Er scheint total glücklich in seiner Beziehung zu sein. Ich habe ihn noch nie so entspannt gehört. Ich habe so eine Ahnung, dass sie früher oder später heiraten werden. Aber das kann natürlich auch der Wunschgedanke einer liebenden Mutter sein.

Was den Feinkostladen betrifft – Sabine ist wieder bei der Arbeit und scheint sehr glücklich mit dem Ehemann zu sein, den sie für sich gefunden hat. Allen anderen geht's wie sonst. Abgesehen von dem großen Schatten, den Mikes Verrat über uns alle geworfen hat. Ich sollte nicht so viel darüber nachdenken. Das bringt das Geld auch nicht zurück. Ich sollte lieber vorausdenken. Aber das bedeutet immer eine triste Stadt über Weihnachten. Und das ist auch nicht verlockend.

Ich weiß, ich sollte mehr Vertrauen haben. Ich weiß, ich sollte darum beten, dass etwas passiert, das unser Viktorianisches Weihnachten doch noch geschehen macht. Ich weiß, dass es auch nächstes Jahr noch gibt. Ich weiß. Ich weiß ...

Sean, könntest Du unsere kleine Angelegenheit vor Seine Ohren dort oben bringen? Vielleicht hört Er ja eher auf Deine ruhige und leise Darstellung als auf mein Schimpfen ...

In Liebe, Dottie

10

September

„Ich bin so zornig darüber. Ich habe nicht einmal Lust, am Sonntag zum Clam Chowder Wettkochen zu gehen", sagte Dottie zu Lee Anne Minh, als sie an einem milden Septembertag die Stufen zum Rathaus von Wycliff hinaufstiegen. Labor Day stand vor der Tür, und eine Menge Sommerbesucher der Stadt waren noch da, obwohl die Tage merklich kürzer und kühler geworden waren. Das Bürgerzentrum präsentierte einen Vortrag über „Kultur und Verbrechen im Wycliff der Goldenen Zwanziger" und hatte nichts für eine kurzfristige Notfallsitzung der Handelskammer verfügbar. Da Bürgermeister Thompson als Gast geladen war, hatte er einen Konferenzraum im Rathaus zur Verfügung gestellt. Letztlich betraf der veruntreute Fond für die Viktorianische Weihnacht die ganze Stadt Wycliff, nicht nur eine Gruppe zumeist kleiner bis mittelgroßer Unternehmen.

Das Rathaus von Wycliff war ein imposantes Gebäude an der Main Street. Es nahm einen ganzen Block ein und lag gegenüber dem alten Jachthafen, der neben dem Fährhafen lag. Anfang des 20. Jahrhunderts erbaut, waren seine Wände mit abstrakten Friesen dekoriert, die die Ära des Art Deco vorausahnen ließen. Die Fenster des Erdgeschosses wurden oben durch Friese abgeschlossen, während im ersten Stock jedes Fenster andere, stilisierte Pflanzen in seinen dekorativen

Steinmetzarbeiten vorwies. Über den riesigen Eingangstüren war ein großer Balkon. Und erst das Innere des Gebäudes! Marmortreppen, Mahagonigeländer und jene fantastischen Buntglasfenster, die das gesamte Foyer (wenn man die Eingangshalle so nennen konnte) in einen Regenbogen von Farben tauchten. Dottie war tief beeindruckt, dass sie so ein Rathaus hatten und dass ihre Sitzung ernst genug genommen wurde, dass man sie heute Abend hier ausrichtete.

Der Konferenzraum im Erdgeschoss war allerdings etwas weniger beeindruckend. Er enthielt ein Whiteboard, ein Sammelsurium alter Stühle und zu einem Rechteck aufgestellte ausgemusterte Tische unterschiedlichen Alters und verschiedener Marken. Der Blick ging hinaus in den Hinterhof des Rathauses, wo wenige auserwählte Angestellte jeden Morgen ihren Parkplatz fanden. Als Dottie und Lee Anne eintraten, waren schon einige Kammermitglieder da, aber alle waren angespannt und still. Es fühlte sich an, als betrete man ein Vakuum. Alle hatten schon Platz genommen. Sie flüsterten, sei es aus Ehrfurcht vor ihrem Versammlungsort oder wegen der Schrecklichkeit des Vorfalls, der sie überhaupt erst hierhergebracht hatte. Um Punkt sieben waren alle da, und Chief McMahon, der es als Letzter zur Sitzung geschafft hatte, glitt leise auf den leeren Stuhl neben Dottie.

Bürgermeister Thompson eröffnete die Sitzung. „Liebe Freunde von der Handelskammer, ich bin froh, Ihnen für die Sitzung heute Abend unseren Konferenzraum anbieten zu können, auch wenn der Anlass dafür herb ist. Ich habe meine Sekretärin

Limos und ein paar herzhafte Snacks bereitstellen lassen. Bitte bedienen Sie sich also während der Sitzung. Ich danke Ihnen, dass Sie mich eingeladen haben, der Diskussion beizuwohnen, und auch unseren guten Freund, Chief McMahon, der uns später etwas Einblick in die Untersuchung geben wird, soweit er das darf. Jetzt übergebe ich den Sitzungshammer in Tiffanys fähige Hände und überlasse ihr die Leitung der Sitzung. Vielen Dank." Er setzte sich.

„Danke, Clark", lächelte Tiffany. Aber ihr Lächeln erreichte ihre Augen nicht ganz, da die Angelegenheit, mit der sie sich befassen würden, viel zu ernst war. „Sie sind alle von mir über den Grund für unsere Notfallsitzung informiert worden. Daher werde ich alles jetzt nur kurz zusammenfassen. Jedes Jahr organisiert und implementiert die Handelskammer in Wycliff die Viktorianische Weihnacht, die vom Ersten Advent bis zum 6. Januar stattfindet. Wir ziehen monatlich einen bestimmten Prozentsatz vom Gewinn jedes Mitglieds ein, um dieses große Ereignis zu finanzieren, das Touristen aus der ganzen Region und sogar aus Kanada und Kalifornien anzieht. Im Gegenzug bringt das Event Wycliff Gewinn und ein Image, das man nur als unbezahlbar bezeichnen kann. Dieses Jahr wollten wir eine neue Beleuchtung kaufen und den Rest für das Weihnachtslieder-Singen vor dem Rathaus verwenden. Da ich einige interessante Angebote für neuartige Beleuchtungsmittel und -installationen erhalten hatte, ging ich zur örtlichen Bank, um deren Meinung zur günstigsten Finanzierung zu erbitten. Ich war mir ganz sicher, dass wir die Mittel hätten und dass es nur eine Frage dessen wäre, das Bestmögliche daraus zu machen, da wir ja noch ein paar Monate bis Weihnachten haben, um unseren Fond weiter aufzustocken. Sie können sich nicht mein Entsetzen vorstellen, als Mrs. Wheatfield, die Leiterin der Bank, mir sagte, es sei tatsächlich gar kein Geld auf unserem Konto. Sie sagte mir, es sei alles abgehoben worden von … von …" Tiffany holte tief Luft. „Mike Martinovic, unser Kassenwart, hat Papiere vorgewiesen, die es ihm ermöglichten, die Gesamtsumme abzuheben. Und da er einen der Schlüssel zum Schließfach hatte, entnahm er ihm auch alles Bargeld. Kurz: Wir sind hinsichtlich dieses Events bankrott. Wir haben nichts. Absolut gar nichts." Sie stand da mit erhobenen Händen, ihr Gesicht ein Bild völliger Ratlosigkeit.

„Aber sind wir nicht durch irgendeine Versicherung gedeckt?" wollte eines der Mitglieder wissen.

„Das Abheben wirkte völlig legal", antwortete Tiff. „Der Fehler liegt bei uns. Unsere Satzung hätte eine Klausel haben müssen, nach der ein Abheben nur in Gegenwart mindestens zweier bestimmter Personen möglich gewesen wäre. Das hatten wir nicht. Mike handelte soweit legitim."

„Gibt es eine Chance, dass wir unser Geld wiedersehen?" fragte jemand anders.

Tiff wandte sich an Luke McMahon. „Ich bin mir sicher, unser Polizeichef hat darauf eine Antwort. Könntest du uns bitte sagen, was du uns zu deiner Untersuchung mitteilen darfst, Luke?"

Luke nickte und erhob sich. „Danke, dass Sie mich heute Abend eingeladen haben. Ich weiß, Sie wollen alle dringend wissen, wo ihr Geld ist und falls oder wann wir Mr. Martinovic stellen werden. Auf beides habe ich gegenwärtig keine Antwort. Bisher haben wir Mrs. Martinovic in Seattle kontaktiert, die offensichtlich nicht im Bilde war, was hier unten passiert ist. Sie hat seit ein paar Monaten nichts von ihrem Mann gehört. Aber sie sagte, es sei höchst unwahrscheinlich, dass Mike aus eigenem Antrieb so gehandelt habe. Sie sagt, ihr Sohn Prosper stecke vermutlich hinter der Veruntreuung." Hier flüsterten einige Kammermitglieder aufgeregt miteinander. „Ich weiß, Leute, das ist unschön zu hören. Aber wir haben seit Jahren keine Spur von Prosper Martinovic, obwohl das FBI Vermutungen zu seinem aktuellen Aufenthaltsort hat. Und sein Vater ist vermutlich von ihm zur Veruntreuung getrieben worden. Auch seine Spur hat sich bislang verloren. Das heißt, dass, wenn wir einen von ihnen kriegen, das Geld höchstwahrscheinlich weg ist."

„Sind Sie sich sicher, dass Sie alles tun?" ließ ein Schlauberger vernehmen.

Luke biss die Zähne zusammen. „Wollen Sie meinen Job machen, Sir?" fragte er. „Offenbar haben Sie ein paar Ideen, die wir noch nicht verfolgt haben." Dann wandte er sich wieder an Tiffany. „Natürlich werden wir Bescheid geben, sobald wir mehr zu diesem Fall wissen. Um es zusammenfassen: Wir kooperieren mit dem FBI wegen einer mutmaßlichen Verbindung zu Prosper

Martinovic. Wir werden das Geld vermutlich nicht zurückholen können, aber wir versuchen unser Bestes." Er setzte sich wieder.

Dottie lächelte ihn ermutigend an. „Lass das nicht an dich ran", flüsterte sie.

Er lächelte grimmig zurück.

„Vielen Dank, Luke", sagte Tiffany. „Die Situation ist also klar. Ohne Geld kann unsere Viktorianische Weihnacht dieses Jahr nicht durchgeführt werden. Wir werden zwar noch eine kleine Summe zusammenbringen, aber das reicht nicht aus für das Gesamtevent. Clark, kann die Stadt eventuell mit irgendeinem Notfallfond einspringen?"

Bürgermeister Thompson runzelte die Stirn und schüttelte langsam den Kopf. „Unsere Budgets werden am Jahresanfang geplant und verteilt. Die Stadt hat einen kleinen Notfallfond, aber der ist für Überschwemmungen im Winter, Reparaturen nach Erdrutschen und Ähnliches. Er darf nicht angerührt werden. Da wir im Frühjahr rund um die Oberstadt größere Straßenbauarbeiten hatten, sind unsere Budgets fast ganz aufgebraucht. Ich sehe schlicht keinen Weg."

„Was bedeutet, dass wir dieses Jahr keine Viktorianische Weihnacht haben werden", fasste Tiffany zusammen. „Was auch einen großen Bruch in unserer Tradition bedeutet, eine Menge negativer Publicity, sehr viel weniger Tourismus im Dezember und deutlich weniger Umsatz für alle Unternehmen in Wycliff."

„Das ist furchtbar", flüsterte Lee Anne Dottie zu.

Dottie nickte. Sie war den Tränen nahe vor Enttäuschung und Zorn. „Ich kann nicht glauben, dass das passiert."

„Ich könnte mit den Leuten von der Feuerwehr und unserer Polizeiwache sprechen, ob wir zumindest einen Teil der Einnahmen von unserem Clam Chowder Wettkochen der Viktorianischen Weihnacht beisteuern können", bot Luke an.

„Das ist ein freundliches Angebot, Luke", antwortete Tiffany. „Aber wir alle wissen, dass das für die Familien der gefallenen Kameraden im Regierungsbezirk bestimmt ist. Nimm also unseren Dank an, aber belass es, wie es ist. Irgendwelche weiteren Vorschläge?"

Jeder suchte in jedem Gesicht nach jenem Funken plötzlicher Erleuchtung. Aber niemand kam auf mehr als ein halbherziges „Ich werde darüber nachdenken". Sie fühlten sich betrogen, überwältigt, zornig, enttäuscht, besorgt. Die Mischung der Gefühle machte jegliche weitere Diskussion ergebnislos, und Dottie war unter den ersten, die gingen.

„Darf ich dich nach Hause begleiten?" fragte Luke. Sie nickte und griff nach ihrer Strickjacke. Draußen war die Luft stark abgekühlt, und sie fröstelte.

„Das wird ein langer Winter", seufzte sie.

„Er wird nur so trüb, wie wir es zulassen", antwortete Luke.

*

Der Sonntag des Clam Chowder Wettkochens war einer jener sonnigen, klaren Tage, die typisch für den September am Puget Sound sind. Die Luft war scharf und frisch. Die Wildgänse hatten ihre Reise gen Süden angetreten, und auf Dock 7 im Jachthafen drängten sich die Seehunde in der Morgensonne zusammen.

Im Uferpark herrschte bereits reges Treiben. Polizisten und Feuerwehrleute schleppten Klappbänke und -tische heran. Einige von ihnen trugen mächtiges Kochgerät und Kühler herbei. In der Nähe baute sich ein Popcorn-Stand auf. Ehefrauen brachten Brot und Maiskolben. Die ersten Besucher gingen über das Areal und gerieten in den Weg einiger Männer, die Lautsprecher und Mikrofone an der Konzertmuschel aufbauten. Überall herrschte heitere Stimmung, und niemand hätte gedacht, dass dies vermutlich das letzte Event der Stadt in diesem Jahr sein würde.

Schließlich hatten die Feuerwehr und die Polizei insgesamt 15 Kochstationen aufgestellt. Das Ticketzelt wurde von einigen Ehepartnern im Schichtwechsel besetzt. In einem anderen Zelt stand die Wahlurne. Es würde Vorführungen geben, wie man ein Feuer löscht. Und ein separater Stand erzählte die Geschichte beider Abteilungen und einiger größerer Vorfälle für sie in der Vergangenheit Wycliffs.

Dottie war von Luke überredet worden, doch an dem Spaß teilzunehmen. Selbst wenn es das letzte Stadt-Event des Jahres sein mochte, würde es doch Spaß machen. Sie hatte endlich nachgegeben und nun spazierte sie von Station zu Station und sah zu, wie die Männer kochten, und genoss die verschiedenen Düfte, die in der Luft schwebten. Einige waren ziemlich würzig, andere sahnig und fast süß, einige hatten einen Hauch Tomate in sich, wieder andere verdampften Pfeffer und Zwiebeln. Sie war fast trunken von der wundervollen Aromenvielfalt. Sie blieb stehen und schloss die Augen.

„So schlimm?" neckte sie Lukes Stimme von der Seite.

„So gut!" lächelte Dottie. „So etwas macht mich einfach dankbar für die Fülle, die wir haben, und die Kreativität, die sie uns verleiht."

„So ist es." Luke wedelte seinen Arm in Richtung seiner Kochstation. „Ich hatte eigentlich auf Hilfe in Form deiner Kreativität gehofft. Könntest du mir bitte beistehen?"

Sie sah ihn verwundert an. „Ich bin mir nicht sicher, dass ich so kreativ bin", warnte sie ihn. „Was soll ich denn für dich tun?"

Er nahm einen frischen Löffel, tauchte ihn in den Chowder und hielt ihn ihr entgegen. Dottie nahm ihn, pustete vorsichtig darauf und kostete.

„Nicht schlecht", sagte sie.

Luke stöhnte. „Das heißt, es ist auch nicht wirklich gut. Ich wusste es. Ich hätte es einfach nicht tun sollen."

„Oh Luke, komm schon!" lachte Dottie. „Das ist ein Wohltätigkeitsevent. Und du hast dich dazu angemeldet."

„Nein, habe ich nicht."

„Was?!"

Luke grinste. „Ich habe mich nicht angemeldet. Der Mann, der's getan hat, hat die Magengrippe und musste schlicht absagen. Also bin ich für ihn eingesprungen. Hätte es doch einfach lassen sollen. Das wird man mir ewig vorhalten."

Dottie legte den Kopf schief. „Gibt es eine Regel, nach der du alle Zutaten bis zu einem bestimmten Zeitpunkt hierhergebracht haben musst?" fragte sie schlau. Luke schüttelte den Kopf. „Nun, dann lass mich ein paar kurze Besorgungen machen – ich bin ganz schnell wieder zurück."

Luke sah erleichtert aus. Sie winkte und eilte davon. Eine halbe Stunde später kehrte sie mit einem Korb voller Papiertüten und Grünzeug zurück.

Als sie auszupacken begann, musste Luke lachen. „Das sieht aus, als wolltest du dem Chowder eine mediterrane Richtung verleihen."

Dottie lud Fenchel aus und begann, ihn zu hacken. „Du hast so Recht, Chief!" Sie widmete sich nun auch dem Schneiden frischen Estragons. Dann entkorkte sie eine Flasche Weißwein.

„Badischr Grohbr... Ich kann nicht lesen, was das ist", erklärte Luke, als er Kräuter und Gemüse hineinrührte.

„Badischer Grauburgunder. Das ist, was du einen Pinot Grigio einer der sonnigsten Regionen Deutschlands, Baden, nennen würdest. Er schmeckt frisch, kräftig und eher trocken und passt wundervoll zu Fisch und Schalentiergerichten. Man kann ihn auch ausgesprochen gut dazu trinken."

„Wow, du klingst wie eine Sommelière", sagte Luke. „Hast du das irgendwo gelernt?"

Dottie grinste. „Manchmal sind Dinge aus der Vergangenheit ganz nützlich. Ich war ziemlich geschickt, wenn es darum ging, Wein und Gerichte zu kombinieren, als ich vor einem halben Leben in einem kleinen Café in Deutschland arbeitete." Sie goss großzügig von der goldenen Flüssigkeit in den sahnigen Eintopf. Luke rührte darin um und tropfte etwas vom Kochlöffel auf seinen Probierlöffel. Er kostete und schloss die Augen.

„So schlecht?" fragte Dottie, plötzlich besorgt, sie hätte am Ende doch zu viele Zutaten hinzugefügt.

„Überirdisch", grinste Luke. „Das ist ein Gewinner!" Er umarmte Dottie. „Das könnte das erste Mal sein, dass unsere Polizeiwache nach all den Jahren die Trophäe erhält."

Dottie klatschte in die Hände. „Wäre das nicht toll?!

Eine laute Rückkoppelung von der Bühne unterbrach ihre fröhliche Unterhaltung. Noch etwas Knistern, und dann tönte Bürgermeister Thompsons Stimme durch den Uferpark. „Guten Morgen und willkommen zum 20. Clam Chowder Wettkochen an diesem herrlichen Tag in Wycliff! Wir haben hier eine Reihe Köche von der Polizeiwache und der Feuerwehr, die um die Trophäe dieses Wettbewerbs kämpfen, die Goldene Chowder-Schale." Er hielt eine glänzende Trophäe empor. „Es ist egal, ob Sie aus Wycliff kommen oder ob Sie zu Besuch sind – kaufen Sie ein Ticket und kosten Sie sich durch 15 delikate Chowder-Varianten, kreiert von Polizisten und Feuerwehrleuten. Der Erlös kommt vollständig Familien gefallener Kameraden zugute." Er blickte sich um. „Übrigens, meine Herren von der Polizeiwache, ich denke, es ist höchste Zeit, dass Sie ein Zeichen setzen und die Schale gewinnen. Sie ist schon so lange im Besitz der Feuerwehr, dass die inzwischen glauben, sie gehöre ihnen wirklich." Die Menge lachte. „Holen Sie sich also Ihr Ticket, kosten Sie, und wählen Sie. Wir werden den Gewinner um drei Uhr heute Nachmittag bekanntgeben. Bleiben Sie hier und genießen Sie's!"

Einige Leute klatschten, andere gingen direkt zum Ticketstand und bildeten eine Warteschlange. Eine Folkband stieg auf die Bühne, und nach einigem Stimmen begann sie mit einem Lied, das Dotties Fuß zum Wippen brachte, während sie Luke half, Schale um Schale mit ihrem duftenden Clam Chowder zu füllen.

„Wie nennen Sie das?" fragte ein kleiner, fetter Mann.

Luke sah Dottie hilflos an. „Ich wusste nicht einmal, dass es einen Namen haben sollte", sagte er.

„‚Picker's Choice' nennen wir es", behauptete Dottie und zwinkerte Luke zu.

„Danke", sagte der Mann und aß drauf los. Er kaute, schluckte, nahm wieder davon und schloss die Augen. „Scheint so, als hätten Sie den richtigen Namen gewählt", nickte er und machte ein Kreuzchen neben Lukes Stationsnummer auf seinem Ticket.

„Du hast das Schicksal versucht!" Luke gab vor, Dottie zu schelten. „Was, wenn er es schrecklich gefunden hätte?"

„Dann wäre auch das seine Wahl gewesen", lachte Dottie. „Du musst zuversichtlicher sein, Luke. Ich habe in Restaurants an der ganzen Küste schlechteren Chowder gegessen. Deiner ist wirklich köstlich. Hab Vertrauen."

Sie wurden vom Nächsten unterbrochen, der ihnen eine Schale hinhielt, und bald hatte Dottie vollauf damit zu tun, Chowder zu schöpfen, während Luke den nächsten Kessel aufsetzte. Es wurde heißer und heißer, und die Menge ließ nicht ab. Noch um zwei Uhr nachmittags standen Leute Schlange zum Ticketkauf, und Luke hatte zwei weitere Kessel zubereiten müssen, um der Nachfrage nachzukommen. Dottie freute sich, in seinem Team zu sein. Sie arbeiteten reibungslos zusammen und warfen sich zwischendrin fröhliche Worte zu. Um halb drei wurde die Abstimmung beendet, und Bürgermeister Thompson zog sich mit Tiffany Delaney und Pastor Wayland zum Auszählen ins Zelt zurück.

Dottie händigte die letzten Schalen aus, als Paul vorbeikam. „Hi Leute", sagte mit glücklichem Lächeln. „Ich wünschte, ich hätte eher kommen können, aber wir hatten alle Hände voll zu tun mit Mittagsgästen. Wie habt ihr euch inzwischen geschlagen? Und kann ein alter Freund eine Schale umsonst bekommen?"

Luke lachte leise und füllte eine für Paul. „Lass es dir schmecken."

Paul zwinkerte. „Ich habe das Gerücht gehört, dass heute jemand von einem Kochfernsehkanal Wycliff besucht. Er hat euren Clam Chowder als den besten aller Zeiten gelobt. Obwohl er sagte, er habe das Gefühl, dass ihr für euer Gericht noch nicht wirklich einen Namen hättet."

„Auweia", sagte Dottie. „Das muss der Mann gewesen sein, der mich schnell etwas hat ausdenken lassen." Paul nahm seinen ersten Löffel. „Und? Wie schmeckt es dir?"

Paul leckte sich die Lippen. „Wow – nun, ich würde sagen, das ist etwas völlig anderes. Es ist nicht Neuengland, erinnert aber daran, während es gleichzeitig eine französische Note hat. Was für einen Wein habt ihr benutzt?"

„Du kannst herausschmecken, dass da Wein drin ist?" Luke war verblüfft.

Paul lachte heraus. „Luke, wenn ich eine der offensichtlichsten Zutaten eines Gerichts nicht erkennen würde, hätte ich meinen Beruf verfehlt." Er genoss seinen Chowder sichtlich und leckte, als er aufgegessen hatte, seinen Löffel noch einmal extra ab. „Wenn ihr hier fertig seid – würdet ihr mir bitte euer Rezept aufschreiben? Ich hätte das sehr gern auf unserer Speisekarte."

Luke wurde rot. „Im Ernst? Es ist so gut, was?"

Paul blickte ihm in die Augen. „Du hast keine Ahnung, wie gut, Chief!"

Die Band hatte aufgehört zu spielen, und ein Knistern über die Lautsprecher signalisierte allen, dass Bürgermeister Thompson nun das Ergebnis bekanntgeben würde. Dottie drückte ihre Daumen, und Luke sah grimmig drein, um seine Anspannung zu verbergen.

„Meine Damen und Herren", verkündete Clark Thompson. „Wir haben unsere Gewinner. Der dritte Platz geht an ein würziges Clam Chowder Manhattan-Art, genannt „Down in Flames", von Feuerwehrmann Sam Watts." Sam ging zur Bühne und kletterte unter dem Applaus der Menge hinauf. Einige seiner Kollegen pfiffen.

„Den zweiten Platz hält ein New England Clam Chowder namens „Smoke 'n' Critters" – wenn ich es nicht selbst gekostet hätte, hätte mich der Name total abgeschreckt, Philip Nouveau. Du solltest für deine Kreation einen attraktiveren Namen suchen. Komm herauf, alter Freund." Unter Gelächter und Schulterklopfen ging der zweite Feuerwehrmann auf die Bühne.

„Nun, sieht so aus, als wäre die Feuerwehr auch in diesem Jahr wieder richtig stark", sagte Clark, und Lukes Schultern sackten herunter. Ein paar seiner Männer hatten sich unterstützend um seine Station gedrängt. Sie traten unruhig auf der Stelle und murmelten Flüche.

„Aber nicht stark genug", schmunzelte Bürgermeister Thompson.

Dottie sah Luke an und wurde nervös. Lukes Gesicht war angespannt, und er biss die Zähne zusammen. Seine Polizisten stießen einander in die Seite. „Ich wette, du wirst es doch noch", sagte einer von ihnen zu Luke.

„Still", sagte Luke nur.

Die Menge verstummte und wartete auf die Bekanntgabe des Gewinners. „Dieses Jahr, zum ersten Mal in der 20-jährigen Geschichte des Wycliff Clam Chowder Wettkochens darf die Polizeiwache die Goldene Schale mit nach Hause nehmen." Pfeifen und Gejohle. „Und es ist, als hätte der Koch dieses besonderen Chowders eine Ahnung gehabt, dass seine geheimen Zutaten ihm diese Terrine mit einem kunstvollen Gemisch gewinnen würde, die er … ‚Picker's Choice' nannte!" Dottie kreischte vor Freude und hüpfte auf und ab. Luke nahm sie in seine Arme, und plötzlich fühlte sie seine Lippen in einem herzlichen Kiss auf den ihren, bevor er sie losließ und auf die Bühne kletterte. „Chief Luke McMahon, Mann, ich wusste nicht, dass so etwas in dir steckt!" Clark gab Luke eine männliche Umarmung. „Glückwunsch! Ich weiß nicht, was du mit deiner Brühe gemacht hast: Ich wollte mir einen Nachschlag holen. Aber die Schlange an der Station war zu lang." Jubel der Menge, High-Fives unter den Polizisten. „Hier ist deine goldene Schale, Chief. Das ist mehr als verdient."

Luke lächelte, seine Gesichtsmuskeln noch nicht wieder völlig entspannt. „Soll ich jetzt etwas sagen?" fragte er Clark halblaut. Clark nickte. „Nun", sprach Luke ins Mikrofon. „Ich schätze, ich muss allen danken, die für uns gestimmt haben, was uns endlich diese Bescherung eingetragen hat." Mehr Pfeifen und Jubel. „Aber ich muss zugeben, dass ich an einem Punkt völlig verloren gewesen wäre und die kulinarische Finesse von jemandem benötigte, den inzwischen jeder kennt und liebt, seit sie in die Stadt gekommen ist. Wenn sie nicht rettend eingegriffen hätte, hätten Sie ein fades Mischmasch schlucken dürfen. Danke, Dottie Dolan, dass du meinen Ruf als Koch gerettet hast!" Er streckte die Hand nach ihr aus, um sie auf die Bühne zu holen. Sie schüttelte den Kopf. Aber sie strahlte.

*

An jenem Abend schaute Dottie lange dem Sonnenuntergang von der Plattform am oberen Ende der Treppe zur Unterstadt zu. Die Farben verschmolzen von einem letzten Glimmen eines fast weißen Gelbs zu lebhaften Orange- und Rosatönen hin zu einem weichen Lavendelblau und einem dunklen Violett. Wie sie so stand und schaute, tauchte ein Schwarm Mauersegler durch das schwindende Licht und fand seinen Weg heim ins Nest. Die Luft war mild, und die Lichter der Stadt sprangen eines nach dem anderen an, bis ein Fenster nach dem anderen wieder dunkel wurde. Die Zikaden sangen. Und dann kam Dottie wie der Blitz eine Idee. Sie eilte nach Hause und schrieb Tiffany Delaney eine E-Mail. Danach ging sie zu Bett, aber wälzte sich bis in die frühen Stunden der Dämmerung schlaflos hin und her.

Innerhalb von ein paar Tagen gelang es Tiffany, eine zweite Sitzung der Handelskammer einzuberufen, dieses Mal an ihrem gewohnten Ort im Bürgerzentrum. Obwohl es ziemlich kurzfristig war, sah Dottie zu ihrer Erleichterung, dass sich bis auf ein oder zwei Mitglieder alle die Zeit genommen hatten, ihre Idee zu diskutieren. Ihr war ein bisschen flau. Und plötzlich war sie sich nicht mehr sicher, ob die Idee wirklich so großartig war.

Tiffany schlug ihren Hammer auf den Tisch vor sich, und die Gespräche im Raum senkten sich zu einem Gemurmel und verstummten. „Guten Abend allerseits", sagte Tiffany. Eine summende Antwort der Mitglieder. „Zuallererst: Wir haben noch immer keine Nachricht über den Verbleib von Mike Martinovic oder unserem Geld." Zorniges Zischen aus dem Hintergrund folgte. Tiffany erhob die Hände mit der Bitte um Ruhe. „Also hat sich prinzipiell die Situation nicht geändert."

„Deshalb habe ich nicht meine Tennisverabredung heute Abend geopfert", sagte jemand. Und jemand anders beschwerte sich: „Ich habe jetzt meine Lieblingssendung im Fernsehen verpasst. Wofür?"

„Nun", lächelte Tiffany. „Ich verspreche Ihnen, dass ich Sie nicht umsonst zusammengerufen habe. Denn eines unserer Mitglieder hat vielleicht tatsächlich eine Idee, wie wir unsere Lage überwinden können."

„Hat jemand plötzlich eine Erbschaft gemacht?" scherzte eine männliche Stimme.

„Leider nein", fuhr Tiffany ungerührt fort. „Aber es könnte trotzdem unsere Zeit wert sein."

„Das wäre auch besser", antwortete dieselbe Stimme, aber mit weniger Feuer als zuvor.

Tiffany sah sich im Raum um und blickte prüfend in die Gesichter. Einige blickten ängstlich, andere runzelten besorgt die Stirn, nur wenige schienen von der Situation unbeeindruckt, aber doch interessiert. „Lassen Sie mich Folgendes fragen: Wer glaubt, sein Unternehmen wird nicht davon beeinträchtigt, wenn die Viktorianische Weihnacht oder jegliches andere Winterevent ausfällt?"

Drei Personen, sie selbst eingeschlossen, hoben die Hand. Tiffany nickte. Bonny Meadows' „Flower Bower" konnte sich tatsächlich vollständig auf die Einheimischen verlassen. Ihr eigenes Landschaftsbau-Unternehmen ebenfalls. John Minors Zeitung würde einfach über andere saisonale Geschichten berichten und sich immer noch verkaufen. „Also würde die ganze Stadt schlimme Einbußen in ihren Geschäften spüren. Behalten wir das im Kopf, während wir uns Dottie Dolans Idee anhören. Vielleicht hilft uns das bei der Entscheidung, ob ihr Vorschlag machbar ist. Dottie, würdest du uns bitte erzählen, was du dir ausgedacht hast?"

Dottie spürte, wie Hitze in ihrem Gesicht aufstieg, und ihre Hände fingen an, heftig zu zittern, als sie sich räusperte. „Ich hoffe, ich werde Sie nicht enttäuschen." Sie stockte, und einen Augenblick lang dachte sie, sie könne nicht weitermachen. Aber ein freundlicher Stupser von Tiffany ermutigte sie genug.

„Wie Sie wissen, habe ich mein Feinkostgeschäft erst vor etwas über einem halben Jahr eröffnet. Pattie May und ich haben unser Erspartes hineingesteckt, aber wie so viele Neugründungen haben wir auch einen Kredit aufnehmen müssen. Keinen sehr hohen, aber für mich hoch genug, dass ich jeden Cent zweimal umdrehe. Die Viktorianische Weihnacht war das Event, das mir das ruhigere Quartal des nächsten Jahres überbrücken sollte. Ohne es werde ich keine Kreditrückzahlungen machen können. Ich müsste eine weitere Hypothek auf mein Haus aufnehmen. Und das habe ich erst vor 20 Monaten gekauft. Sie sind also im Bilde. Wenn nichts passiert …" Sie konnte den Satz nicht beenden, denn ihr kamen die Tränen. Dann riss sie sich wieder zusammen. „Tut mir leid, ich bin einfach vor Sorge außer mir." Sie nahm einen Schluck Wasser aus dem Glas, das Tiffany vor sie hingestellt hatte.

„Wir haben alle Angst, Schätzchen", sagte eine ältere Dame mit Riesendauerwelle und extravagantem Schmuck.

„Lass uns deine Idee hören", drängte Bob Simmons und nickte ermutigend. Er war einer von denen, die mindestens die Hälfte ihres Dezembergewinns einbüßen würden, wenn keine Touristen in die Stadt kämen.

Dottie lächelte ihn zittrig an. „Neulich sah ich die Sonne über der Stadt untergehen, und ich sah Licht um Licht verlöschen, wie ein umgekehrter Adventskalender. Und das brachte mich auf eine Idee. In Deutschland haben wir seit sehr langer Zeit die Tradition des Adventskalenders. In den vergangenen zwanzig Jahren oder so haben sich mehr und mehr Städte selbst in Adventskalender verwandelt. Einige Rathäuser oder Kaufhäuser dekorieren 24 Fenster eigens zu diesem Zweck. Andere Städte überlassen das der Kirche und lassen 24 Gemeindeglieder ihre Fenster schmücken und an einem bestimmten Datum zwischen dem 1. Dezember und Heiligabend erleuchten. Es gibt sogar geführte Touren von Fenster zu Fenster, bei denen gesungen wird und Geschichten erzählt werden." Sie blickte umher und sah, dass alle ihr interessiert zuhörten. Lee Annes Gesicht hatte einen verträumten Ausdruck, und Bill „Chirpy" Smith beugte sich vor und machte sich hastige kleine Notizen.

„Okay, hier ist also meine Idee: Jedes Unternehmen reserviert eines seiner Fenster für einen Stadt-Adventskalender zwischen dem 1. und dem 23. Dezember. Diese Fenster müssen besonders dekoriert werden und bis zum Tag ihrer Enthüllung abgedeckt sein. Ab diesem Tag ist das Fenster vollständig präsent und die Fassade ganz beleuchtet, aber Extra-Aktivitäten sind nur am Tag der Fenster-Enthüllung notwendig."

„Und wer entscheidet, was besonders ist und was nicht?" wollte jemand wissen.

„Ja, genau, und was ist mit denen, die ihr Fenster bis zum letzten Tag verdeckt haben?"

„Na, ich will bestimmt nicht zu denen gehören", beschwerte sich ein dritter.

Tiffany ließ ihren Hammer erneut fallen. „Ruhe bitte! Seien Sie nicht auf Dottie sauer. Stattdessen sollten wir alle froh sein, dass sie – anders als der Rest von uns – eine Idee hat, und ihr zuhören."

Dottie sah Tiffany dankbar an. „Ich weiß, es nicht für jeden einfach. Wir könnten große Zahlen und Dekorationen auf die Läden malen, die unsere Fenster abdecken. Sodass es klar ist, dass das Fenster Teil des Adventskalenders ist und Neugier für den Laden erzeugt, auch wenn es noch nicht enthüllt ist."

Tiffany nickte. „Dann schauen wir mal das Für und Wider hinsichtlich des Budgets an."

Dottie nahm noch einen Schluck Wasser. „Nun, einer der Pluspunkte wäre, dass wir während der gesamten Zeit der Viktorianischen Weihnacht keine stadtweiten Aktivitäten durchführen müssten, sondern immer nur ein Unternehmen ins Scheinwerferlicht rückten. Das spart jedem viel Geld. Ich weiß, es ist ein Dilemma. Wenn man unter den letzten ist, deren Fenster enthüllt werden, benötigt man viel weniger für eine festliche Ladenbeleuchtung, aber man zieht vielleicht auch nicht so viele Leute an wie sonst. Ich habe keine Lösung dafür." Sie lächelte verlegen. „Wir brauchen also Freiwillige als erste und letzte oder eine Lotterie."

„Warum nicht eine Kombination aus beidem?" schlug Paul vor. „Unser Bistro könnte sicher hineininvestieren, der Erste zu sein – ich meine, wir gehören zu den Punkten, die Touristen anlaufen. Wir müssen eher früher als später weihnachtlich aussehen, und unser Budget reicht für eine höhere Stromrechnung."

„Wir könnten warten", bot Bonnie Meadows an. „Unser Laden verkauft viel zu Dezemberanfang. Wir können also genauso gut eine besondere Dekoration etwas näher an Weihnachten zeigen, um eine neue Ladung Kunden anzuziehen, nachdem die erste Welle abgeflaut ist."

Tiffany benutzte wieder ihren Hammer. „Vielen Dank. Sollen wir das Event weiter diskutieren?"

„Sicher", sagte Bob. „Was passiert mit der restlichen Stadtbeleuchtung und dem Weihnachtsbaum? Was ist mit dem Weihnachtslieder-Singen vor dem Rathaus an Heiligabend? Irgendwelche Ideen dazu?"

Tiffany sah Dottie fragend an. Dottie sprach erneut. „Wir haben noch ein paar Monate vor uns, um Geld zusammenzubekommen. Wir müssten die alten Dekorationen noch einmal benutzen – keine neuen LED-Sachen und so." Sie zuckte die Schultern. „Es ist nicht ideal, aber da niemand unsere ursprünglichen Ideen dazu kennt, wird es keinen großen Unterschied für unsere Besucher machen. Sie lernen lediglich ein neues Konzept kennen, nicht eine weniger attraktive Stadt."

Dottie fühlte sich weniger sicher, als sie sich während der letzten Worte anmerken ließ. Sie schwitzte Blut und Wasser. Ihr war übel vor Anspannung. Sie würde mehr in ihre Dezember-Schaufenster-Präsentation als geplant investieren müssen … oder sie könnte gleich ihr Geschäft und ihr Haus für so viel wie möglich verkaufen. Was derzeit nicht viel wäre, da der Markt von Immobilienangeboten überflutet war. Sie blickte mit flehenden Augen in die Runde. Wenn niemand mit einer weiteren Idee käme und ihre Idee abgelehnt würde, waren ihr Geschäft und ihre private Existenz dem Untergang preisgegeben.

„Höre ich weitere Vorschläge oder Fragen?" fragte Tiffany. Die Leute diskutierten in kleineren Gruppen oder machten sich einige kurze Notizen. Also musste Tiffany sich wiederholen. Endlich hatte sie wieder ihre Aufmerksamkeit. Die Stille machte deutlich, dass niemand etwas zu dem Gesagten hinzuzufügen hatte.

„Möchten Sie lieber diesen Plan diskutieren? Oder warten, bis sich jemand anders etwas anderes einfallen lässt? Oder wollen Sie darüber abstimmen?"

„Wie lange haben wir, um darüber zu entscheiden?" fragte ein junger Mann besorgt. Er war als Repräsentant der Jachtklub-Marina geschickt worden. „Ich fürchte, ich darf keine Stimme abgeben."

„Nun, je früher wir eine Entscheidung treffen, desto besser", antwortete Tiffany. „Unser Planungskomitee muss handeln können." Sie fragte erneut: „Will irgendjemand dies hier weiterdiskutieren?"

„Ich denke, niemandem wird etwas Besseres einfallen, das uns weniger kostet", sagte Paul und erntete zustimmendes Gemurmel.

„Stellt jemand einen Antrag?" fragte Tiffany.

„Ich beantrage, dass das diesjährige Weihnachtsevent wegen unvorhergesehener finanzieller Schwierigkeiten ein

Adventskalender sein wird wie beschrieben von Dottie Dolan", rief Paul.

„Ich unterstütze den Antrag", sagte Lee Anne.

„Alle einverstanden?"

Dottie sah ringsum erhobene Hände und hörte ein dröhnendes „Ja".

„Jemand dagegen?"

Im Raum blieb es still. Dotties Augen füllten sich plötzlich mit Tränen der Erleichterung.

„Nun, dann ist Dotties Idee angenommen. Nun zur Lotterie …"

*

Lieber Sean,

Du hast es wahrscheinlich kommen sehen. Ich nicht. Luke hat mich beim Clam Chowder Wettkochen geküsst. Er hat mich total überrascht. Ich meine, ich hatte ihm nur dabei geholfen, ein paar andere Zutaten als alle anderen in seinen Chowder zu geben, und ich habe dabei auch eher nur geraten. Ich hatte keine Ahnung, dass es ihm den ersten Platz und der Polizeiwache die Goldene Schale bringen würde, das erste Mal in zwanzig Jahren. Ich denke daher, er war etwas überwältigt, obwohl ich zugeben muss, dass es mir gefiel.

Es gefiel mir sogar sehr. Er ist ein guter Mann, Sean, und wenn Du ihn kennen gelernt hättest, hättest Du zugestimmt.

Obwohl das ein Paradox ist, da ich ihn zu Deinen Lebzeiten nie geküsst hätte und Du mein Liebstes warst, mein geliebter Schatz. Ohje, ich bin so verwirrt, und ich weiß nicht, was richtig ist.

Nachdem wir die Station aufgeräumt hatten und die Männer alle Bänke und Tische zum Lager der Feuerwache zurückgebracht hatten, lud Luke mich zum Abendessen ins „Le Quartier" ein. Er sagte, er wolle unsere jungen Freunde unterstützen, wann immer nur möglich. Wir hatten so ein wunderbares Abendessen, und ich fürchte, ich hatte ein bisschen zu viel von ihrem aromatischen Chianti. Denn als Luke mich heimbrachte und wir oben auf der Klippe waren, drehten wir uns um, um noch einmal über die Stadt und das Wasser zu blicken und die Sterne anzuschauen. Und da schlang Luke erneut seine Arme um mich ... Ich habe ihn zurückgeküsst, Sean. Ich konnte mir nicht helfen. Er gab mir das Gefühl, so gewollt zu werden und so sicher, so begehrenswert, so kostbar zu sein. Und ich fühle mich manchmal so einsam.

Natürlich habe ich das keiner meiner Freundinnen hier erzählt. Aber ich habe mit Jim telefoniert. Ich vertraue ihm am meisten, dass er den Mund hält. Er lächelte buchstäblich durchs Telefon, Sean. Es war, als habe er eine Ahnung gehabt, dass Luke versucht „mich zu erobern", wie er es ausdrückt. Er sagte einfach, ich solle es genießen.

Julie war allerdings etwas ganz anderes. Ich hatte es vorhergesehen, aber ich hatte nicht erwartet, dass sie weinen würde. Ich musste all meinen Mut aufbringen, mit ihr über das

Thema zu sprechen. Ich sprach mit ihr erst zwei Tage später, als wir beim Abendessen saßen. Sie sah mich völlig ungläubig an und erklärte schlicht, ich könne ihr das nicht antun. Dann zählte sie alle Gründe auf, warum ich allein bleiben müsse. Im Prinzip stellte sie es so dar, dass ich für den Rest meines Lebens eine Nonne bleiben müsse, da ich Dir Treue geschworen hätte. Dann brach sie in Tränen aus und verriet, woher das alles rührte.

Sie macht sich solche Sorgen um ihre berufliche Zukunft, und John hat ihr keine Hoffnung gemacht, dass sich ihr Status nach Labor Day ändern würde. Sie versucht also, ihre Artikel an drei verschiedene Zeitungen und eine lokale Radiostation zu verkaufen. Aber am meisten regt es sie auf – und das sind ihre Worte – „dass es so unfair ist. Du hast den zweiten ernsthaften Liebhaber und ich nicht einmal meinen ersten".

Natürlich überzeichnet sie das Bild im Kopf. Luke und ich sind nur gute Freunde. Ich werde lange brauchen, bis ich wieder jemanden liebe. Ich werde nie jemanden so lieben, wie ich Dich liebe, Sean. Ergibt das einen Sinn? Aber ich spüre, dass, ja, Luke jemand ist, bei dem ich mich wieder verstanden und geborgen fühle. Es gibt nicht UNSERE ausgelassene, jugendliche Leidenschaft zwischen Luke und mir. Es fühlt sich nur … warm an.

Zu etwas anderem. Ich bin vielleicht auf eine Lösung zu unserem üblen Problem mit dem Viktorianischen Weihnachtsevent gekommen. Als Kind hatte ich einen dieser wundervollen Adventskalender mit 24 Geschichten, der auch ein

Poster mit leeren Flächen enthielt. *Während meine Mutter oder mein Vater allabendlich eine Geschichte vorlas, schnitt ich die dazugehörige Illustration aus und klebte sie auf die ihr zugewiesene Fläche auf dem Poster. Kurz: Das einst schwarze und leere Poster wurde zu einer lebhaften Szene, als eine Adventsgeschichte nach der anderen gelesen wurde. Interessanterweise funktionieren eine Menge deutscher Städte während des Advents auf ähnliche Weise.*

Ich schickte Tiffany noch am selben Abend eine E-Mail und erzählte es ihr. Die Kammer traf sich dazu kurzfristig, und alle erklärten einstimmig, sie wollten es versuchen. Wir werden also nicht alle Unternehmen auf einmal beleuchten, sondern jedes Unternehmen der Kammer wird einen Tag zwischen dem 1. und dem 23. Dezember haben, an dem es ein besonderes Fenster und eine Weihnachtsaktion präsentiert. Die Fenster werden von außen und von innen bis zur Enthüllung verdeckt. Selbst die Fassaden werden bis zu diesem spezifischen Datum nicht beleuchtet. Jeden Tag bis Weihnachten wird die Unterstadt ein bisschen heller. Und an Heiligabend haben wir unser traditionelles Weihnachtslieder-Singen vor dem Rathaus mit dem beleuchteten Christbaum, der bis zum 6. Januar steht. Wir ließen eine Lotterie entscheiden, wer wann sein Fenster öffnet. Unser Laden hatte solches Glück – wir bekamen den 6. Dezember! Nun, Du weißt, was das bedeutet.

Bürgermeister Thompson hat sich bereiterklärt, die Kosten für die Weihnachtsbaumbeleuchtung zu übernehmen. Es geht also los. Unser Laden wird eine „Nikolaus"-Feier mit spezieller Schaufensterdekoration präsentieren. Danach bleiben wir bis zum 6. Januar beleuchtet. Margaret wird ihre Aktion am 10. Dezember fahren. Die Kinder von nebenan werden den Kalender eröffnen – sie haben sich tatsächlich freiwillig gemeldet. Sie werden wahrscheinlich tipptopp geschmückt haben.

Ich mache mir allerdings immer noch Gedanken wegen der Krippenszene. Ich habe Holzskulpturen von Maria und der Krippe gekauft, um sie unter den städtischen Weihnachtsbaum zu stellen. Es wäre so schön, auch einen Joseph zu haben. Aber ich schätze, das ist ein Projekt für nächstes Jahr, da unsere Budgets einfach nicht mehr erlauben. Ich weiß, ich bin albern und altmodisch. Und ich höre Dich hinzufügen „ ... und hartnäckig".

Es wird auch keine neue Beleuchtung geben. Wir müssen die alten Birnen verwenden. Die Unterstadt wird nicht auf einmal, sondern Stück für Stück beleuchtet werden. Der Wunschbaum, an den ich gedacht hatte, wird auch auf irgendwann in der Zukunft warten müssen. Es wird nicht Aktionen in der gesamten Stadt geben, sondern eine einzige bei jeweils einem anderen Unternehmen täglich. An Heiligabend sind wir dann alle illuminiert und feiern wie gewöhnlich vor dem Rathaus.

Ich bin glücklich, Sean. Zum ersten Mal, seit Du gegangen bist, bin ich wieder glücklich. Ich fühle, ich gehöre dazu. Zu dieser Stadt und zu diesen Menschen. Und vielleicht ein bisschen zu Luke. Nun, ich muss zugeben, mehr als ein bisschen. Ich habe eine aufrichtige, dicke, warme Verliebtheit für ihn entwickelt. Macht es Dir etwas aus?

Ich bin mir sicher, ich werde nie aufhören, Dich zu lieben.

Deine Dottie

11

Oktober und November

„Ich verstehe einfach die Hälfte der Halloween-Dinge nicht", grübelte Dottie, während sie den Laden zusperrte. Pattie wartete neben ihr, um mit ihr nach Hause zu gehen. „Sie öffnen sogar temporäre Halloween-Geschäfte, wo immer sie eine Mietfläche finden. Da ist eins in der Mall, wo der Möbelladen geschlossen hat. Und nach dem 1. November sind sie alle, wohin auch immer, wieder verschwunden."

„Sie müssen gutes Geld einbringen", stimmte Pattie zu. „Nur für ein paar Wochen zu öffnen, Leute einzustellen und dann wieder zu schließen."

„Wenn sie denn nicht woanders einen Weihnachtsladen eröffnen und danach einen Partyladen oder was immer die Mode der Saison ist." Dottie drehte sich um. „Die Hälfte ihrer Kostüme ist außerdem ziemlich dünn. Ich schätze, man geht mit ihnen nicht zum „Trick or Treat", wenn man sich nicht einen abfrieren will oder darunter ausgesprochen erotische Skiunterwäsche trägt."

Pattie kicherte. „Lass uns gehen", sagte sie. „Mir wird jetzt schon kalt, obwohl ich meinen dicken Herbstmantel trage."

Der Oktober war bis dahin arbeitsreich gewesen. „Dottie's Deli" hatte gute Geschäfte gemacht, da die Football-Saison mit Herbst-Barbecues und Picknicks im Haus an Fahrt gewann. Auch schien Dotties Laden seit ihrer erfolgreichen

Unterstützung der Chowder-Kochbemühungen der Polizeiwache noch mehr Kunden gewonnen zu haben. Julies Artikel über den Gewinner, Luke McMahon, und seinen Chowder war in vier Lokalzeitungen gedruckt und digital erschienen, und ihr schlauer Hinweis, dass Dottie in der Unterstadt Wycliffs ein deutsches Feinkostgeschäft besäße, hatte noch mehr Menschen dazu gebracht, es während ihres Besuchs zu erkunden.

Die Dekoration der Schaufenster hatte sich von maritimen Themen zu Herbstlaub und echten Kürbissen, Maiskolben und Vogelscheuchen gewandelt. „Ich mag einfach nichts Unheimliches in meinen Fenstern", wehrte Dottie die Bitte ihrer jüngeren Teammitglieder um eine Halloween-Dekoration ab. „Könnt Ihr Euch wirklich vorstellen, dass jemand etwas kaufen möchte, wenn ich Spinnen, Schädel oder Knochen zwischen die Lebensmittel im Schaufenster platziere?"

„Du könntest es bei einem Hexenhut und schwarzen Katzen belassen", schlug Christine vor. „Und es ganz in Orange und Schwarz halten."

„Aber dies ist ein deutsches Delikatessengeschäft", machte Dottie klar. „In Deutschland gibt es kein Halloween außer in ein paar Party-Lokalitäten. Es gibt keine Tradition für das blöde „Trick or Treat" oder gruselige Masken. Und ich werde nicht so tun, als gäbe es das. Wir haben traditionell ein wunderschönes Erntedankthema im Herbst, und dabei bleibt es."

Sie mussten nachgeben und taten es murrend. Aber Sabine hatte die Idee, dass sie sich zu Halloween verkleiden könnten, und da Dottie ihre Mädels nicht trübselig sehen wollte, wo alle anderen Spaß hatten, gab sie nach. Vielleicht war sie ein altes Fossil, vielleicht war sie dickköpfig, dass sie an deutschen Regeln in ihrem deutschen Laden festhielt. Aber sie würde das nicht auf die Persönlichkeiten ihres Teams ausdehnen.

Hier war also der Tag vor Halloween, und sie hatten zu diesem Anlass nichts im Schaufenster verändert. Margaret hatte in die Fenster von „La Boutique" Spinnweben gehängt und kleine Plastikspinnen auf all ihre Schaufensterpuppen gesetzt. „Le Quartier" hatte jeden Tisch in Lila, Schwarz und Orange dekoriert mit großen Kerzengläsern in der Mitte, die neben Kerzen Mini-Skelette und -Kürbisse enthielten. Kurz, mindestens die Hälfte der Unterstadt war in Halloween-Stimmung. Dottie war es nicht.

An Halloween war sie die einzige, die nicht verkleidet in den Feinkostladen kam. Alle anderen hatten etwas Besonderes mit ihrem Outfit gemacht. Pattie trug Katzenohren und zog einen langen schwarzen Schwanz hinter sich her, ihre Nase war geschwärzt, und sie hatte sich Schnurrhaare auf die Wangen gemalt. Sabine hatte sich als Pippi Langstrumpf verkleidet, obwohl sie zur Arbeit lange Hosen tragen musste und nicht ihre Beine in diesen farbenfrohen Ringelstrümpfen und Strumpfbändern zeigen konnte, wie sie das später beim Feiern mit ihrem Mann und Freunden tun würde. Christine kam als Yin und Yang, ein Kostüm, das sie edel und ein bisschen geheimnisvoll aussehen ließ. Dottie wusste, dass die meisten Kunden die Bemühung der Mädchen schätzen würden. „Aber eine Person muss so aussehen, als sei das immer noch ein ernstzunehmendes Unternehmen", sagte sie, während ihre Augen fröhlich blitzten. Vielleicht würde sie nächstes Jahr ja doch eine leichte Version des Verkleidens wählen.

Für heute Abend war sie zur Halloween-Party der Polizei und ihrer Familien ins Bürgerzentrum eingeladen. Natürlich würden einige Polizisten noch arbeiten müssen, aber zumindest ihre Familien würden die Spiele und das Essen genießen. Luke hatte sie eingeladen. Dottie war hin und hergerissen gewesen. Würde das als stilles Versprechen interpretiert werden, wenn sie ginge und mit all den Polizeifamilien feierte? Oder sähe es ernsthafter aus, hätte Luke sie zu einer Party im Pub oder woanders eingeladen? Aber als Polizeichef musste er natürlich bei seinen Leuten sein – er hatte also nicht einmal eine Wahl gehabt. Die Angelegenheit einige Tage lang abzuwägen, ob zusagen oder nicht, hatte Dottie keiner Entscheidung nähergebracht. Am Ende warf sie eine Münze und erkannte, dass sie, egal welche Seite oben gewesen wäre, ohnehin bereits entschieden hatte, die Einladung anzunehmen. Soviel zu ihrer Gemütslage.

Der Tag zog sich. Leute kamen und gingen wie gewöhnlich, einige mit Halloweenschmuck oder Farbe im Haar, aber die meisten in normaler Alltagskleidung. „So sehen Deutsche also Halloween", staunte ein Kunde. Andere kommentierten Patties niedliche Kostümierung.

Sie begannen darüber zu sprechen, wie sich die Zeiten seit ihrer Kindheit geändert hätten, als sie unbeaufsichtigt zum „Trick or Treat" unterwegs sein konnten. „Es ist einfach zu gefährlich, Kinder allein durch die Nachbarschaft laufen zu lassen", sagte ein junger Vater, der ein schläfriges Kleinkind liebevoll im Arm hielt.

„Selbst hier in Wycliff?" staunte Dottie.

Darauf hatten sie keine Antwort, aber niemand konnte sich heutzutage irgendeiner Sache sicher sein, oder?

Sie schlossen um sechs. Dottie vergewisserte sich, dass alle Türen verschlossen und der Alarm eingeschaltet war. Im Weggehen lächelte sie zurück über ihre Schulter ob des hübschen Anblicks ihres Geschäftes. In etwas mehr als einem Monat würde ihr Weihnachtsfenster zum Adventskalender der Stadt beitragen.

Als sie heimkam, duschte Dottie rasch. Sie schlüpfte in ein klassisches Hexenkostüm, schminkte ihr Gesicht grün und klebte künstliche Warzen auf. Schließlich setzte sie ihren Hut auf. Es klingelte. Luke war gekommen, um sie abzuholen, pünktlich wie immer. Er sah sie mit hochgezogenen Augenbrauen an und lachte.

„Sie sehen verdammt gut aus, Ma'am", komplimentierte er sie, während er eine Batman-Halbmaske wieder über sein Gesicht zog. „Fertig zum Aufbruch?" Dottie nickte. Ihr Magen knurrte. Sie hoffte, es würde im Bürgerzentrum etwas Vernünftiges zu essen geben.

Sie hätte sich darum nicht sorgen müssen. Eine Woge wundervoller Düfte umschwebte sie, als sie die Lobby des Gebäudes betraten. Männer und Frauen standen in der Küche und rührten in riesigen Töpfen, bauten Crockpots auf oder stellten

Salatschüsseln auf eine Theke, auf der sich bereits Brote und Brötchen türmten.

„Ich hätte daran denken sollen, etwas mitzubringen", flüsterte Dottie nervös.

„Entspann dich", grinste Luke. „Es ist genug da."

„Aber es lässt mich so aussehen, als sei es mir nicht einmal wichtig genug gewesen zu fragen."

„Würdest du einfach damit aufhören und es genießen?" grummelte Luke freundlich. „Du bist heute Abend mein Gast. Gäste müssen nichts anderes mitbringen als festliche Laune."

Dottie nickte. Dann ließ sie sich mitreißen vom fröhlichen Lärm der spielenden Kinder, dem entspannten Plaudern von Müttern, den dunkleren Stimmen und dem Gelächter der Männer, die sich irgendwie in einer ruhigeren Ecke des Bankettraums versammelt hatten. Luke blieb an Dotties Seite. Er wusste, dass sie sich etwas fremd fühlen musste, auch wenn sie inzwischen eine Menge der Anwesenden von der Kirche oder von ihrem Laden her kannte.

Es gab ein paar Reden, aber sie waren kurz. Es gab witzige Spiele und einen Basteltisch für die Kleinen. Sie aßen Chili und Pasta mit verschiedenen Saucen, Pulled Pork und heiße Würstchen. Es gab Fruchtpunsch in einer riesigen Schale und rosa Limonade in einem Krug, der sich wie durch Zauber immer wieder zu füllen schien. Eine Kiste mit anderen Erfrischungsgetränken stand auf einem Tisch. Und es gab Möhren-Muffins mit gruseligen Dekorationen. Draußen auf dem

Parkplatz hatte die Feuerwehr ein „Trick or Trunk"-Event aufgebaut. Um neun Uhr waren die meisten Kinder Süßigkeiten-verklebt und entweder weinerlich oder überdreht von all dem Zucker. Also schnappten sich die Eltern ihre Kinder zum Aufbruch.

Als ein Polizist in Uniform die Menge nach Luke absuchte und ihn zur Seite zog, hatte Dottie keine Ahnung, dass ihr Halloween alles andere als süß enden würde. Sie sah Luke die Stirn runzeln und dann zu ihr blicken. Er nickte, während er aufmerksam zuhörte, und schüttelte dem Mann die Hand. Schließlich machte Luke kehrt und kam mit ernstem Gesicht auf sie zu.

„Ich fürchte, es hat einen Vorfall an deinem Laden gegeben", sagte er. „Ich denke, wir sollten besser hingehen und nachsehen, was passiert ist."

Dottie wurde blass unter der grünen Schminke. „Einen Vorfall?" krächzte sie. „Was für einen Vorfall?"

„Ich weiß es noch nicht, Liebes." Luke versuchte selbst, ruhig zu bleiben. „Offenbar wurde der Alarm ausgelöst, und gleichzeitig hat Paul vom ‚Le Quartier' aus die Polizeiwache angerufen, um ein paar Jugendliche zu melden, die auf der Main Street Unfug treiben."

Dottie packte ihre Handtasche und ihr Hexen-Cape mit zitternden Fingern. Luke nahm sie beim Arm und führte sie hinaus. „Versuch, ruhig zu bleiben, Dottie", sagte er still. „Wir wissen nicht, was da los ist. Wir wissen nicht genau, warum dein

Alarm losgegangen ist. Paul sagte, er habe das Klirren von Glas gehört. Das ist alles, was wir bislang wissen."

„Oh mein Gott", sagte Dottie schwach. „Ich glaube, mir wird schlecht."

„Im Ernst?" Luke sah seine Begleiterin besorgt an.

„Ich weiß nicht. Das ist nur so wie ein böser Traum."

Luke stupste sie an. „Komm schon, Liebes. Lass uns hinübergehen und sehen, wie schlimm es wirklich ist, bevor du dich wahnsinnig machst." Dottie nickte und passte ihr Schritttempo dem seinen an. Die letzten fünfzig Meter rannte sie.

Sie sah schon die zerplatzten Kürbisse auf der Straße und rund um den Eingang ihres Geschäfts. Die Schaufenster waren zerbrochen, und ihre Eingangstür hatte einen großen Sprung. Kürbismasse sickerte über die Waren in ihrer Auslage und mischte sich mit Glasscherben und -splittern. Der Alarm schrillte immer noch, und die Blinklichter zweier Polizeiautos verwandelten die gesamte Szene in etwas Surreales.

Dottie schluchzte heftig. Sie hatte nicht einmal gemerkt, dass sie weinte, als Luke ihr ein Papierhandtuch reichte, das er irgendwie bekommen hatte, und sie in seine Arme nahm.

„Hat jemand einen Schlüssel, um den Lärm abzuschalten?" rief jemand.

Dottie wand sich aus Lukes Armen und versuchte, sich zusammenzureißen. „Ich habe einen Ersatzschlüssel versteckt", schluckte sie. „Ich glaube das nicht. Ich kann das einfach nicht glauben. Wer tut denn so etwas?"

Sie ging los und um den Block herum, wo sie in der Spalte eines Fenstersimses ihren Ersatzschlüssel versteckt hielt. „Nicht der sicherste Ort der Welt", bemerkte Luke. Er war ihr gefolgt.

„Es gibt offenbar keine Sicherheit, egal was man tut", platzte Dottie heraus. „Wer zum Teufel tut so etwas? Können die sich heute mal nichts anderes einfallen lassen als Zerstörung? Ist es mit unserer Welt so weit gekommen?" Sie heulte auf, und Luke wusste es besser, als sie jetzt zu umarmen. Sie musste ihren Zorn, ihren Schmerz und ihre Frustration loswerden.

Sie ließ ihn durch die Hintertür ein und stellte den Alarm ab. Dann öffnete sie die Eingangstür für die Ermittlungspolizisten. Einer kam auf sie zu, um sie zu befragen. Luke hatte wieder seinen Arm um sie, damit sie merkte, dass sie nicht allein in der Sache war.

„Hegt irgendwer einen Groll gegen Sie, Miss Dottie?" fragte der Polizist.

„Ich wüsste niemanden", schluchzte Dottie. „Schauen Sie, ich muss das jetzt aufräumen und jemanden holen, der mir die Fenster abdeckt, damit über Nacht nicht noch mehr Schaden entsteht."

„Unsere Männer kümmern sich schon darum, Ma'am", sagte der Polizist mit einem kleinen, freundlichen Lächeln. „Machen Sie sich keine Sorge. Ihr Laden wird sicher sein, bis Sie neue Fenster drin haben."

Dottie fing jetzt richtig zu weinen an. Es war wie eine Achterbahnfahrt – und wäre Luke nicht gewesen, hätte sie nicht gedacht, dass sie es je durch die Zerstörung, den Schmutz, den Lärm, die Befragungen, das Warten auf die Handwerker, die ihre Fenster mit hässlichen, aber stabilen Brettern vernagelten, und schließlich den Heimweg schaffen würde.

Als Luke und sie schließlich ihr Haus erreichten, war es lange nach Mitternacht, und das meiste von Dotties grüner Schminke hatte ein merkwürdiges Muster auf Lukes Kostümbrust hnterlassen.

„Willst du wirklich allein hineingehen?" fragte er sanft.

Sie nickte. „Ich kann dich nicht noch länger beanspruchen."

„Es geht nicht um meine Zeit. Dafür bin ich da. Mir ist es wichtiger, dass du dich sicher fühlst", sagte er, während er sie nochmals umarmte und ihren Rücken rubbelte.

„Es wird schon gehen", antwortete sie benommen. „Ich muss nur morgen alles in Ordnung bringen."

„Das hört sich gut an", versicherte Luke ihr. „Und falls du irgendetwas brauchst, ruf mich an, ja?" Sie nickte. „Bist du dir sicher, dass ich nicht über Nacht auf deinem Sofa schlafen soll?"

Dottie lächelte sanft und schüttelte den Kopf. „Immerhin ist Julie daheim. Keine Sorge."

„Gute Nacht", sagte Luke und küsste sie auf die Stirn. Er sah sie ins Haus gehen. Er sah das Licht angehen. Er hörte Julies Stimme. „Mom? Wo bist du so lange gewesen?" Dottie antwortete etwas, und dann ging das Licht wieder aus. Luke seufzte und begann seinen Weg nach Hause. Das Leben wäre so viel einfacher, wenn die Menschen mehr Respekt für einander hätten.

*

Pattie schüttelte ungläubig den Kopf. „Warum hast du mich nicht einfach angerufen? Ich wäre sofort heruntergekommen und hätte dir zur Seite gestanden."

Dottie zuckte die Schultern und blickte auf die Zerstörung in ihrem Laden, während sich ihre Augen wieder füllten. „Das hätte dir nur den Abend verdorben." Sie wischte sich ungeduldig die Augen. „Wozu wäre das gut gewesen?"

„Vielleicht sind wir ja Freundinnen?!" rief Pattie aus. „Und Partner?!"

Dottie umarmte sie. „Dann hilf mir zu überlegen, wie wir damit vorläufig zurechtkommen", sagte sie und wischte eine weitere Ladung Kerne und Kürbismasse aus dem Schaufenster. „Das heißt, ich kann so ziemlich den Adventskalender vergessen. Ich werde die Dinge nicht so ausführen können, wie ich sie geplant habe." Sie sah elend aus.

Leute begannen hereinzudrängen. Der Vandalismus hatte sich schnell in Wycliff herumgesprochen. Manche der Leute, die durch die gesprungene Tür kamen, waren nur Gaffer, die nie zuvor den Laden betreten hatten. Aber die meisten waren Stammkunden, die dem Ladenteam und vor allem Dottie ihren Zorn und ihr Mitgefühl ausdrücken wollten.

Eine halbe Stunde nach Öffnung kam eine Putzfrau herein. „Chief McMahon hat mich gebeten, Ihnen zu helfen", sagte die Frau. „Wo soll ich anfangen?"

Dottie deutete auf die Fenster, die immer noch einen traurigen Anblick boten, da Dottie bisher nicht allzu viel hatte tun können. Zuerst hatte sie mit ihrem Team sprechen müssen, als es eintraf. Dann war die Brotlieferung aus Lakewood gekommen und versorgt worden. Nun wollten Menschen mit ihr reden. Lukes Idee, ihr Hilfe zu schicken, war eine große Erleichterung für Dottie. Es brachte sie auch wieder dazu zu weinen. Er hatte daran gedacht, etwas zu tun, was ihr nicht einmal eingefallen war. „Schneiden Sie sich nur nicht. Es könnten noch ein paar Scherben rumliegen", brachte sie heraus, bevor sie in ihr Büro floh.

Pattie folgte ihr. „Luke, hm?" Dottie nickte. „Der Mann ist mehr als nur verguckt in dich, meine Liebe."

Dottie lächelte sie schief an. „Ist er das?"

„Das sieht ein Blinder."

„Das Putzen wird also besorgt. Ich muss ihn anrufen und Danke sagen." Dottie begann zu wählen. Pattie stoppte sie und legte eine Hand auf Dotties. „Hol erst tief Luft und beruhige dich. Du kannst dich in deinem Zustand nicht angemessen bedanken."

Dottie gab nach. „Was mache ich also jetzt? Ich muss die Fenster so schnell wie möglich ersetzen.""

„Ich kann rundrufen und Angebote einholen", schlug Pattie vor. „Und mein Vorschlag wären Sprossenfenster."

„Aber das macht es noch teurer."

„Nun, aber keiner wirft sie mehr so einfach ein – man müsste all die Holzrahmen bedenken …"

„Ich höre", seufzte Dottie. „Ich schätze, ich muss mit der gesprungenen Tür noch etwas länger leben. Unser Budget wird geplündert sein. Wer weiß, wann und ob die Versicherung für den Schaden aufkommt."

„Glaub mir, sie werden bezahlen", tröstete Pattie ihre Freundin.

Dottie grub ihre Hände in ihr Haar und sah Pattie düster an. „Ich wünschte, ich hätte deine Ruhe und Zuversicht. Ich sehe im Augenblick nur die Verlustseite. Ich hatte davon geträumt, diesen Laden zu einem unvergesslichen Anblick im Adventskalender der Stadt zu machen. An den Anblick wird man sich erinnern. Aber nicht positiv. Und ich hatte noch gehofft, die Krippenszene unter dem Weihnachtsbaum der Stadt zu komplettieren. Das kann ich nun natürlich vergessen."

„Es gibt immer ein nächstes Jahr."

„Ich wollte, dass es perfekt ist."

Pattie seufzte. „Nun, dann lass mich mit den Glasern sprechen. Je schneller wir mit den Reparaturen beginnen, umso schneller können wir an andere Projekte denken. Beweg dich, Mädel. Du wirst da draußen gebraucht. Die Leute wollen mit dir reden. Du weißt, dass sie dich alle lieben und es dir zeigen möchten. Gib ihnen eine Chance."

Dottie stand auf. Danke für die Aufmunterung, Pattie."

„Immer gerne", lächelte Pattie. Aber ihr Lächeln verflog, sobald Dottie das Büro verlassen hatte. „Ich hoffe sie kriegen die, die das getan haben, werden sie für den Schaden bezahlen lassen und obendrein eine tüchtige Tracht Prügel verabreichen." Grimmig begann sie, das Telefonbuch durchzugehen und zu wählen.

*

„Ich kann dir nicht genug danken, Luke'" sagte Dottie und lächelte wehmütig in das Gesicht des Chiefs. „Das war eine echte Unterstützung für mich. Aber das hättest du nicht tun sollen."

Er sah in ihr blasses Gesicht mit den dunklen Schatten unter den Augen. „Ich mache mir Sorgen um dich", erwiderte er. „Schläfst du genug?"

„Zurzeit nicht", gab Dottie zu. „Ich habe zu viel im Kopf. Und ich fürchte immer noch, dass diese Leute zurückkommen und noch mehr Schaden anrichten."

Luke nickte. „Ich weiß – so fühlen sich Opfer von Straftaten immer. Und ich muss zugeben, dass ich dir nicht garantieren kann, dass sie es nicht tun. Im Augenblick tun wir alles, um diese Kerle zu kriegen."

„Glaubst du wirklich, ihr werdet sie finden?" Sie rührte in ihrem Kaffee, obwohl sie ihn schwarz trank. Sie saßen in ihrer

Küche und knabberten an Schokoladenkeksen, die Julie aus einer Laune heraus gebacken und zum Auskühlen hatte stehen lassen.

„Weißt du, die meisten dieser Leute prahlen früher oder später damit, was sie getan haben. Also wird sie der eine oder andere Freund verraten. Oder vielleicht bekommt sogar einer von denen, die die Straftat begangen haben, Gewissensbisse."

„Ich hoffe es", murmelte Dottie.

„Ich bin mir sicher", ermutigte sie Luke.

Und tatsächlich, es dauerte nur noch eine weitere Woche, als die Polizeiwache in Wycliff einen anonymen Anruf erhielt, der auf ein paar junge Leute aus einer eher ärmlichen Wohngegend in Tacoma hinwies. Die Mädchenstimme sagte, es sei eine Gruppe von Teenagern, von denen einer sein erstes Auto bekommen hätte, und sie hätten damit angegeben, dass sie Kürbisse zerschmettert und Ladenfenster eingeworfen hätten, während sie trinkend durch die Gegend gefahren seien. Nach ihrem Namen gefragt legte sie auf. Luke McMahon rief seine Kollegen in Tacoma an, die für das angezeigte Gebiet zuständig waren. Ein paar Stunden später hatten sie die Täter auf der Wache, ziemlich ernüchtert und kleinlaut. Sie waren alle für kleinere Straftaten bekannt und kamen aus zerrütteten Familien, traurige Wesen, die ihre eigenen Aussichten, je aus ihrem Umfeld herauszukommen, stetig ruinierten.

Luke besuchte Dottie, sobald er Nachricht von seinen Kollegen hatte. „Ich weiß, es ist kein großer Trost für dich, Dottie," unterbrach er ihre Ausrufe. „Man wird sie zur

Rechenschaft ziehen, aber sie werden nicht viel kriegen. Außer der Versicherungssumme wirst du keine Wiedergutmachung erhalten. Und sie werden bald wieder draußen sein und nur noch mehr Schaden anrichten. So sind diese Leute. Und das ist traurig. Sieh es positiv: Du kannst nicht jeden retten, aber du kannst manche retten. Du hast es ganz toll mit Finn geschafft."

„Das war nicht nur ich", stellte Dottie klar. „Außerdem ist er wirklich und von Natur aus gut. Er hat aus Not gestohlen. Da war keine Gier, und da war ganz bestimmt keine Böswilligkeit."

Luke musste das zugeben. „Wir werden dafür sorgen, dass die Unterstadt sicherer wird", versprach er. „Gib Bürgermeister Thompson und der Polizei noch ein bisschen Zeit. Ich bin mir sicher, wir schaffen das."

Dottie nickte gedankenvoll. „Danke. Ich weiß, ich sollte mich jetzt besser fühlen, aber das hat mich wirklich niedergeschmettert. Ich werde noch eine Weile brauchen."

„Lass es dich nur nicht aufzehren und dir Weihnachten verderben, Liebes." Und er reichte hinüber, um ihr die Hand zu drücken.

*

Pastor Wayland schüttelte seinen Gemeindegliedern die Hand. Der Sonntagsgottesdienst war gut besucht gewesen, wenn auch nicht so, wie er sich das gewünscht hätte. Aber was sollte man machen? Dieser Tage gab es viel zu viel weltliche

Unterhaltung, die die Menschen der Kirche fernhielt. Die meisten brauchten vermutlich einfach vor allem den Komfort, nach einer späten Samstagnacht auszuschlafen. Außerdem gab es all diese Sportkanäle mit ihren morgendlichen Übertragungen. Sportbars machten besonders an Sonntagen gute Geschäfte, wenn sie neben Football und Ähnlichem auch Frühstück-Specials servierten. Also besser nicht die Leute finster anblicken, die es doch immerhin zur Kirche geschafft hatten. Das hieße, sich auf die falschen Leute zu stürzen.

„Einen schönen Sonntag noch, Mrs. Brown.“

„Was macht Ihr Bein heute? Warten Sie immer noch auf den Operationstermin, Joe?“

„Und Ihnen auch einen gesegneten Sonntag!“

Er erinnerte sich daran, wer Besuch in die Stadt bekam oder wessen Haustier gerade gestorben war, wer Geburtstag oder einen Jahrestag feierte, wen er zuletzt wann und wo gesehen hatte, wem eine Operation bevorstand und wem es finanziell nicht gut ging.

„Könnte ich bitte privat mit Ihnen sprechen?“ Clement Wayland wurde von Dotties Bitte aus seiner Abschiedsroutine gerissen. Der dringliche Ausdruck ihrer Augen jedoch gab ihm das Gefühl, dass er als Hirte über diesen Sonntagsgottesdienst hinaus benötigt werde.

„Natürlich, Dottie. Jetzt?“ fragte er.

„Wenn das ginge. Ich verspreche, dass ich nicht sehr viel Ihrer Zeit beanspruchen werde.“

„Nun, warum gehen Sie dann nicht schon mal in mein Büro?" schlug Pastor Wayland vor. „Die Tür ist offen. Machen Sie sich's bequem. Ich bin gleich bei Ihnen."

Dottie nickte mit einem schwachen Lächeln und ging. Sophie, die ihren Mann mit Dottie hatte sprechen hören, kam rasch an seine Seite. „Lass dir Zeit mit ihr, Schatz", mahnte sie. „Das Mittagessen kann warten. Es ist sowieso nur das Crockpot Chili von gestern Abend, und dass lässt sich leicht warmhalten."

Clement Wayland umarmte seine Frau kurz. Dann schüttelte er weitere Hände. Einer der Kirchengemeinderäte kam auf ihn zu, um ihm zu sagen, dass die Kirche nun leer und alles aufgeräumt sei. Das Gemeindeopfer sei gezählt und im Safe deponiert. Ob er noch etwas brauche? Pastor Wayland schüttelte den Kopf und dankte dem Mann. Schließlich ging er auf sein Büro zu. Was mochte so wichtig für Dottie sein, dass sie nach dem Sonntagsgottesdienst zu ihm kam?

Er fand Dottie, wie sie eines von Sophies Gemälden in der Sitzecke seines Büros betrachtete. Es war eine amateurhafte Darstellung des Pfarrhauses zur Weihnachtszeit mit viel Schnee, orange leuchtenden Fenstern und einem geschmückten Weihnachtsbaum, wie er tatsächlich nie im Garten gewachsen war.

„Es ist hübsch", bemerkte Dottie.

„Sophies Hobby", antwortete Clement. „Uns sind daheim die Wände ausgegangen."

„Sie sollte sie verkaufen", schlug Dottie vor. „Dies hier hat eine sehr berührende Atmosphäre."

„Ich werde es ihr sagen, danke", lächelte Clement. Dann wurde er wieder ganz Pastor. „Aber Sie sind nicht deshalb hierhergekommen. Nehmen Sie Platz. Was beschäftigt Sie, Dottie?"

„Es ist so offensichtlich, richtig?" fragte Dottie. Sie rang sichtlich nach Worten. „Es ist ziemlich persönlich und vielleicht auch sogar dumm."

„Was Sie sagen, bleibt zwischen uns beiden nur mit Gott als Zeugen", sagte Clement Wayland ruhig.

„Ich weiß." Dottie errötete. „Deshalb komme ich zu Ihnen um Rat." Pastor Wayland wartete. „Gibt es irgendeine Stelle in der Bibel, die über Liebe zu jemandem spricht?"

Also das war's. Clement Wayland durchlebte einen harten Augenblick, in dem er seine Miene ernst bewahren musste. „Es gibt viele. Tatsächlich ist das ganze Neue Testament ein Buch der Liebe."

Dottie wurde noch roter. „Ich weiß das, Pastor Clement. Ich muss es anders formulieren. Gibt es irgendeine Passage oder einen Ratschlag zur Liebe, wenn man jemand anders schon seine gesamte Liebe versprochen hat?"

„Es gibt viele Geschichten über Menschen, die heiraten, über Verwitwete, über Wiederverheiratung, sogar über Scheidung. Was ist der wirkliche Grund für Ihre Frage?"

„Ist es Sünde, wenn ich mich wieder verliebe, nachdem ich Sean all meine Liebe versprochen habe?" platzte Dottie heraus.

Pastor Wayland beugte sich in seinem Stuhl zu ihr vor. „Dottie, Sean ist wann verstorben? Vor fast zwei Jahren richtig?" Sie nickte. „Haben Sie je Ihr Versprechen an Sean gebrochen, als er noch lebte?" Sie schüttelte den Kopf. „Ich dachte es mir. Schauen Sie mal, wenn Gott nicht für Sie wollte, dass Sie mit einem anderen Menschen zusammen sind, nachdem Sean unwiederbringlich gegangen ist – würde Er Ihnen überhaupt all die Fähigkeit zu lieben gegeben haben?" Dottie sah ihn verwirrt an. „Gott ist Liebe, Dottie."

„Was, wenn es „der Andere" ist, der diese Liebe schickt, um mich zu prüfen?" murmelte sie.

„Gott schickt die richtige Art von Liebe, Dottie. Die, die sich nicht verstecken muss. Die, der man sich nicht schämen muss. Die, die gelebt werden will. Deshalb gibt Er uns so viel Liebe. Damit wir sie austeilen können. Die richtige Art Liebe für unsere Eltern und Kinder, die richtige Art Liebe für unsere Freunde und manchmal sogar für die Fremden, denen wir begegnen. Und gewiss eine ganz andere Art von richtiger Liebe, wenn wir ganz allein sind und jemanden brauchen, der genauso allein ist." Pastor Wayland hielt inne. „Gott ist Liebe, Dottie. Sie konnten Sean gar nicht all Ihre Liebe versprechen, weil Sie nicht wussten, dass Sie so viel dieser Art Liebe in sich übrighatten, als er starb. Niemand kann seine ganze Liebe versprechen, weil Gott die Fähigkeit zu lieben immer wieder auffrischt. Das ist Gottes Art der Liebe. Unendlich." Dottie atmete auf. „War das Ihre ganze Frage?"

„Ich fürchte, da ist noch etwas mehr", lächelte Dottie verlegen.

„Heraus damit", ermutigte er sie.

„Was, wenn ich eines Tages wieder mit Sean vereint sein werde, aber da ist auch dieser andere Mann, den ich liebe. Wäre das nicht … eine große Sünde?"

Pastor Clement kratzte sich am Kopf. „Glauben Sie mir, das ist eine sehr theologische Frage, die viele Menschen belastet, die an ein Leben nach dem Tod glauben. Aber Gott will uns nicht belasten. Die richtige Art von Liebe sollte uns nie belastet fühlen lassen. Kein Theologe hat eine genaue Antwort auf Ihre Frage, Dottie. Wir sind schließlich auch äußerst lebendig, wenn uns diese Fragen gestellt werden, und wir werden erst Antworten haben, wenn wir sie selbst erfahren. Aber ich vermute so viel: Gott hat Mittel und Wege, solche Situationen zu lösen, wenn wir erst bei Ihm sind. Wir werden diese menschlichen Leidenschaften nicht mehr fühlen, Eifersucht oder Verlust, Verlangen oder Bedürfnis. Wir werden von Seiner Liebe gesättigt werden, die uns alle lieben lässt, die wir zu Lebzeiten geliebt haben, ohne zu urteilen oder zu unterscheiden. Gottes Liebe und Verständnis sind größer als alles, was wir uns mit unserem kleinen Menschengeist vorstellen können."

„Dann wäre es in Ordnung, wenn ich mich wieder verliebe?" Dottie flüsterte es fast.

„Und gesegnet ist der Mann, der so eine gewissenhafte Frau bekommt", bestätigte Pastor Wayland und schüttelte ihr die Hand. „Genießen Sie es, dass Ihnen so viel Liebe gegeben ist und dass sie erwidert wird. Wahre Liebe ist ein Segen, aber er muss auch angenommen werden."

„Danke, Pastor Clement!" Dottie stand auf. „Ich schätze, ich muss jetzt darüber mit Sean sprechen."

Pastor Wayland nickte. „Tun Sie das", sagte er. „Ich bin mir sicher, er wird es verstehen und Ihnen auch seinen Segen geben."

*

Lieber Sean,

Manchmal ist es schwierig, die richtigen Worte zu finden und die richtigen Dinge zu tun. Es macht mich rastlos und unglücklich, obwohl ich mich vermutlich trotzdem ganz ruhig und glückselig fühlen sollte. Ich habe sogar mit Pastor Wayland über mein Dilemma gesprochen, und Du magst darüber lachen, wo auch immer Du gerade bist. Obwohl mir dabei gar nicht zum Lachen ist.

Sean, ich bin dabei, mich ernsthaft zu verlieben. Oder, um ehrlich zu sein, ich bin bereits bis über beide Ohren verliebt, und jedes Mal, dass ich diesen Mann sehe oder von ihm höre, macht mein Herz einen kleinen Hopser, der mich nur tiefer in diese Situation führt. Ich fühle mich, als betröge ich Dich, obwohl ich mir geschworen habe, dass das das Letzte wäre, das ich Dir je antun würde. Und hier bin ich und muss gestehen: Ich liebe einen anderen lebenden Mann. Ich liebe Luke McMahon.

Ich weiß nicht einmal, wann oder wie es angefangen hat. Vielleicht, als er an meiner Seite war, nachdem ich Finn beim Klauen erwischt hatte. Ganz sicher im Sommer mit allem, was in der Stadt los war.

Und dann hatten wir natürlich jede Menge Spaß beim Clam Chowder Wettkochen. Zu dem Zeitpunkt verliebte ich mich bereits Hals über Kopf in ihn. Aber das hast Du wohl schon längst erraten. Unser Halloween-Abend war bisher das, was einer Verabredung am nächsten kam. Also lud ich ihn an Thanksgiving zum Dinner ein. Er hat zu viele Dinge für mich getan, große und kleine, als dass ich ihn als selbstverständlich hinnehmen könnte. Er gibt mir das Gefühl, sicher und geborgen zu sein, obwohl die Nacht, in der ich unsere Schaufenster zerschmettert fand, ein Alptraum war und herzzerbrechend und all das. Aber er half, die Übeltäter zu finden. Die sind geliefert, und es ist mir egal, was mit ihnen passiert. Alles rächt sich irgendwann. Sie haben sich so gebettet – jetzt liegen sie entsprechend.

Jedenfalls kam Luke und sowas von pünktlich! Jim und Mellie waren am Abend vorher eingetroffen und teilten sich das Gästezimmer, also zog Julie wieder bei mir ein. Ich hatte ihnen von Luke erzählt, und selbst Julie schaffte es, sich anständig zu benehmen, wenn auch nicht gerade begeistert. Ich glaube, sie bekämpft mehr sich selbst als meine Zukunftsperspektiven. Jim hat tatsächlich einen Kumpel in Luke gefunden, und Mellie kam mit mir in die Küche, umarmte mich und wünschte mir Glück.

Wir hatten ein wundervolles Festessen an dem Tag. Im Prinzip waren es alle traditionellen Gerichte außer den Süßkartoffeln – ich weiß, Du hast sie geliebt, aber ich kann sie immer noch nicht ausstehen. Jim brachte einen großen Pecannuss-Pie, da keiner von uns die mit Kürbis besonders mag. Da hast Du's – was für eine mäkelige Gruppe von Essern. Aber ich glaube für eine gebürtige Deutsche und zwei halbamerikanische Kinder haben wir uns ziemlich typisch amerikanisch benommen ...

Wir hatten jede Menge Spass. Einmal erwischte ich Jim und Mellie flüsternd in einer Ecke im Flur. Jim bestand darauf, mir mit dem Abwasch zu helfen. Irgendwie funktioniert der Trocknungsgang an meiner Spülmaschine nicht mehr, seit Du gegangen bist. Also musste ich alles von Hand tun. Oh, und Julie ging um sieben los, um über den Verkauf am Schwarzen Freitag in der Harbor Mall zu berichten. Also spielten zumeist zwei unverheiratete Paare lustige Brettspiele und Scharaden miteinander. Luke ging gegen elf nach Hause. Zumindest war sein Piepser nicht losgegangen, obwohl er sagt, dass er es für gewöhnlich tut. Aber dies eine Mal hatte er Glück.

Und sonst? Die zerbrochenen Schaufenster sind durch ganz neue ersetzt worden, die so aussehen, als stammten sie aus dem viktorianischen Zeitalter. Tatsächlich sind sie so viel hübscher und bieten mehr Optionen zum Dekorieren. Pattie bestand darauf, dass wir auch die Tür reparieren. Sie behauptete, es sei zu gefährlich, falls sich das Glas löse und über einem Kunden zerbreche. Ich vermute, sie war einfach ohnehin mit Reparaturarbeiten befasst und wollte alles wieder ordentlich haben, egal was es koste. Nun, der Glaser hat uns einen Sonderpreis gemacht (ich weiß nicht, wie Pattie das hingekriegt hat), und die Versicherung hat am Ende auch gezahlt.

Paradoxerweise hat uns die Publicity durch den Vorfall an Halloween auch eine Menge neuer Kunden eingebracht. Vielleicht kamen sie erst aus Neugier, aber die meisten dachten es als Unterstützung für uns. Und sie sind Kunden geblieben. Auch will die Stadt ein Sicherheitskamerasystem für die Unterstadt budgetieren – damit so etwas nicht wieder vorkommt. Es wird im Januar installiert. Schließlich macht jeglicher Vandalismus eine Stadt weniger attraktiv für Unternehmen wie Touristen.

Wir sind also für Advent gerüstet. Unser Laden duftet nach Christstollen, Aachener Printen, Lebkuchen und Pralinen. Die Schokoladen-Adventskalender sind längst ausverkauft. Ebenso die mit den umzuckerten, Schnaps-gefüllten Schokoladenpralinen, die sich „Gute Geister in Nuss" nennen. Ich konnte mir eine sichern, um sie Luke an Nikolaus zu schenken.

Sean, siehst Du es mir nach, wenn ich mich in einen Mann verliebe, der mir immer zur Seite steht, wenn ich ihn am meisten brauche? Nicht irgendeiner, sondern Luke? Willst Du nicht lieber, dass jemand mich wertschätzt wie er, als dass ich unglücklich und einsam durchs Leben schleiche? Würde ich gewollt haben, dass

Du allein bliebst, wäre ich zu früh gegangen? Vielleicht kämpfe ich mehr mit meinem eigenen Gewissen als mit Deinem imaginären Geist. In Wirklichkeit ahne ich, dass Du mir gesagt hättest, ich solle es tun, wenn Du eine Chance gehabt hättest, Vorsorge zu treffen. Und vielleicht sollte ich ohnehin einfach nur abwarten, was kommt ...

Gib mir trotzdem Deinen Segen, Sean, bitte?

In Liebe, Dottie

12

Dezember

„Denkst Du, es sieht okay aus?" fragte Dottie zum x-ten Mal besorgt. „Ich hoffe, der Eiseffekt an den Fenstern sieht echt aus, sobald wir die großen Bretter abnehmen können."

„Es sieht total echt am anderen Fenster aus. Warum also nicht auch an diesem?" Pattie war immer noch geduldig.

Jedes Unternehmen, das seine Teilnahme am Adventskalender der Stadt angemeldet hatte, hatte mindestens ein Fenster für besondere Dekorationen geopfert und mit Brettern abgedeckt bis zum Zeitpunkt seiner Enthüllung. Der Abend des 30. Novembers war sehr geschäftig gewesen, und nun, kurz nach Mitternacht, verdeckte Dottie endlich das Schaufenster des Feinkostladens auch von innen, sodass niemand die Dekoration erspähen konnte. Natürlich würde sie bis zum 6. Dezember regelmäßig überprüfen, dass alles noch an Ort und Stelle und ordentlich wäre.

Finn hatte auch etwas Wunderbares für ihr Schaufenster kreiert und es unter dem Mantel der Dunkelheit und durch die Hintertür angeliefert. Er hatte daran weitere drei Stunden gearbeitet, bis er erklärte, er sei fertig. Es war eine wundervolle Kreation, die ihm auch Punkte für seine kulinarischen Kurse einbringen konnte. Tatsächlich war er am selben Abend zurück zur Schule nach Seattle gefahren und hatte Dotties Einladung zum Abendessen ausgeschlagen.

„Glaubst du, es wird funktionieren?" fragte Dottie wieder.

„Ich habe dir doch gerade gesagt …"

„Nein … Nein, ich meine das ganze Projekt. Wird es so funktionieren, wie ich dachte?"

Pattie schüttelte ungläubig den Kopf. „Weißt du was, Ms. Dolan? Du bist der besorgteste Skeptiker, dem ich je begegnet bin. Und wenn du nichts hast, worüber du dir Sorgen machen könntest, lässt du dir rasch etwas einfallen, damit du dir darüber Sorgen machen kannst."

Dottie lachte kurz und verzweifelt. „Du klingst jetzt wie Sean. Und ich weiß, ich bin schrecklich."

Pattie gab einen unverbindlichen Laut von sich. „Lass dir gesagt sein: Wenn jeder deine Idee für albern oder nicht machbar gehalten hätte, würde sich keiner dafür gemeldet haben. Tatsächlich aber nehmen 27 Unternehmen daran teil, und eine Reihe anderer ärgern sich gerade massiv über sich selbst, dass sie sich nicht zugunsten des Kalender-Events entschieden haben. Wir haben sogar ein paar Tage mit *zwei* Unternehmen, die ihre Fenster enthüllen und Aktionen anbieten – also bitte sag mir nicht, dass du dich fragst, ob es funktionieren wird. Das wird es, weil jeder sein Bestes geben wird. Und außerdem ist es einzigartig. Wer weiß? Vielleicht ist es ein Konzept, das Wycliff auch in Zukunft verfolgen wird, weil es die Viktorianische Weihnacht noch unterhaltsamer macht …"

Dottie umarmte ihre Freundin. „Weißt du, wie gut es sich anfühlt, dich als Freundin zu haben?"

„Leider nein", grummelte Pattie. „Meine Freundin ist zu pessimistisch." Dann lachte sie und umarmte Dottie ihrerseits. „Machen wir Schluss für heute. Ich brauche wirklich etwas Schlaf, bevor wir den Laden morgen öffnen."

Sie sperrten zu. Wycliff lag in Dunkelheit. Es war kalt, und die Sterne und ein paar alte Straßenlaternen bildeten die einzige Beleuchtung. Morgen Abend würde Wycliff in weihnachtlichem Glanz erstrahlen mit Kränzen und Schleifen und Zuckerstangen aus Tausenden kleiner Glühbirnen wie in den Jahren zuvor, da die alte Beleuchtung wieder in den Straßen angebracht worden war. Dottie konnte es sich schon ausmalen. Weihnachten stand vor der Tür.

*

„Also noch einmal, Mom." Julie saß am Küchentisch mit Notizblock und Kugelschreiber, während Dottie das Sonntagsessen bereitete. „Wie bist du auf die Idee mit dem Adventskalender für Wycliff gekommen? Warum gibt es keine Viktorianische Weihnacht, wie sie alle seit über drei Jahrzehnten gewohnt sind?"

„Unser Fond für die Viktorianische Weihnacht und alle geplanten Verbesserungen ist im August schlichtweg verschwunden." Dottie würfelte noch eine Zwiebel und fügte sie zur Butter hinzu, die leise in einem Topf schmolz.

„Verschwunden wie in ausgegeben?"

Dottie seufzte. „Verschwunden wie in unterschlagen. Aber das ist eine andere Geschichte und die wurde bereits in allen möglichen Zeitungen totgeritten. Lass uns also bitte nicht wieder damit anfangen."

Julie machte ein paar Notizen. „Okay. Ihr hattet also einen Großteil des Fonds nicht mehr." Dottie nickte und begann, Kabeljau, Lachs und geräuchertes Forellenfilet zu würfeln. „Und du wusstest, ihr würdet nicht genug Geld für die übliche Fülle zur Verfügung haben."

Dottie nickte wieder. „Eines Abends blickte ich auf die Unterstadt. Ich sah ein Licht nach dem anderen ausgehen, und da kam mir die Idee. Wenn man eine Stadt Licht um Licht verdunkeln kann, kann man sie auch Licht um Licht erhellen."

„Genau wie der Kalender, den wir hatten, als wir ganz klein waren", staunte Julie. „Wie hieß er noch?"

„Ich glaube, er hieß ‚Unsere Stadt braucht viele Lichter'", antwortete Dottie und gab den Berg geschnittenen Fisches zu den sautierten Zwiebeln. „Es war definitiv einer der schönsten Kalender, die auch ich als Kind hatte. Und ich war so glücklich, als ich eine Ausgabe für Jim und dich finden konnte."

„Ich weiß noch, wie Jim und ich uns immer darum stritten, wer dies Häuschen auf das Poster kleben durfte und wer den zusätzlichen Metallstern in den Nachthimmel darüber kleben durfte." Julie blickte verträumt.

„Ihr habt euch nur am ersten Abend gestritten", lächelte Dottie. „Danach habt ihr euch abgewechselt." Eine weitere Ladung Fisch landete im Topf. „Kannst du bitte die Baguette aus dem Gefrierschrank nehmen und den Ofen dafür anstellen?"

Julie tat es, während sie ihre Mutter weiterbefragte. „Mir gefällt die Idee, Fassade um Fassade in der Unterstadt von Wycliff zu beleuchten. Gab es übrigens irgendwelche anderen Ideen, wie man stilvoll Weihnachten umsetzen könne?"

Dottie schüttelte den Kopf und schnappte sich ein paar große Tomaten, um sie zu waschen und zu hacken. „Tatsächlich hatte niemand einen anderen Vorschlag. Und 27 unserer beinahe 40 Unternehmen in der Unterstadt haben sich dazu gemeldet."

„Warum nicht alle?"

„Das ist Spekulation, wie Luke sagen würde", scherzte Dottie.

„Nun, dann spekulier bitte einfach mal für mich!"

„Naja, zunächst einmal ist nicht jeder darauf aus, sich während der Weihnachtssaison zusätzlich Arbeit zu machen. Einige Unternehmen sind ohnehin nie Teil der größeren Weihnachtsaktivität gewesen. Und einige waren einfach skeptisch hinsichtlich des Ergebnisses des Adventskalenders. Bevor sie etwas herunterfahren, fahren sie lieber gar nichts."

„Feiglinge", schnaubte Julie.

„Nein", sagte Dottie. „Verurteile nicht Menschen, wenn du ihre Motive nicht kennst. Erst einmal sind alle Unternehmer. Ja, Werbung und Unterhaltung können ein Geschäft fördern. Sie können es aber auch finanziell ruinieren. Am Projekt nehmen mehr als die Hälfte der Unterstadt-Unternehmen teil. Das ist ein ziemlich gutes Ergebnis."

„Und ‚Dottie's Deli' hat seinen großen Tag an Nikolaus, einem großen Tag im deutschen Adventskalender. Musstest du viel dafür bezahlen, um dich in das Datum einzukaufen?"

Dottie warf Julie einen vorwurfsvollen Blick zu, dann gab sie die Tomaten in den Topf und rührte die Mischung um, während sie einige Lorbeerblätter hinzufügte. „Es gab kein Kaufen oder Bestechen. ‚Le Quartier' wollte von Anfang an dabei sein, und zwei sehr kleine Unternehmen meldeten sich freiwillig für die letzten beiden Tage, um innerhalb ihres Budgets zu bleiben. Alle anderen zogen eine Nummer aus dem Lotterietopf. Ich hatte einfach Glück, aber jeder andere Tag hätte es auch getan."

„Was wird ‚Dottie's Deli' präsentieren, das niemand verpassen sollte?" Julie kritzelte ein wenig und sah dann ihrer Mutter dabei zu, wie sie Wasser in den Topf füllte und die Mixtur zum Köcheln abdeckte.

„Wann erscheint dein Artikel?" fragte Dottie vorsichtig.

„Am 5. Dezember", sagte Julie. „Und keine Sorge – ich werde nicht zu viel verraten. Ich werde es etwas geheimnisvoll formulieren, sodass die Leute kommen werden. Ich habe das mit

Paul und dem Bistro gemacht und mit Bob Simmons und seinem Spielwarenladen – ich werde dasselbe für dich tun."

„Hast du schon Echo auf deine Serie?" wollte Dottie wissen und legte die Baguette auf ein heißes Gitter im Ofen.

„Ein paar Emails von einigen Leuten, die wissen wollten, ob das Weihnachtslieder-Singen am 24. vor dem Rathaus noch stattfindet. Und ich glaube, John hat ein paar Anrufe erhalten."

„Wie gut!" Dottie fügte Salz, Pfeffer und eine zerdrückte Knoblauchzehe zur Suppe hinzu. „Würdest du das für mich bitte kosten?" Sie hielt Julie einen frischen Probierlöffel hin.

„Ich verstehe nicht, warum du mich nicht einfach von deinem Holzlöffel kosten lässt." Julie knurrte über die Eigenheit ihrer Mutter.

„Es ist nicht hygienisch", sagte Dottie.

„Aber du kochst es doch sowieso, also gibt's da gar keine Bakterien", setzte Julie dagegen, während sie ihren Löffel ableckte. „Vielleicht ein Schuss Zitrone und ein bisschen mehr Salz."

„Danke, Liebes", sagte Dottie und fügte etwas mehr Salz und einen Spritzer Zitronensaft hinzu. „Ich möchte meine Küche jedem Gast, der vielleicht zum Essen kommt, mit gutem Gewissen anbieten können."

„Wer kommt heute Abend?" fragte Julie und setzte sich wieder mit ihrem Notizbuch.

„Niemand. Aber vielleicht irgendwann." Julie zog eine Grimasse. „Ich bin es so gewohnt, Julie. Du kannst es halten, wie du willst, wenn du wieder deinen eigenen Haushalt hast. Wann, sagtest du noch einmal, wird das sein?"

„Sorry, Mom", sagte Julie kleinlaut.

„M-hm, angekommen", grummelte Dottie.

„Also noch einmal: Was werden Kunden am 6. Dezember in deinem Laden vorfinden?"

„Wir haben dem Fenster, das vorerst verschlossen ist, ein deutsches Märchenthema gegeben. Dank Finn Rover werden wir wunderbare Lebkuchen im Laden austeilen, und es gibt auch heißen Apfelsaft. Allerdings dürfen wir keinen Glühwein ausschenken, da wir keine volle Lizenz haben. Kinder erhalten ein besonderes kleines Geschenk. Und ausschließlich am 6. Dezember werden wir eine Auswahl Geschenkkörbe mit deutschen Spezialitäten anbieten, von denen einige versandfähig sind."

„Haben wir noch irgendetwas in meinen Fragen vergessen?"

Dottie überlegte. „Nein. – Ich glaube übrigens, wir können jetzt essen. Würdest du bitte den Tisch mit Suppenschalen decken?"

*

Der Morgen des 6. Dezembers dämmerte langsam herauf, als Dottie aufstand. Die Nacht zuvor war sie tatsächlich noch einmal aufgestanden, um einen von Julies hochhackigen Stiefeln zu nehmen. Sie kleidete ihn mit einer Serviette aus und füllte ihn mit deutschen Süßigkeiten und einem Maniküre-Gutschein. Julie pflegte sich sehr gern, aber in letzter Zeit hatte sie kein Geld für Extras ausgegeben, da sie im Prinzip immer noch von Artikel zu Artikel lebte. Die Zeitungsserie über den Wycliff Adventskalender würde ihr vielleicht mehr Aufmerksamkeit eintragen und hoffentlich bessere Möglichkeiten mit der einen oder anderen Zeitung.

Für Dottie war der gestrige Zeitungsartikel über sie mit einem Foto des gesamten Teams eine herzerwärmende Erfahrung gewesen. Ihre Tochter hatte sie tatsächlich für ihren Mut gelobt, ein Unternehmen zu gründen und es durch ein buntes erstes Jahr „mit großer Inspiration und einem Herzen aus Gold" zu führen. Dottie hatte den Artikel mit ein paar Glas Sekt mit Julie gefeiert.

Sie war etwas nervös, als sie den Steilhang hinunterging und versuchte, auf den Stufen nicht auszurutschen. Ein paar Büros hatten bereits ihre Lichter an; um acht Uhr früh war kaum jemand anders auf den wenigen Straßen der Unterstadt Wycliffs unterwegs als andere Leute auf dem Weg zur Arbeit. Dottie wechselte ein paar kurze Grüße, während sie flott auf ihren Laden zuschritt. Pattie hatte bereits die Hintertür aufgeschlossen und war damit beschäftigt, Wasserkocher aufzustellen, um den gewürzten Apfelsaft zu erhitzen. Sabine und Christine stellten Platten mit Lebkuchen auf; jeder einzelne war in eine Zellophantüte mit Schmuckband eingewickelt. Dottie platzierte eine große Schachtel mit Weihnachtssüßigkeiten für die Kinder hinter die

Kasse. Dann entfernten sie die Läden von ihrer Schaufensterauslage.

„Wie schön!" hauchte Christine, die nicht im Laden gewesen war, als Finn seine Kreation aufgebaut hatte.

Da stand es, inmitten einer Landschaft aus künstlichem Schnee und Tannen: ein riesiges Lebkuchenhaus, geschmückt mit Aachener Printen und Dachziegeln aus einzeln in buntes Metallicpapier gewickelte Schokoladen-Rechtecken. Rosa und weiß glasierte Pfefferminz-Schokoladendropse dekorierten die Fensterrahmen, und Zuckerwatte wand ihren Weg aus einem Kamin aus Hutzelbrot. Der Zaun war eine filigrane Konstruktion aus aufrecht gestellten Riegeln von Kinderschokolade und Duplos. Zuckerguss hing in Eiszapfen von den Giebeln. Hänsel und Gretel waren wunderschöne alte Sasha-Morgenthaler-Puppen, die am Weihnachtsmorgen dem „Familien in Not"-Programm der Oberlin-Kirche gestiftet werden würden. Kleine Geschenkpäckchen mit Zahlen waren über den ganzen Garten des Lebkuchenhauses verstreut – die Preise für eine Ziehung, die Dottie für die Erwachsenen eingefallen war. Nichts Großes, aber so nette Dinge wie Heringskonserven oder Stachelbeermarmelade, Gewürze und Saucen-Päckchen, deutsche Limonaden und Schokoladentafeln.

Finn hatte ihnen auch dabei geholfen, Lichterketten um die Fenster zu installieren. Die Beleuchtung war warm und subtil – von außen schufen die gefrosteten Fensterscheiben eine nostalgische Atmosphäre, die zum Stadtgespräch werden würde.

Zum ersten Mal seit Wochen begann Dottie, sich zu entspannen. Dies war der große Tag, an dem „Dottie's Deli" glänzen würde.

Als sie um neun Uhr öffneten, war der Laden mit dem Duft heißen Apfelsafts und anderen weihnachtlichen Aromen erfüllt. Elli brachte ihre Babys vorbei und ließ sie sich mit großen Augen von ihrem Doppel-Buggy aus umschauen, während Elli selbst die Kunstfertigkeit bewunderte, die Finn gezeigt hatte. Nur zögernd nahm sie ein Tombola-Los an.

Luke kam um zehn auf eine Tasse Kaffee in Dotties Büro vorbei und lobte das zauberhafte Schaufenster. „Ich fühle mich wie ein großes, altes Kind", gab er mit verlegenem Lächeln zu.

Dottie umarmte ihn. „Das ist alles, was ich hören wollte. Denn ich wollte das auch für uns Erwachsene tun. Ein bisschen unserer Kindheit zurückbringen." Dann griff sie nach einer kleinen verpackten Schachtel auf einem Sideboard und reichte sie Luke. „Ich hatte keinen Zugriff auf deine Stiefel", neckte sie ihn. „Also musste ich mein Nikolausgeschenk an dich in einer Schachtel verpacken."

Luke wurde rot. „Ich wusste nicht, dass ihr euch am 6. Dezember beschenkt …"

Dottie lächelte. „Eigentlich tun das meist Eltern für ihre Kinder, solange die noch unter demselben Dach wohnen. Aber ich wollte heute diese schöne Tradition mit dir teilen. Ich hatte nicht erwartet, dass du sie kennst – nimm's also bitte einfach an und genieße es."

„Darf ich dich auf ein Glas Glühwein nebenan nach Ladenschluss einladen?" fragte Luke.

„Liebend gern!" rief Dottie aus. Dann rief draußen die Pflicht, da jemand eine Bestellung für einen der besonderen Geschenkkörbe aufgeben wollte. Und ein Zeitungsreporter aus Seattle war gekommen, der inmitten des ganzen Trubels ein Interview mit ihr wollte. Und einer der Wasserkocher gab den Geist auf. Also wurde Sabine hinüber ins Bistro geschickt, um zu fragen, ob sie einen der ihren ausleihen könne.

Um halb sieben waren ihnen die eingepackten Lebkuchen ausgegangen. Sie händigten stattdessen verpackte einzelne Lindt Fiorettos aus. Pattie zog die Tombola-Lose, die all die bunten Päckchen von der Schaufensterauslage gewannen. Dottie würde sie anderntags durch unverpackte Produkte aus dem Laden ersetzen.

Kurz bevor sie das Licht im Feinkostladen ausschalteten, klopfte Luke an die Eingangstür. Er war gekommen, um Dottie auf ein Glas deutscher Weihnachtsnostalgie abzuholen und mit ihr das Adventsfenster in seiner ganzen erleuchteten Pracht an diesem kalten Dezemberabend zu bewundern.

*

Dottie erhielt viele Komplimente für die Dekoration des Feinkostgeschäfts. Die Handelskammer und – wenn auch nicht beteiligt, aber woher sollte das ein Außenstehender wissen?! – das

Rathaus erhielten welche für die einzigartige Idee, die Unterstadt Wycliffs in gestaffelter Adventskalender-Manier zu erleuchten.

„Komisch, dass wir trotz Geldmangels und der Konsequenzen daraus mehr positive Resonanz erhalten, als wenn wir in unglaubliche Lichtinstallationen und so etwas wie einen Weihnachtsmarkt hätten investieren können", staunte Tiffany Delaney während eines Fernseh-Interviews mit einem öffentlichen Nachrichtensender. „Vielleicht ist weniger tatsächlich mehr und öfter, als wir das wahrhaben wollen."

Der Tourismus war nie höher in der Unterstadt gewesen, und die Leute buchten alle verfügbaren Hotelzimmer und Bed & Breakfasts. „Dottie's Deli" verlieh das Weihnachtsgeschäft einen mächtigen Schub. Sie würden sich keine Sorgen machen müssen, ob sie in den nächsten Monaten geöffnet haben und ihre Rechnungen begleichen können würden.

Eines Abends in der Woche vor Weihnachten kam Julie mit hochroten Wangen heim und erdrückte Dottie in einer Riesenumarmung, hob sie dann von den Füßen und wirbelte sie in der Küche herum.

„Du wirst nicht glauben, was heute passiert ist!" jubelte sie.

„Würdest du mich bitte runterlassen?" Dottie keuchte und versuchte, sich lachend, schwindelig und atemlos aus Julies Armen zu winden.

Julie ließ sie schließlich los und vollführte einen kleinen Tanz zwischen Küchentheke und Herd. „Du errätst nicht, was passiert ist."

„Nun." Dottie wusste, wann es besser war, nicht zu raten. „Sag's mir einfach. Ich bin ganz Ohr." Sie setzte sich und blickte ihre hübsche, dickschädelige Tochter zärtlich an.

„Ich. Habe. Eine. STELLE!" sagte Julie.

Dottie war sprachlos vor Freude, obwohl sie geahnt hatte, was die Neuigkeit sein würde.

„Möchtest du wissen, wo und wie, und alle Details?" fragte Julie.

Dottie nickte. „Das ist einfach die wundervollste Weihnachtsüberraschung, Liebes! Erzähl mir alles darüber. Ich bin so stolz auf dich."

Schließlich setzte sich Julie. „In Ordnung, Mom. Das ist also passiert."

*

An diesem Morgen war Julie um zehn Uhr im Büro des „Sound Messenger" aufgetaucht. Zehn Uhr ist eine gute Zeit für Zeitungsjournalisten, um mit der Arbeit anzufangen. Der Redaktionsschluss ist meistens gegen neun Uhr abends, um sicherzugehen, dass man rechtzeitig gedruckt wird, damit die Zeitungen am nächsten Morgen pünktlich ausgeliefert werden können. Zumindest funktionierte es so für den „Sound Messenger".

Julie hatte das kleine Eingangstor aufgeschubst, war über eine vereiste Pfütze auf dem gepflasterten Weg zum Haus gehüpft, hatte wie immer mit dem wackeligen Türknauf gekämpft – John sollte sich wirklich darum kümmern, dachte sie – und dann ein warmes „Hallo" gerufen. Sie legte immer Wert darauf, fröhlich, warm und optimistisch zu klingen, selbst wenn ihr das Herz in der letzten Zeit immer gesunken war, wenn sie auch nur an John Minors Haus vorbeigegangen war.

Normalerweise erwiderte John nicht einmal den Gruß, sondern wartete, bis sie sein Büro betrat, beendete, womit er beschäftigt war, sah nur kurz zu ihr auf und bellte ein kurzes „Was?". Nicht so heute. Er erwiderte tatsächlich den Gruß, und einen Moment lang fragte Julie sich, ob sie sich verhört hätte. Also betrat sie vorsichtig sein Büro.

Diesmal saß John einfach nur da. Er gab keine Arbeit oder ein Telefonat vor, sodass sie aussah oder sich fühlte, als sei sie in seinem Reich überflüssig. Er schien wirklich auf sie gewartet zu haben und ganz aufmerksam zu sein.

„Guten Morgen, Julie!" Er lächelte erstmals. Und dieses Lächeln war aufrichtig warm. Julie war völlig verwirrt. „Setzen Sie sich, meine Liebe. Ich denke, wir müssen reden."

Julie setzte sich auf einen Stuhl gegenüber von Johns Schreibtisch und wartete.

„Tasse Kaffee?" bot John an. Julie war viel zu nervös, also schüttelte sie nur den Kopf. „Nun denn. Ich denke, wir müssen über die Artikel sprechen, die Sie in letzter Zeit geschrieben haben."

„Waren sie nicht gut?" Julie runzelte die Stirn.

„Im Gegenteil", lächelte John. „Sie sind auf großes Echo bei unseren Lesern gestoßen. Unter anderem ist die Zahl unserer Anzeigen beträchtlich gestiegen – ich muss Ihnen nicht erklären, was das bedeutet. Wir haben auch neue Abonnements gewonnen. Alles in allem ist Ihr Konzept in sehr erfreulicher Weise aufgegangen."

John nahm einen Schluck aus seiner Kaffeetasse. Er genoss es offensichtlich, Julie so angespannt zu sehen. „Sie haben hier wann angefangen?"

„Am 4. Juli", antwortete Julie automatisch.

„Richtig. Richtig", grübelte John. „Seither haben Sie regelmäßig Artikel abgeliefert. Ihr Verständnis für konzeptionelles Denken hat mich letzlich davon überzeugt, dass Sie tatsächlich eine … Journalistin sind." Er zwinkerte. Julie wusste nicht, was sie aus seinen Bemerkungen machen sollte. Oder aus seinem Zwinkern. „Meines Wissens haben Sie Artikel doppelt und dreifach an andere Zeitungen verkauft", plauderte John.

„Stimmt", sagte Julie. „Aber das machen alle freien Journalisten so. Wir müssen irgendwie überleben."

„Oh, ich bin nicht gegen die Idee an sich." John nahm seine Brille ab und putzte sie. „Obwohl ich Sie bitten muss, von dieser Gewohnheit in Zukunft abzusehen. Ihre Artikel, bis auf die aktuelle Serie, werden von jetzt an exklusiv für den ‚Sound Messenger' geschrieben." Julie öffnete den Mund, um zu protestieren, aber John kam ihr zuvor. „Ab dem 1. Januar werden Sie als Redakteurin auf der Gehaltsliste dieser Zeitung stehen, und ich gehe davon aus, dass Sie wissen, was das bedeutet."

Julie schnappte nach Luft. „Haben Sie gerade gesagt, was ich gehört habe?"

John grinse sie breit an. „Machen Sie weiter so, Mädchen!"

Julie stieß ein fröhliches Heulen aus. Sie konnte nicht sitzen bleiben, sondern stand auf und umrundete den Schreibtisch, um ihre Arme um einen völlig überraschten John Minor zu werfen. „Danke, Sir!" sagte sie. „Danke, danke, danke!"

„Ähm-hm …", machte er ein wenig verlegen und schälte sich aus ihrer Umarmung. „Ein ‚Danke' hätte genügt."

Julie errötete. „Danke", sagte sie noch einmal.

„Nun." Er wurde wieder sein früheres strenges Selbst, aber mit Vergnügen in den Augen. „Haben Sie nichts zu tun? Ich erwarte, dass eine Stunde vor Redaktionsschluss heute Abend alles fertig ist."

Julie ging hinaus. Aber auf der Schwelle hielt sie inne. „Wissen Sie, Sie haben ein wirklich freundliches Gesicht, wenn Sie lächeln, John!"

„Raus!" lachte er. Und weg war sie.

*

Heiligabend. Die letzten paar Tage waren einfach erschöpfend für das Team von „Dottie's Deli" gewesen. Sie hatten riesige Bestellungen für leckeres Brot, aromatische Brezeln und knusprige Brötchen erhalten, die Hess Bakery & Deli in Lakewood herstellte. Sie hatten scheinbar endlose Pfunde Aufschnitt und Käse für Kunden geschnitten. Manchmal hatten sie Bestellungen bis zehn Uhr abends bearbeitet und bis sie ihre Arme nicht mehr spüren konnten.

Jetzt war Feierabend, und sie würden auch am zweiten Feiertag geschlossen bleiben. „Es ist ein deutsches Geschäft", hatte Dottie wiederholt betont und es ihren Kunden erklärt, die so daran gewöhnt waren, rund um die Uhr die ganze Woche lang einkaufen zu können. „Mein Team braucht nach diesen arbeitsreichen Tagen eine Pause."

Endlich war der letzte Kunde gegangen. Sie sperrten die Eingangstür zu und begannen die üblichen Aufräumarbeiten. Dann lud Dottie alle in ihr Büro, um mit einem Glas Champagner zu feiern. Sie verteilte auch geheimnisvolle, eingewickelte kleine Päckchen an jeden.

„Eine Rede!" forderte Sabine.

Dottie lachte. „Nun, ich wüsste nicht, dass ich eine vorbereitet hätte. Aber wie auch immer: Ich möchte euch allen danken, dass ihr dieses Jahr mit mir durchgehalten habt, über stillere Tage hinweg und durch den Trubel hindurch, durch Sorgen und Ärger, die uns trafen, wenn wir es am wenigsten erwarteten. Jetzt ist es Zeit, uns zu feiern. Meine Damen, ihr habt es gerockt! Wenn ‚Dottie's Deli' zum Inbegriff deutscher Spezialitäten geworden ist, dann ist das euch zu verdanken. Pattie ist eine wundervolle Partnerin und Freundin in der Not – dir schulde ich besonders viel."

Pattie hatte Tränen in den Augen. „Ach du …!"

Dottie hob ihr Glas. „Frohe Weihnachten – und möge Gott uns behüten und bewahren!"

Sie genossen den kurzen, stillen Moment, der folgte. Ein Moment, in dem alle Arbeit im Laden getan war und sie noch nicht zurück bei ihren Aufgaben daheim waren. Einer, in dem sie Kameradschaft teilten und wussten, dass sie sich aufeinander verlassen konnten. Einer, in dem sie sich aller Höhepunkte und Tiefpunkte der vergangenen zwölf Monate erinnerten. Dann umarmte eine nach der anderen Dottie und schlüpfte hinaus. Dottie wusch rasch die Gläser ab. Sie zog ihren warmen Wintermantel an, schaltete das Licht aus und den Alarm an und ging hinaus in die Winterdämmerung.

Väterchen Frost hatte die Erde in der Nacht zuvor geküsst, und heute war es so kalt gewesen, dass immer noch ein silberner Flaum auf allem lag. Die Unterstadt von Wycliff war ein Märchen aus viktorianischen Zeiten mit ihren festlichen Schaufensterauslagen und immer wieder einem kurz erhaschten

Blick auf einen Weihnachtsbaum in einem privaten Zuhause. Und da war auch ein stetiger Fluss von Menschen, die ihre letzten Einkäufe erledigten, aber zumeist in Richtung Rathaus wanderten. Dottie ließ sich mittreiben.

Die Fenster des Rathauses waren alle von innen mit künstlichen Kerzen erleuchtet. Clark Thompson stand auf der obersten Stufe neben der Blaskapelle der Wycliff High-School. Menschen hatten sich in einer großen Gruppe am Fuß der Treppe versammelt und ließen Raum um den Weihnachtsbaum mit seiner Krippenszene, einer wunderschönen Kettensägearbeit, Madonna mit Kind.

Um Punkt vier Uhr hob Clark Thompson sein Mikrofon. „Liebe Bürger von Wycliff, liebe Besucher ...“

In diesem Augenblick wurde es neben Dottie etwas unruhig, als Luke McMahon sich durch die Menge an ihre Seite schob.

„Frohe Weihnachten“, flüsterte er und legte einen Arm um ihre Schulter. Sie lehnte sich an ihn.

„Frohe Weihnachten, Luke“, flüsterte sie zurück. „Solltest du nicht irgendwo sein, wo du die Menge ein bisschen besser beobachten kannst als von hier aus?“

Luke lachte leise. „Während des Weihnachtslieder-Singens am Rathaus passiert nie etwas anderes als Singen, Liebes. Mach dir keine Sorgen!“

„... und deshalb haben wir eine kleine Überraschung für eine Person, die es geschafft hat, dass die Viktorianische

Weihnacht in Wycliff am Ende doch und auf einzigartige, fantasievolle Weise hat stattfinden können. Dottie Dolan, mir haben ein paar Elfen ins Ohr geflüstert, dass dein größter Weihnachtswunsch eine Krippenszene unter dem Weihnachtsbaum sei. Du hast sogar tatsächlich zu diesem Zweck diese prächtige Maria mit dem Christuskind gestiftet."

„Spricht Bürgermeister Thompson wirklich über mich?" Dottie sah Luke mit großen Augen an.

„Klingt ganz danach, oder?" antwortete Luke mit einem Zwinkern. „Aber schau mal!"

Die Rathaustüren öffneten sich, und heraus kam eine Gruppe Polizisten, die etwas in einer großen Plane trugen. Dottie stellte sich auf die Zehenspitzen, um besser zu sehen.

„Also, Dottie Dolan, das ist für dich – von der Polizeiwache und dem Rathausteam." Und Bürgermeister Thompson begann zu klatschen, worauf die ganze Menge mit ihm mitklatschte. Dottie wurde rot. Sie sah die Männer die Plane zum Weihnachtsbaum tragen. Ihre Rücken verdeckten, was sie dorthin stellten, aber dann traten sie zur Seite, damit die Leute es sehen konnten.

Dottie stieß einen winzigen, spitzen Schrei aus, und dann begann sie zu weinen. Luke zog sie in seine Arme, und die Leute rundum drehten sich ihr zu, berührt davon, wie berührt sie war. Die Krippenszene war durch eine Josefsskulptur ergänzt worden, die perfekt dazu passte.

Und nun, da die Blaskapelle anfing „Herbei, o ihr Gläubigen" zu spielen, begann die Menge mitzusingen. Manche Leute kannten nicht alle Worte, also summten sie nur mit. Andere waren so musikalisch, dass sie die zweite und dritte Stimme dazu sangen. Lukes Bariton war kräftig, aber er wurde von all den anderen glücklichen Stimmen fast übertönt.

Dottie konnte nicht anders, als auf die Krippenszene zu starren. Und als sie das Weihnachtslieder-Singen schließlich mit „Stille Nacht" beendeten, wusste sie, dass diese Weihnacht ihr mehr Segen gebracht hatte, als sie sich je wieder zu erhoffen gewagt hatte.

*

Lieber Sean,

Natürlich hast Du alles gesehen, was hier unten passiert ist. Also weißt Du natürlich, dass mein Wunsch nach einer Krippenszene unter dem städtischen Weihnachtsbaum sich erfüllt hat. Es macht mich sprachlos, wie viele Menschen von meinem kleinen Traum gehört und ihn wahrgemacht haben. Ich habe mich noch nie so in einer Stadt geschätzt gefühlt. Wir sind an einen gesegneten Ort gezogen, Liebster. Und ich weiß, dass ich hierbleiben und ihn zu meinem Zuhause machen kann.

Luke McMahon war in diesem Jahr unser Weihnachtsgast. Und Julie ist einmal mehr zu mir ins Schlafzimmer gezogen, da Jim und Mellie an Heiligabend gerade rechtzeitig zum Gottesdienst eintrafen. Mellie zeigte uns schüchtern einen wunderschönen Goldring mit einem Dreiersatz Diamanten. Wir denken, die beiden werden irgendwann nächstes Jahr den Bund fürs Leben schließen.

Luke schenkte mir goldene Ohrringe mit Aquamarinen. Es hat mich total umgehauen.

Du weißt also, an welcher Schwelle meines Lebens ich gerade wohl stehe. Du hast über mich gewacht, auch wenn Du nicht mehr physisch da warst. Und ich bin mit all meinen Sorgen und Hoffnungen und Träumen zu Dir gekommen. Aber jetzt darfst Du loslassen, mein süßes Lieb. Hier unten ist jemand, der für Dich übernimmt und als Freund und eines Tages vielleicht als mehr als das auf mich aufpasst. Du darfst endlich in Frieden ruhen.

Ich werde Dich nie vergessen. Und ich werde Dich immer schätzen, so wie meine Liebe für Dich niemals enden wird.

Deine Dottie

Epilog

Es war halb zwölf, und manche Leute schossen schon seit einer Weile Raketen ab, obwohl für gewöhnlich privates Feuerwerk innerhalb der Stadtgrenzen Wycliffs streng verboten war. Aber es gab Ausnahmen zu dieser Gemeinderegelung am 4. Juli und an Silvester. Julie war in die Unterstadt gegangen, um im Harbor Pub an der Front Street zu feiern. Jim und Mellie waren im „Le Quartier" essen gewesen und würden später zu Julie stoßen. Also hatten Dottie und Luke an diesem Abend das Haus für sich.

Dottie bereitete Welsh Rarebits, einen Salat mit geräucherter Forelle, Roastbeef-Canapés und einen riesigen Nudelsalat zu. Luke hatte zwei Schachteln seiner Lieblings-Triscuits und eine Flasche trockenen, aber gefälligen Rotwein mitgebracht. Sie hörten Steely Dan und tanzten ein wenig. Dann brachte Luke Dottie bei, wie man Pai Gow spielt, bis sie den Dreh heraushatte.

Schließlich gingen sie auf die vordere Veranda und zitterten in der Kälte. Andere Veranden füllten sich ebenfalls mit Menschen. Man konnte fröhliches Gelächter und das Klirren von Gläsern hören. Gruppen von Teenagern schlenderten zur Plattform an der Steilhangtreppe. Luke hatte ihre Flasche Champagner in der Küche geöffnet und brachte zwei Gläser nach draußen, die fast bis an den Rand gefüllt waren. Alles wartete auf das Feuerwerk der Restaurants und Klubs von Wycliff.

„Haben wir nicht ein wundervolles Jahr gehabt?" staunte Dottie. „Und wie schnell es vergangen ist."

„Und ein neues wartet darauf, erkundet und genossen zu werden", sagte Luke. „Noch fünf Minuten, und die Rathausglocken werden ihre schrecklich fehlgestimmte Version von „Auld Lang Syne" spielen. Ich bin froh, dass ich einmal den Abend frei habe und nicht auf der Wache sitze und das zu hören bekomme."

Dottie lachte. „Es kann nicht gar so schlimm sein."

„Hör es dir selbst an!" schlug Luke vor.

„Ich bleibe lieber hier oben und schaue mir das Feuerwerk an, danke", stellte Dottie fest. „Ich wünschte nur, dass Augenblicke wie diese für immer dauern würden. Sie sind voll süßer Erinnerungen und Träume und Hoffnungen für die Zukunft."

„Du weißt, was mit der letzten Person geschehen ist, der sich dieser Wunsch erfüllte?" neckte sie Luke.

„Dr. Fausts eigene Schuld", behauptete sie streng. „Mache nie einen Pakt mit dem Teufel."

„Stimmt", gab Luke zu.

„Ich wünschte nur, du müsstest nachher nicht gehen", sagte Dottie wehmütig.

„Ich könnte auf deinem Sofa schlafen." Luke blickte selbstgefällig.

„Kommt nicht infrage", protestierte Dottie. „Du würdest deinem Rücken schaden, wenn du deine ganze Länge auf diesem

Pseudo-Dreisitzer zusammenfaltest. Es ist einfach zu voll mit Julie im Haus *und* Gästen."

"Du könntest ja bei mir einziehen", stellte Luke fest.

"Luke McMahon, ist das ein Heiratsantrag?" rief Dottie aus.

"Könnte durchaus sein." Luke wurde rot. "Ich habe keinen anderen Ring als den Metalldraht von der Champagnerflasche, und ich werde nicht auf die Knie gehen, weil ich glaube, dass du nicht so eine Frau bist, die das will. Aber ja, Miss Dottie – würdest du mir die Ehre erweisen und … bei mir einziehen und meine Mahlzeiten kochen und meine Wäsche waschen und …" Er brach lachend ab, da Dottie ihn spielerisch mit ihren kleinen Fäusten bearbeitete.

"Luke McMahon, das ist vermutlich der schrecklichste Heiratsantrag, den eine Frau je bekommen hat." Luke gelang es, ihre Hände festzuhalten, und er begann sie, Knöchel für Knöchel zu küssen. "Und ja, du unmöglicher Mann, ich will!"

Sie verpassten die ersten Schläge der Rathausglocken, die den Beginn des Neuen Jahres verkündeten. Sie verpassten auch die ersten farbenfrohen Explosionen über dem Hafen. Sie vergaßen den Champagner in ihren Gläsern. Es würde so viele weitere Glockenspiele und Feuerwerke und Gläser voll Sekts zu teilen geben. Aber kein Kuss schmeckt so gut wie der, der einen neuen Anfang markiert.

Rezepte

Dotties deutsche Kartoffelsuppe

(4 Teller)

Wasser

4 mehlig kochende Kartoffeln

2 EL gewürfelter Stangensellerie

Gemüse nach Wahl (optional)

2 EL saure Sahne

1 gehäufter EL (oder nach Geschmack) Maggi oder Knorr Hühnerbouillon-Pulver

Majoran

Salz

½ TL Flüssigrauch (optional) ODER

2 Scheiben kleingeschnittener echter Schwarzwälder Speck

½ gewürfelte Zwiebel

4 geräucherte Rinderwürstchen (optional)

Kartoffeln schälen, 3 davon grob schneiden und in Salzwasser weichkochen. Stampfen. Wasser hinzufügen, bis Suppenkonsistenz erreicht ist. Die 4. Kartoffel würfeln und hinzugeben. Sellerie und andere Gemüse hinzufügen (Möhrenstücke, grüne Bohnen, Mais, Pilzscheiben oder anderes) hinzufügen und zum

Kochen bringen. Weiterrühren, da Kartoffeln sich gern am Topfboden absetzen und anbrennen. Hitze herunterschalten. Saure Sahne, Bouillonpulver, Majoran, Salz nach Geschmack hinzufügen. Flüssigrauch ODER mit Zwiebel gebratenen Speck in die Suppe hinzufügen. Kurz vor dem Servieren Wurstscheibchen hinzugeben.

Tipp: Die Suppe erhält eine cremige Textur, wenn am sie ein oder zwei Stunden ohne Hitze ziehen lässt. Vor dem Servieren unter Rühren erhitzen. Sauerteigbrötchen mit Butter machen sich gut dazu.

Dotties Fischsuppe

(4 Teller)

1 große Zwiebel, gewürfelt

1 Knoblauchzehe, zerdrückt

Olivenöl und ungesalzene Butter zum Sautieren

500 g Fisch (z.B. Lachs, Kabeljau, Seehecht oder Ähnliches), gewürfelt

200 g Räucherfisch (z.B. Forelle, Lachs), kleingeschnitten

4 große Pflaumentomaten, gewürfelt

Wasser

2 Lorbeerblätter

Selleriesamen

Pfeffer und Salz nach Geschmack

1 Spritzer Weißwein oder Zitronensaft

Zwiebel und Knoblauch sautieren. Fisch und Tomaten hinzufügen. Gewürze hinzugeben und mit ca. 1 l Wasser auffüllen oder bis gewünschte Konsistenz erreicht ist. Zum Kochen bringen, dann 20 Minuten köcheln lassen. Abschmecken und vor dem Servieren Lorbeerblätter entfernen.

Tipp: Für eine mediterrane Note ½ Zucchini und ½ Aubergine, beide gewürfelt, zum Fisch während des

Sautierens hinzufügen. Mit etwas gehacktem frischem Basilikum bestreuen.

Dotties Gulaschsuppe

(4 Teller)

500 g gewürfeltes Rindersteak

Olivenöl

3 große Paprikaschoten, gewürfelt; für eine süßere Version mehr rote als grüne Paprika verwenden

2 große Zwiebeln, gewürfelt

2 Knoblauchzehen

Wasser

2 Lorbeerblätter

5 Wacholderbeeren

Pfeffer

Salz

Paprikapulver, mild

250 g Pilze, geschnitten, sautiert (optional)

Saure Sahne oder Joghurt nach Geschmack

Rindfleischwürfel in etwas Olivenöl anbraten, Zwiebeln, Paprika und Knoblauch hinzufügen. Ca. 1 l Wasser hinzufügen. Lorbeerblätter und Wacholderbeeren im Tee-Ei oder zugebundenem Kaffeefilter in den Topf geben. Topf zum Kochen bringen, herunterschalten und etwa eine Stunde lang köcheln lassen. Sautierte Pilze hinzufügen. Tee-Ei oder Filter entfernen. Saure Sahne oder Joghurt hinzugeben, eventuell mehr Wasser für eine etwas dünnere Konsistenz. Mit Salz, Paprikapulver und Pfeffer abschmecken.

Tipp: Mit Baguette oder Ciabatta-Brot und Butter servieren.

Danksagung

„Gibt es ‚Delicate Dreams‘ auch auf Deutsch?“

Ich danke allen, die dies angeregt haben, von Herzen und hoffe, dass die deutsche Version fünf Jahre nach dem amerikanischen Original ebenfalls gern gelesen wird. Über nette Kommentare auf Amazon oder Goodreads sowie auf www.facebook.com/susannebaconauthor freue ich mich immer sehr.

Dotties Rezepte sind natürlich meine eigenen. Die Gulaschsuppe wurde von meiner Mutter inspiriert. Alle Rezepte sind familienerprobt. Viel Spaß beim Nachkochen!

Herzlichen Dank an John und Joanie DeGrande und an Dario "Kiki" Cardenas, die wundervollen und unglaublich fürsorglichen Besitzer und Arbeitgeber von Hess Bakery & Deli in Lakewood, WA. Ohne sie hätte ich nie meinen kleinen Feinkostladen-Traum für eine Weile leben können. Danke auch an alle, die mir in der Zeit so viel beigebracht haben – Barbara, Birgit, Ellen, Gabi, Gisela, Kyle, and Sherri.

Besonderen Dank an meine lieben Freunde Dieter und Denise Mielimonka, die meine Erstfassung ermutigend und mit konstruktiver Kritik gelesen und editiert haben – solche Unterstützung ist unbezahlbar.

Danke an meine Autorenfreunde, die mich während meiner ersten Schritte so liebevoll unter die Fittiche genommen haben, Anjali Banerjee, Janine Donoho und Dia Calhoun. Dazu kommen all die wundervollen Autorenfreunde, die etwas später in mein Leben getreten sind und mich ebenfalls nach wie vor so unglaublich freundschaftlich unterstützen und begleiten.

Besonderer Dank geht an Karen Lodder Carlson (www.germangirlinamerica.com) und an Pamela Lenz Sommer (www.thegermanradio.com), die meine Arbeit so fantastisch unterstützen und mir längst liebe Freundinnen geworden sind.

Danke an meine Freunde und Familie in Deutschland, in den USA und an anderen Orten dieser Welt.

Und nicht zuletzt ein dickes Danke an meinen Mann. Don, du hörst meine Pläne und Ideen mit Geduld an und unterstützt mich, auch wenn ich gedanklich wieder einmal in einer ganz anderen Welt unterwegs bin. Du bist mir die beste Realität all meiner Träume!

Susanne Bacon wurde in Stuttgart, Deutschland, geboren. Sie hat einen Doppel-Magister in Literaturwissenschaft und Linguistik und arbeitet seit über 20 Jahren als Schriftstellerin, Journalistin und Kolumnistin. Sie lebt mit ihrem Mann in der Region South Puget Sound im US-Bundesstaat Washington. Sie können mit ihr Kontakt aufnehmen über

www.facebook.com/susannebaconauthor.

Made in the USA
Columbia, SC
26 March 2020